ЧИТАЙТЕ РОМАНЫ АНТОНА ЛЕОНТЬЕВА В СЕРИИ «АВАНТЮРНАЯ МЕЛОДРАМА»

- Крапленая карта мира
- Девять с половиной идей
- Шпионка, пришедшая с севера
- Хозяйка Изумрудного города
- Трудно быть солнцем
- Вечность продается со скидкой
- Золотая клетка для синей птицы
- Кровь Троянского коня
- Закат созвездия Близнецов
- Восьмой смертный грех
- Дворец, где разбиваются сердца
- Ключ к волшебной горе
- Профессия – первая леди
- Демоны зимних ночей
- Шоу в жанре триллера
- Звездный час по тарифу
- Ночь с Каменным Гостем
- Вилла розовых ангелов
- Святой нимб и терновый венец
- Воздушный замок Нострадамуса
- Лес разбуженных снов
- Побег с Лазурного берега
- Еще один знак Зодиака
- Миф страны эдельвейсов
- Последний бог
- Код одиночества
- Под маской хеппи-энда
- Вендетта. День первый
- Огненный холод
- Вечер в городе соблазнов
- Интервью с магом
- Корона последней принцессы
- Лига охотников за вампирами
- Тайный приют олигарха
- Имя мне легион
- Хранители судьбы
- Призраки страсти
- Ночь всех святых
- Знак свыше
- Жрец смерти
- Псевдоним Венеры
- Путешествие в сны
- Русалки белого озера
- Вечной жизни не хватит
- Обратная сторона смерти
- Глаза цвета тьмы
- Венец творения
- Связанные одной тайной
- Зеркальный лабиринт мести
- Потрошитель душ
- Тринадцатая Ева
- Танцующая с дьяволом
- Отель сокровенных желаний
- Город ведьм
- Крылатый сфинкс, печальный цербер
- Небо слишком высоко
- Ремейк кошмара

АНТОН ЛЕОНТЬЕВ

РЕМЕЙК КОШМАРА

Москва
2018

УДК 821.161.1-312.4
ББК 84(2Рос=Рус)6-44
Л47

Оформление серии *С. Груздева*

Леонтьев, Антон Валерьевич.
Л47   Ремейк кошмара : [роман] / Антон Леонтьев. — Москва : Издательство «Э», 2018. — 320 с. — (Авантюрная мелодрама).

ISBN 978-5-04-091732-7

Что реальнее — холодный бункер с мигающей неоновой лампой или огромный особняк, опустевший после гибели родителей? Почему Юлию буквально преследуют изображения белок, а в памяти назойливо крутятся слова «весёлые бельчата»? Реальна ли являющаяся ей мёртвая девочка с черными глазницами и зашитым проволокой ртом или она живёт только в ее воображении? Неужели Юлия сходит с ума? Доктора клиники, куда устроил ее любящий муж, подтверждают эту догадку. Ведь она – преступница, убившая своего брата и родителей. Поэтому клиника – единственное место, где ей помогут. Но девушка совершенно не помнит, как совершила все эти ужасные преступления, и, кажется, дело не только в провалах в памяти...

УДК 821.161.1-312.4
ББК 84(2Рос=Рус)6-44

© Леонтьев А.В, 2018
© Оформление.
ООО «Издательство «Э», 2018

ISBN 978-5-04-091732-7

«...Белка песенки поёт
И орешки всё грызёт,
А орешки не простые,
Всё скорлупки золотые,
Ядра — чистый изумруд;
Вот что чудом-то зовут!»

*А.С. Пушкин.
«Сказка о царе Салтане, о сыне его
славном и могучем богатыре
князе Гвидоне Салтановиче
и о прекрасной царевне Лебеди»*

«... — Что ты, батюшка? не с ума ли спятил, али хмель вчерашний еще у тя не прошел? Какие были вчера похороны? Ты целый день пировал у немца, воротился пьян, завалился в постелю, да и спал до сего часа, как уж к обедне отблаговестили.
— Ой ли! — сказал обрадованный гробовщик.
— Вестимо так, — отвечала работница.
— Ну, коли так, давай скорее чаю да позови дочерей».

*А.С. Пушкин.
«Гробовщик» из «Повестей покойного
Ивана Петровича Белкина»*

Бункер

...Юлия открыла глаза и прислушалась. Из коридора послышались тихие шаги. Она привстала и оглянулась, однако глаза не могли ничего разобрать: царила полная темень. Чувствуя под ногами холод, женщина поежилась: оказывается, она была босиком.

Сделав несколько шагов, Юлия замерла. Она вдруг поняла, что не имеет ни малейшего понятия, где находится. И, что ужаснее всего, *как она сюда попала.*

Так и есть, где-то рядом кто-то прошелся. Юлия сдвинулась с места и, чувствуя под ногами ровную поверхность пола, похоже, бетонного, на ощупь двинулась вперед. Глаза уже привыкли к темноте, и она смогла разобрать смутные очертания комнаты, в которой находилась.

Не большая и не маленькая, с низким потолком и *без единого окна.* Зато, если глаза не обманывали Юлию, с большой черной дверью в нескольких метрах от того места, где она стояла.

Юлия наконец добралась до двери и попыталась нащупать ручку, однако ее пальцы утыкались в ровную металлическую поверхность. Как ни старалась, она не могла ни за что уцепиться. И внезапно поняла: у двери просто-напросто не было ручки.

Ей сделалось страшно, хотя до сего момента Юлия не испытывала ничего — ни паники, ни беспокойства.

Повернувшись, она прислонилась к двери спиной и облокотилась на ровную металлическую поверхность.

Чувствуя сквозь тонкую ткань одежды холод (похоже, облачена она была во что-то эфемерное, то ли сарафан, то ли ночную рубашку), Юлия попыталась сообразить, где все-таки находится. И, самое важное, как она там оказалась.

Нет, вовсе не там, а *здесь*, в этом странном помещении без единого окна, с холодным бетонным полом и металлической дверью без ручки.

Глаза уже настолько привыкли к темноте, что выхватывали из обступавшей тьмы много деталей. Однако в этом-то и был ужас: ничего такого рассмотреть не удавалось. По той простой причине, что никакой мебели в комнате не было — ровным счетом *никакой.*

Ни стула, ни кровати, ни шкафа, ни даже хотя бы матраса в углу или циновки. Комната была абсолютно пуста, если не считать, конечно, находившейся там Юлии.

Нет, не там, а *здесь.*

Внезапно до Юлии снова донеслись шаги, причем так отчетливо и в столь непосредственной близости, что женщина вздрогнула и инстинктивно отступила от двери в глубь комнаты.

Там, с обратной стороны металлической двери, кто-то стоял и громко дышал. Нет, даже не дышал, а натужно *сопел* — причем сопел весьма отчетливо, как старинный паровоз или неисправный прибор искусственного дыхания.

Юлия, чувствуя, что страх вдруг перерастает в панику, прислушалась, затаив собственное дыхание. Тот, кто находился всего в нескольких сантиметрах, пошевелился, кажется, поворачиваясь, затем грузно сдвинулся с места, а затем *чихнул.*

Кажется, это был мужчина. Юлия окаменела. Ее сердце билось необычайно быстро, во рту пересохло, кожа покрылась пупырышками — однако не от холода (хотя в комнате было далеко не жарко), а от ужаса.

Где она? Она этого не знала. *Как она сюда попала?* Этого она тоже не ведала. *Почему дверь заперта?* Об этом она не имела ни малейшего представления. *Кто стоял за дверью и тяжело дышал?* Это было ей неизвестно.

Внезапно женщина сообразила, что вообще мало что знает и что может вспомнить. В том, что она звалась Юлией, она, к примеру, не сомневалась. Она просто знала это — и все тут.

А вот какая у нее фамилия? Она не могла сказать. *Сколько ей лет?* Что было до того, как она открыла глаза и поняла, что находится в этой...

Нет, не комнате, а *тюремной камере?*

Или даже *бункере?*

И тут на нее накатило, и женщина вдруг всхлипнула, чувствуя, что по ее щекам струятся горячие соленые слезы. Она затряслась в беззвучных рыданиях, боясь, как бы тот, кто стоял рядом, не услышал ее стенаний.

Еще до того, как в голову Юлии пришли иные вопросы и она справилась с нахлынувшими на нее чувствами, раздался легкий скрежет, она вдруг поняла, что дверь открывается, и отскочила от нее в глубь комнаты.

Тюремной камеры.

Странно, но ей вдруг показалось, что она знает, где находится. И на что похожа эта тюремная камера. На что?

(*Веселые бельчата, веселые бельчата, веселые бельчата...*)

Отогнав странные *ненужные* мысли, Юлия заметила, что дверь не сдвинулась с места, а вместо этого в самой двери вдруг образовалось, с противоположной стороны, небольшое зарешеченное квадратное отверстие.

Кто-то, видимо, тот, кто стоял и тяжело дышал, распахнул старомодное тюремное оконце.

— Не реветь! — услышала она странный, неприятный голос, скорее мужской, чем женский. — *Он* этого не любит!

Юлия заметила с обратной стороны, видимо, *из коридора,* свет и чье-то лицо, но не смогла рассмотреть его. Однако ей показалось, что лицо было...

Какое-то *страшное.*

Еще до того, как она смогла по-настоящему испугаться, оконце с легким лязганьем снова закрылось, и камера — *Юлия уже не сомневалась, что она действительно находится в тюремной камере* — погрузилась в темноту.

Прошло несколько томительных моментов, в течение которых женщина не знала, что делать. Смахнув все еще струившиеся по щекам слезы, она ощутила вместо страха злость и, ринувшись к двери, стала барабанить по ней кулаками.

— Эй, откройте! Выпустите меня отсюда! Вы меня слышите? Немедленно выпустите меня!

Чем сильнее она стучала в дверь, тем сильнее росла в ней уверенность, что стоит ей повысить голос и напугать... напугать *тюремщика,* как ей удастся обрести свободу.

Хотя в этом-то и заключался ужас: она не могла сказать, ни кто она, ни откуда она, ни как она попала туда... То есть конечно же сюда. Ни как долго находилась там... Естественно, здесь...

Здесь, в тюремной камере, отчего-то напомнившей ей место заточения графа Монте-Кристо в замке Иф. В детстве, помнится, она обожала эту книгу, прочитав ее одиннадцать... Нет, даже *двенадцать* раз.

И не только она сама, но и ее брат Васютка...

Брат? У нее имелся брат?

Да, имелся...

(Веселые бельчата, веселые бельчата, веселые бельчата...)

До Юлии внезапно дошло, что амнезией она не страдает и может вспомнить, что было с ней в детстве. Она даже вспомнила, что обои ее детской комнаты были розовые с разбросанными по ним букетами цветов. Но это до того, как она с родителями переехала...

Оконце с грохотом, на этот раз *гораздо более сильным*, снова распахнулось, и до нее донесся голос тюремщика:

— Не орать! Ишь чего выдумала! Замолчи сейчас же!

Так, теперь стало ясно, что голос был не женский и не мужской, а какой-то... *детский*, что ли? Нет, и не детский, но явно принадлежавший человеку еще совсем даже не взрослому.

Ее что, охранял подросток?

Юлия, таращась на то, что возникло в оконце, через которое в комнату (да нет же, *бункер!*) вливался яркий, но какой-то мертвящий свет, наконец-то имела возможность рассмотреть лицо того, кто к ней обращался. Хотя бы и частично...

И ей сделалось очень и очень страшно. Это в самом деле было какое-то нереальное, жуткое лицо, вероятнее, даже *морда*. Вне всякого сомнения, человеческая, однако непропорциональных размеров и какая-то перекошенная.

Тот, кто ее охранял и вел с ней беседу, был отнюдь не красавцем, а подлинным Квазимодо! Низкий покатый лоб, торчавшие во все стороны волосы, огромный крючковатый нос, выпяченная губа, из-под которой виднелись длинные желтые зубы...

Нет, даже *клыки.*

Отчего-то Юлия подумала о *том самом* фильме, который смотрела тогда вместе со Стасом. Какой-то идиотский третьеразрядный американский ужастик, на который она пошла, потому что это была единственная возможность — они пришли в кинотеатр, когда все остальные сеансы уже начались.

Фильм был не то что страшным, а скорее неприятным, абсолютно неправдоподобным и скроенным по примитивным лекалам творцом подобных «шедевров». Что-то о группке туристов, свернувших в лесистой провинциальной Америке куда-то не туда и угодивших в логово людоедов, которые с большим удовольствием принялись поглощать непрошеных гостей. И, как водится в подобных случаях, людоеды были какими-то гротескными существами, подлинными монстрами со столь уродливыми телами, что, существуй они на самом деле, они бы по причине своих телесных изъянов не смогли бы сдвинуться с места, не говоря о том, чтобы, подобно марафонцам, преследовать бедолаг-туристов по лесам, поджидать их в чащобе и тащить к себе в хижину, дабы сделать из них фрикасе к ужину.

Или, кто знает, к своему людоедскому обеду.

Да, фильм ужасов ей тогда *ужасно* не понравился — не столько своей кровавостью, хотя крови было много, сколько полной бессмысленностью и примитивностью. Это и стало одной из причин, кажется, даже основной, почему она через несколько дней и завершила свои отношения с ее тогдашним ухажером Стасом...

Ну да, Стаса она *прекрасно помнила*...

А вот сказать, как она оказалась здесь, не могла.

Но почему она об этом подумала? Ах, по той простой причине, что лицо того, кто сейчас гундосил что-то в зарешеченное оконце, очень походило на физиономию младшего отпрыска семейства лесных людоедов. Конечно, не один в один, однако нечто из разряда подобных нереалистичных киношных монстров он собой представлял, это точно.

С тем только различием, что в ее случае монстр был вполне реальный и не экранный.

Юлия вдруг испугалась до такой степени, что вжалась в угол и, взирая оттуда на прямоугольник света, в котором виднелась гротескная физиономия, закрыла глаза, желая, чтобы наваждение прошло. Чтобы она открыла глаза — и все вдруг исчезло.

Она открыла глаза и убедилась, что *ничего не изменилось*. Слезы вновь заструились по ее щекам, только в этот раз плакала она абсолютно беззвучно, съежившись и замерев на карачках, чувствуя, что ноги у нее задубели от холода.

Ведь она же была босиком!

Тюремное оконце никуда не исчезло, странная, наводящая ужас физиономия, такая нереальная и тем не менее маячившая прямо перед ней, гаркнула:

— Не реви! Мне такое не нравится!

А затем раздалось позвякивание, послышался поворот замка в двери — и дверь медленно распахнулась.

Юлия, еще несколько минут назад страстно желавшая, чтобы это произошло, поняла, что желает одного: чтобы дверь закрылась, чтобы тюремщик, который возник перед ней, исчез, чтобы все опять погрузилось в темноту.

И чтобы она осталась в тюремной камере в одиночестве. Но даже это не помогло бы ей: она ведь все равно знала бы, что рядом, в считаных метрах, притаилась опасность, тяжело дышавшая и шаркавшая ногами.

Юлия подскочила, вжимаясь в холодную бетонную стену. Тюремщик, замерев на пороге, кажется, сам не знал, что ему делать, и стоял, переминаясь с ноги на ногу. Это был крайне непропорционально сложенный человек, очень некрасивый и внушавший трепет. Облачен он был в какие-то странные, явно старомодные, одежды. Голова у него была странно изогнута, и из-за нее виднелся...

Да, это действительно был *горб*.

Не закрывая глаз, Юлия рассматривала своего тюремщика. Ведь настанет время, когда она покинет место заточения и в полиции придется воссоздавать его портрет, дабы правоохранительные органы могли найти его.

Полиция... Юлия едва не рассмеялась. Она словно в другом мире находилась, там, где не было полиции и всех тех, кто бы мог ей помочь.

А кто бы мог ей помочь?

И все же женщина внимательно смотрела на того, кто стоял в проеме двери и, кажется, даже смущенно таращился на нее. Ему что, самому неприятно или даже страшно разговаривать с ней?

Юлия убедилась, что имеет дело с крайне малоприятным субъектом, являвшимся, похоже, мужчиной. Или даже большим ребенком, вернее, и инстинкт ее не обманул, неуклюжим и странным подростком. Похоже, даже не совсем адекватным.

Но подросток или нет, не хотелось бы ей столкнуться с подобным субъектом в темном проулке ночью. Или даже на оживленной улице днем. Впрочем, и в одном, и в другом случае у нее было бы несомненное преимущество — она бы смогла попросту убежать от этого субъекта.

А, находясь в тюремной камере без окон и с металлической дверью, сделать этого она не могла.

Женщина, медленно поднявшись, взирала на Квазимодо, так она окрестила для себя своего тюремщика. Однако ее внимание привлекал даже не столько он сам, сколько торчавшая в замочной скважине связка ключей.

Квазимодо чуть продвинулся в глубь камеры, предоставляя Юлии возможность бросить взгляд в коридор, из которого он к ней заявился. Похоже, камера с металлической дверью, *засовом снаружи* и зарешеченным оконцем была в коридоре не единственной. Взгляду Юлии предстала еще одна дверь напротив ее собственной.

— Не реветь! — произнес своим странным голоском Квазимодо, явно волнуясь. — Отчего вы все кричите? От этого у меня ужасно болит голова! Да и *он* этого не любит!

Юлия, чей взгляд был прикован к торчавшей в двери связке ключей, тихо произнесла:

— Я хочу пить!

Квазимодо вздрогнул, уставился на нее, словно не понимая, что она имеет в виду, а женщина повторила:

— *Я. Хочу. Пить.* Или вы хотите, чтобы я умерла от жажды? — И внезапно добавила, повинуясь какому-то неведомому чувству:

— Или вы хотите, чтобы *он* был недоволен?

Охранявший ее субъект встрепенулся и произнес:
— Так бы сразу и сказала. Только буянить не надо. А то вы все такие резвые. Думаешь, что мне этот шум нравится?

Юлия, в голове которой сложился план побега, не отрываясь, смотрела на связку ключей. А затем, вдруг осознав, что Квазимодо может заметить ее опасный интерес к его ключам, заставила себя перевести взгляд на его уродливое, даже страшное лицо.

Нет, она никогда не была человеком, который оценивал других на основании их внешности. Юлия попыталась вспомнить, каким именно она была человеком до того, как попала сюда, но в голову не пришло ничего путного.

Хотя в мозгу внезапно возникла сцена.

...Она подходит к двери, причем двери, как две капли воды похожей на ту, которая являлась дверью ее тюремной камеры. Причем в руках у нее связка ключей. Она и сама не знает, откуда у нее они взялись. Она открывает дверь и попадает в комнату без окон. Только в отличие от этой посреди той комнаты возвышался стол. И на нем что-то лежит — что-то, накрытое клеенкой. Она приближается к столу, дотрагивается до клеенки, та начинает сползать с того, что находится на столе, и ужас, небывалый леденящий ужас, охватывает ее, причем еще до того, как ее взгляду предстает то, что лежит на столе. Наконец клеенка сползает полностью, и, отступая в испуге назад, она видит, что на столе покоится...

— Нет, не нравится!

Квазимодо продолжал говорить сам с собой, а Юлия вспомнила, что он вообще-то задал ей вопрос. Хотя что именно он спросил?

— Вы правы, — произнесла ровно она, понимая, что злить Квазимодо не имеет смысла. — *Ему* это явно не понравится. Как, рискну предположить, и то, что вы морите меня здесь голодом и холодом. Почему у меня нет обуви? Разве это *он* вам такое приказал?

Она не имела ни малейшего понятия, кем был этот таинственный *он*. Да и существовал ли *он* в действительности. Хотя, вероятно, существовал: вряд ли Квазимодо, явно интеллектом не отягощенный, мог похитить ее и заточить здесь, в бетонной тюрьме, самостоятельно.

То, что она стала жертвой *похищения*, Юлия уже поняла — эта мысль как-то сама по себе возникла у нее в голове. И она восприняла ее без особой паники, скорее даже весьма прозаично.

Да, это было вполне логичное объяснение тому, что с ней случилось. Вернее, объяснение тому, как она здесь оказалась.

Здесь, в бункере без окон, но зато с металлической дверью и с настоящим Квазимодо в роли тюремщика.

— Нет, не приказывали... — Квазимодо вдруг даже, как ей показалось, испугался. Похоже, он здорово боялся тех, кого именовал не по имени, а только местоимением — *он*.

И отчего-то Юлия вдруг поняла, что не испытывает ни малейшего желания познакомиться с *ним*.

— Ну, тогда принесите мне что-то поесть и попить. И тапочки тоже захватите! И какой-нибудь матрас, что ли, раз заперли меня тут в темнице сырой. Ну, да поживее, милейший!

Юлия вдруг поняла, что Квазимодо, быть может, и далеко не «Мистер Вселенная», однако опасности, по крайней мере прямой, от него не исходит.

Во всяком случае, *в данный момент*.

Ее неуклюжий тюремщик потоптался, шевеля губами и что-то беззвучно повторяя, словно пытаясь запомнить все то, что желала получить от него Юлия. *А ведь в самом деле пытался!* А затем, развернувшись всем своим массивным телом, вышел прочь и прикрыл за собой дверь.

Юлия прислушалась — и поняла, что в этот раз лязга ключей и поворачивающегося замка не услышала. А это могло означать только одно: Квазимодо, напуганный ссылкой на таинственного *него*, бросился выполнять смахивавшие на приказания поручения пленницы и *забыл при этом закрыть на замок ее камеру.*

Не веря своему счастью, Юлия выждала несколько мгновений, уверенная, что Квазимодо вот-вот вернется и закроет дверь на замок. Однако этого *не происходило.*

Медлить еще дольше было сущим безумием. Юлия, забыв о задубевших ногах, проскользнула к двери и потянула ее на себя.

В глаза ей ударил яркий мертвящий свет, шедший от тихо жужжавших неоновых ламп на потолке. Женщина чуть выглянула из-за двери и быстро посмотрела сначала в одну, а потом в другую сторону.

Никого.

Она не ошиблась: ее камера была не единственной в этом длинном, простиравшемся в обоих направлениях на много метров коридоре. Не ведая куда — направо или налево, — удалился Квазимодо, Юлия замерла.

Где же был выход — и куда ей стоило направиться, дабы не столкнуться через несколько секунд лицом к лицу с услужливым тюремщиком?

Она сама не заметила, как сделала первый шаг направо. А затем, ускорив темп, двинулась по коридору, спустя пару мгновений уже практически перейдя на бег.

Вот и конец коридора. Под потолком гудела, мигая, неисправная неоновая лампа. Под ней — небольшая лестница, что вела наверх, к массивной деревянной темной двери — *с круглой золотистой ручкой.*

Юлию охватило странное чувство, что дверь ей знакома. Что она ее уже видела, *и не раз...*

В мгновение ока взлетев по ступенькам, Юлия всем телом повисла на ручке, не сомневаясь, что дверь откроется и она... Да, и что она? *Окажется на свободе?*

Или узрит своего остолбеневшего тюремщика?

Однако не произошло ни того, ни другого, потому что дверь была конечно же заперта. Юлия даже коротко рассмеялась — в дешевых триллерах или фильмах ужасов героиня, *естественно*, могла в последний момент убежать.

Или в том случае, если она была не главной героиней, которой волей сценаристов надлежало, победив всех монстров, выжить, а всего лишь одной из многочисленных глуповатых жертв, то ей было предписано оказаться в лапах жуткого злодея, который ликвидирует ее каким-то особо циничным и наиболее зрелищным способом на потеху жующей попкорн публике.

Но Юлия была не героиней третьесортного фильма, ни даже фильма оскароносного — и дверь, как и надлежало двери, ведущей в логово маньяка, не киношного, а вполне реального, была заперта.

И выхода из подземелья ужаса и отчаяния не было.

Юлия хотела было снова дернуть ручку и вдруг поняла — двери-то никакой перед ней не было. А только *гладкая бетонная стена.*

Но как же так? У нее была галлюцинация — или дверь просто *исчезла?*

(Веселые бельчата, веселые бельчата, веселые бельчата...)

Размышлять об этом не хотелось, тем более у нее внезапно мелькнула шальная мысль: *а что, если она просто пошла не в том направлении?*

Снова вернувшись в коридор, Юлия бросилась в другой его конец. Она миновала приоткрытую дверь собственной камеры и убедилась в том, что Квазимодо еще не вернулся. Да и не мог он так быстро вернуться — с того момента, как она покинула свою тюремную камеру, прошло вряд ли больше пары минут.

А, вероятно, *даже и меньше.*

Юлия быстрым шагом (решив в этот раз не бежать) шествовала по коридору — и вдруг услышала знакомое сопение. Камеры вдруг закончились, она поняла, что попала в своего рода нишу. Женщина окаменела, не зная, что делать, а потом вдруг заметила фигуру Квазимодо.

Он, стоя к ней спиной, возился на небольшой кухоньке, намазывая на толстенный ломоть черного хлеба большие неровные куски дешевого маргарина из мятой упаковки. Это был гигантский невкусный бутерброд — видимо, предназначенный для Юлии.

А в другом конце кухоньки имелась зарешеченная дверь — впрочем, однако, приоткрытая. Сердце женщины вдруг замерло — она уверилась в том, что это и был выход, тот самый, который она так отчаянно искала.

Юлия присмотрелась и поняла: для того чтобы пробраться к выходу, ей надо было пройти через кухоньку, на которой находился, сооружая ей бутерброд, Квазимодо. Тюремщик, завершив действия с маргарином, открыл навесной шкафчик и с урчанием извлек оттуда баночку с красным содержимым.

Юлии едва не стало плохо — она отчего-то вообразила, что тюремщик, являвшийся каннибалом, желает угостить ее законсервированными потрохами своих предыдущих жертв.

Тех самых, что сидели в подвале *до нее.*

И только мгновением позже поняла, что никакая это не кровь, а, судя по всему, вкуснющий джем, малиновый или, быть может, вишневый, который Квазимодо большой алюминиевой ложкой размазывал по неровному слою маргарина, любовно припечатывая своими большими узловатыми пальцами, то и дело с урчанием их облизывая.

Юлия сделала шаг вперед, желая прошмыгнуть за спиной тюремщика и юркнуть к приоткрытой решетке. Однако еще до того, как она смогла сделать это, Квазимодо вдруг с внезапной кошачьей грацией обернулся — и Юлия едва успела отпрянуть за угол.

Она услышала странный звук, похожий на фырканье, а затем осознала, что это тюремщик с шумом втянул носом воздух. Как будто...

Как будто *принюхиваясь.*

— Это *вы?* — раздался его дрожащий и звучавший даже почтительно голос. — Это в самом деле *вы?*

А затем послышался звук его шаркающих шагов, и Юлия сломя голову бросилась обратно. Вступать в неровную схватку с этим великаном она явно не намеревалась. Она юркнула обратно в свою камеру, прикрыла дверь и замерла в углу, как будто никуда и не выходила.

Спустя несколько секунд до нее донеслись шаркающие шаги, астматическое дыхание, дверь приоткрылась, и на пороге возник Квазимодо. В руках он держал поднос, на котором лежал уже известный ей бутерброд и стояла полулитровая бутылочка минеральной воды.

— Ты отсюда выходила? — произнес он строго, а Юлия, мило улыбнувшись, ответила:

— Нет, что вы! Тем более как я могла выйти, вы же меня заперли!

Тюремщик, сопя, уставился на торчавшую в замке связку ключей, затем поставил поднос на пол и произнес:

— Ты это, смотри, не шали. Потому что если что, то нам обоим очень плохо будет. *Он* этого не любит!

И снова этот непонятный *он!*

Непонятный и — в этом Юлия уже не сомневалась — неприятный. Этот *он*, который и похитил ее. Или по чьему приказу ее и удерживали в этом подвале. Квазимодо был только тупым послушным сообщником, вероятно, даже мелкой шестеркой, который, не исключено, даже и не осознавал в полной мере, каким преступлениям он ассистирует.

А вот этот безликий *он*, о котором Квазимодо постоянно вел речь и которого он, судя по всему, очень даже боялся...

Этот *он* был типом нехорошим. *Очень* нехорошим!

— А кто это — *он?* — произнесла Юлия, чувствуя, что ее начинает трясти.

Квазимодо, метнув на нее сердитый взгляд, пробасил:

— Об этом я говорить с такими, как ты, не могу!

С такими, как она... Что же, наивно было предполагать, что она — первая жертва. Если бы ее похитили с целью выкупа или, скажем, для того, чтобы... Чтобы (Юлия подумала об этом с омерзением) подвергнуть ее сексуальному насилию, то все выглядело бы иначе. И похитители бы были иные, и держали бы ее в другом месте, да и действия в отношении ее персоны со стороны преступников были бы совершенно иные.

А так она оказалась в неведомом бункере, в котором имелась масса тюремных камер и в которых, не исключено, она была далеко не первой гостьей-жертвой.

Но от нее зависело, станет ли она жертвой *последней.*

— Это *он* вам запрещает? — произнесла Юлия, чувствуя внезапную жалость к Квазимодо. По сути, ее тюремщик был тоже жертвой — человек больной, явно с отклонениями в психическом развитии, стал невольным соучастником и орудием в руках кого-то гораздо более изощренного и безжалостного.

Того, который и оборудовал всю эту подземную темницу.

Ведь, если подумать, идея была гениальная: вместо равного себе напарника взять в услужение человека ущербного, явно с крайне низким уровнем интеллектуального развития, превратить его в своего раба и тюремщика в эксклюзивной тюрьме, в которой размещались жертвы, похищенные им (или, впрочем, его прочими соглядатаями). Жертвы, с которыми он мог творить все, что угодно.

Да, *все, что угодно.*

От этой кошмарной мысли Юлия вздрогнула — реальность была намного ужаснее и безнадежнее, чем сценарий любого, даже самого крутого, фильма.

Квазимодо засопел и облизнул свои все еще вымазанные в варенье пальцы. Юлия, взглянув на приготовленный для нее бутерброд (и вспомнив, что, намазывая его, Квазимодо уже совал себе пальцы в рот), произнесла:

— Хотите мой бутерброд? Он ведь такой вкусный, а вы ведь наверняка такой голодный...

Тюремщик, сглотнув, уставился на поднос, а затем сипло спросил:

— Ты точно не хочешь?

— Нет, благодарю, я, кажется, *на диете...* — ответила Юлия, что с учетом ситуации звучало не просто иронично, а издевательски, однако Квазимодо, явно не осознавая всех тонкостей и подтекстов, нагнулся, схватил бутерброд и запихал его себе в огромный рот.

Жуя, он закатывал глаза и чавкал, как будто поглощал редкостный деликатес. Впрочем, не исключено, что для него бутерброд из дешевого маргарина и джема в самом деле *был редкостным деликатесом*. Юлия подумала, что этот самый *он* вряд ли относился к своему рабу и тюремщику хорошо.

Но если так, то к тем, кто был заперт в камерах, он наверняка относился намного хуже.

Намного.

— Вкусно? — спросила женщина, дождавшись, пока Квазимодо не прожует и не проглотит. Тот кивнул, затем вдруг закашлялся, глаза у него полезли из орбит — *несчастный подавился!*

Юлия быстро встала на ноги. Самое время бежать прочь, туда, в сторону кухни, чтобы покинуть этот ужасный подвал, чтобы оказаться на свободе...

Она была уже около двери, ее руки теребили торчавшую в замке связку ключей — ее требовалось прихватить в любом случае. А Квазимодо, синея и воздев к горлу руки, корчился в диких спазмах.

Бросив ключи, Юлия подскочила к нему и с силой стала стучать по его спине, точнее, по горбу. Как и у его литературного прообраза, у ее тюремщика, которого она окрестила Квазимодо, имелся самый настоящий горб.

Квазимодо все еще натужно кхекал, тогда Юлия обхватила со спины его необъятную грудь руками и надавила что было силы...

В голове вспыхнула сцена: *она растерянно смотрит на то, как маленький мальчик, подавившийся куском зеленого яблока, синеет у нее на глазах. Ребенок теряет сознание. Юлия не сомневается в том, что он умрет. И что ему уже никто не сможет помочь...*

— Уффф! — выдохнул Квазимодо после того, как она резко сжала его грудь. И Юлия поняла, что только что спасла ему жизнь. И, похоже, сцена, так похожая на ту, которая отложилась у нее в памяти и которая вдруг снова откатила в небытие, на этот раз имела иную, счастливую, развязку.

Хотя...

Смотря на кашлявшего и стучавшего себя по груди Квазимодо, которому, однако, уже ничего не угрожало, Юлия с тоской взглянула на тот конец коридора, в котором находилась кухня. И решетка, за которой — в этом она не сомневалась — выход.

Она упустила крайне подходящий момент. Упустила, чтобы спасти жизнь своему тюремщику. *Что может быть глупее и невероятнее!*

— С вами все в порядке? — спросила она, думая, что если броситься сейчас в сторону кухни, то, вероятно, у нее будет шанс, пусть и небольшой, Квазимодо не настигнет ее.

— Уффф! Ты мне жизнь спасла! — раздался его восхищенный голос. — А то я думал, что помру!

Юлия подала ему бутылку воды, предназначавшуюся вообще-то ей самой, и велела:

— Выпейте. Ну, давайте, чего ждете!

Квазимодо, взяв бутылку в косматую лапу, пробормотал что-то невразумительное.

— Вам требуется жидкость. Чего вы ждете?

Но тюремщик не стал пить — и вдруг Юлия заметила, что крышка у бутылки была уже откручена. И поняла: наверняка туда было *что-то добавлено!* Какая-то гадость, которую ей надлежало принять, утоляя жажду. Есть она могла и отказаться, а вот без воды долго бы не протянула. И так тюремщик и тот, кому он подчинялся, сумели бы накачать ее, к примеру, наркотиками или кое чем похуже.

Только вот что было хуже наркотиков?

Юлия сразу пожалела, что спасла Квазимодо жизнь. А потом тотчас устыдилась этой мысли. Да нет, то, что спасла, конечно, не плохо, но это ни на миллиметр не продвинуло ее в сторону выхода из подземелья, а скорее, наоборот, создало препятствие в виде ее горбатого тюремщика.

— Не хотите пить? — осведомилась саркастически Юлия.— Это он вам приказал меня этой гадостью напичкать? Там что, транквилизаторы?

Квазимодо замотал косматой головой, потом вдруг куда-то ринулся, вновь оставив Юлию одну — с приоткрытой дверью и торчавшими в ней ключами. Пока она раздумывала, что это могло бы значить и что ей следует предпринять, тюремщик вернулся, протягивая ей новую бутылку воды.

На этот раз, как автоматически отметила Юлия, с неоткрученной крышкой, что, однако, ничего не означало — наркотики или даже яд туда можно было ввести иным способом, не повреждая крышки.

— Эта чистая, я сам ее пью. Там ничего нет! — произнес, тяжело дыша, Квазимодо, и Юлия ему вдруг поверила.

Она взяла бутылку воды, открутила крышку и сделала несколько глотков. И только после этого ощутила, как ей хочется пить и есть. И как она устала.

— А что было в другой? — спросила она, и Квазимодо стушевался.

Допив бутылочку, Юлия протянула ее тюремщику и заметила:

— Благодарю. Воду вы в вашем бункере подаете вкусную. Если, конечно, туда не добавлено невесть чего. Это ведь *он* вам велел?

Практически вырвав у нее из рук пустую бутылочку, Квазимодо молча кивнул.

— Я вообще-то вам только что жизнь спасла, как вы сами изволили заметить. Так если я нахожусь здесь против своей воли, то скажите хотя бы, кто этот *он!*

Квазимодо качнул башкой, а потом осмотрелся, словно на полном серьезе ожидая того, что их кто-то может подслушать.

Юлия же тоже бросила быстрый взгляд на стены коридора. Кто знает, быть может, там имеются камеры, или микрофоны, или все эти новомодные штучки-дрючки, которые позволяют следить за тобой, находясь в совершенно ином месте.

— Это *он*... — выдавил из себя тюремщик, и в его больших водянистых глазах мелькнул страх. Да, Квазимодо (которому, как к своему удивлению поняла Юлия, было вряд ли больше двадцати пяти) определенно боялся *его* — не исключено, что *он* был крайне нелюбезен не только к тем, кто по его прихоти похищался и запирался в камеры этого бункера, но и к своему рабу и тюремщику.

— А у него есть имя? — спросила тихо Юлия, но Квазимодо отрицательно качнул головой.

— А у тебя... То есть у вас есть имя?

Тюремщик встрепенулся, наморщил узкий лоб, словно о чем-то усиленно размышляя, а потом беспомощно улыбнулся, демонстрируя длинные клыки.

— Было. Но я забыл. Я вообще все забываю.

Юлия задумалась. Не исключено, Квазимодо страдает каким-то психическим расстройством, не в состоянии удержать в своей памяти ужасные события, прямым участником и даже пособником которых он становится, — и это-то и объясняет, отчего этот зловещий *он* остановил свой выбор именно на этом субъекте. Ведь в случае разоблачения тот не сможет сказать ровным счетом ничего!

Или, как вариант, этот самый *он* мог пичкать его именно для того, чтобы Квазимодо не мог ничего вспомнить и тем самым стать опасным для него свидетелем, какими-то таблетками, от которых отшибает память.

И то, и другое доказывало: *он* был *крайне* опасен. Жесток. Бессовестен. И встретиться с ним Юлии не хотелось.

Совсем не хотелось. Она даже начала постепенно понимать, отчего Квазимодо боится говорить о *нем*.

— *Великий Белк грядет!* — пророкотал вдруг Квазимодо и тут же, втянув испуганно голову в плечи, посмотрел по сторонам.

Не поняв, что именно он сказал, вернее, не доверяя своим ушам, женщина переспросила:

— Что вы сказали? Что-то о... белке?

Так, во всяком случае, ей показалось.

Квазимодо, в очередной раз окинув коридор беспокойным, тревожным взором, понизил тон и заговорщически произнес:

— *Великий Белк грядет!*

Юлия уставилась на Квазимодо. Так и есть, она не ослышалась. И предположения ее верны: этот несчастный попросту психически нездоров.

— А кто этот... этот *Великий Белк*? — произнесла она, чувствуя, однако, внезапный страх. Потому что это словосочетание — *Великий Белк* — было настолько же абсурдно, как...

Как и *пугающе*.

Квазимодо же, выпучив глаза, бросился к ней, и Юлия уже было решила, что он отчего-то намерился ударить ее, но вместо этого тюремщик всего лишь прикрыл ей ладонью рот.

Ладонь была шершавая и теплая.

— Не громко, не громко! — буквально простонал Квазимодо, а Юлия, которой сделалось по-настоящему страшно, выпалила:

— Иначе *что*?

— Он услышит! — заявил тихо, но уверенно, словно в этом не было никаких сомнений, Квазимодо. — Услышит и придет, и...

Снова осмотревшись, тюремщик сказал совершенно обыденным тоном:

— И *съест* тебя!

Юлия поверила — немедленно и безоговорочно. И в то, что этот самый *Великий Белк* существует. И в то, что он, судя по всему, рыщет поблизости, однако в данный момент находится не в бункере, служившем ей темницей. И в то, что если произнести вслух его имя, то Великий Белк заявится сюда.

И в особенности в то, что, оказавшись в бункере, этот неведомый, но такой страшный Великий Белк съест ее.

— Как так *съест?* — выдавила из себя женщина, которой в голову пролезли странные и страшные истории. Пришли на ум и давно читанные сказки. Кто сказал, что сказки — это добрые, веселые, предназначенные для детей истории? *Ничего подобного!* Во многих случаях это садистские, пугающие истории, полные крови, боли, трупов и невероятной жестокости. У тех же братьев Гримм ведьма-каннибал намеревается запечь детей в печке, чтобы ими полакомиться, а потом эти же дети сжигают эту старуху заживо, с кого-то сдирают кожу, кому-то отрубают конечности и голову, кого-то варят в кипятке, кому-то вороны выклевывают глаза, кого-то пожирают волки...

И если бы только у братьев Гримм... Несчастным Колобком — *и тем в итоге закусили*. Как и бедной бабушкой Красной Шапочки. Так что детские сказки в итоге — собрание кошмарных историй с кучей маньяков, убийц и дегенератов.

И на таком воспитывают подрастающее поколение?

Да, Колобка, как и бабушку Красной Шапочки, *сожрали* злодеи. Их поглотила то ли Хитрая Лиса, то ли Серый Волк, то ли...

Тут Юлия вздрогнула, вдруг решив, что докопалась до невероятной истины, которую скрывали от детей вот уже многие столетия.

То ли дело *Великий Белк!*

Внезапно перед ее лицом появилась физиономия Квазимодо, который, щелкнув крепкими клыками, произнес:

— Вот *так* съест! — и одарил ее страшной ухмылкой. И Юлия, в ужасе отшатнувшись, в который раз подумала о том, что находится в плену психа. Только, судя по всему, все же психа безобидного или *считающегося таковым*.

Потому что где-то неподалеку ошивался и другой, судя по всему, псих *очень и очень опасный*.

— А *он*... он когда сюда придет? — произнесла она сипло.

Квазимодо развел лапами и качнул шишковатой головой, то ли не зная, то ли не желая ставить ее в известность.

— Может, *он* вообще не придет? — спросила женщина, вдруг воспрянув к жизни.

Но Квазимодо гаркнул:

— Он грядет... Грядет... *Великий Белк придет и всех нас без горчицы пожрет!*

Он смолк, а Юлия уставилась в коридор, который вел к зарешеченной двери. Затем, взяв Квазимодо за лапу, она прошептала:

— Я же вижу, что ты хороший. Правда, очень хороший. И добрый. И очень-очень ответственный... — Она отметила, как задрожало его тело, и продолжила: — И ты ведь мне сочувствуешь, ведь так?

Квазимодо ничего не ответил, однако его некрасивые уши горели, как два мака.

— Тогда зачем ждать явления... явления этого самого... Ну, ты сам знаешь кого...

Лапа тюремщика сжалась, и Юлия подумала, что если что-то приключится, то он сможет защитить ее от...

От *Великого Белка!*

Однако отчего-то она была уверена, что Великий Белк намного сильнее — на то он, собственно, и *великий*.

— Ты ведь можешь выпустить меня отсюда? — произнесла она, дотрагиваясь левой рукой до лапы Квазимодо, в которой была зажата ее правая. — Ну, чего тебе стоит... Открой, пожалуйста, ту самую дверь с решеточкой...

Реакция была не та, на которую она надеялась. Взревев, Квазимодо впихнул ее — причем достаточно грубо — обратно в камеру, захлопнул дверь, и до женщины донесся звук трижды поворачивающегося ключа.

— Извини, если я сказала что-то не так! Я не хотела, поверь мне! — крикнула она в не закрытое еще оконце. — Однако я не хочу встречаться с... с ним... Отпусти меня, чего тебе стоит! А ему скажешь, что... что я сбежала!

Квазимодо с грохотом закрыл и оконце, и Юлия снова осталась в кромешной темноте. Длилось это, впрочем, недолго, так как оконце распахнулось, в нем мелькнула шерстистая лапа ее тюремщика, швырнувшего ей бутылочку воды.

— Хорошая. Можешь пить! — проревел он, а Юлия попыталась снова перетянуть тюремщика на свою сторону.

— Ну, что вам стоит... Вы же понимаете, что визит... Визит этого Белка ничем хорошим для меня не закончится. Так выпустите же меня отсюда, прошу вас!

Она ощутила, что по щекам снова струятся слезы.

— Ты не понимаешь! — затараторил тюремщик. — Я не могу выпустить тебя, не могу! Великий Белк грядет! И только здесь тебе будет хорошо!

И он снова захлопнул оконце.

Юлия зарыдала, чувствуя, что сейчас сойдет с ума. Если, конечно, *уже не сошла* и все это не было плодом его воспаленного воображения. Но, судя по всему, в темноте наступила на валявшуюся на полу пластиковую бутылочку воды, из-за чего полетела на пол и ощутила острую боль в коленке.

Растирая коленку, Юлия пришла к неутешительному выводу, что все это, увы, происходит на самом деле.

В кошмарной, на грани фола, заполненной ужасными фигурами действительности.

В голову лезли *неприятные* мысли. На ощупь отвинтив крышечку и отпивая из бутылки (Квазимодо Юлия верила, и раз он сказал, что вода хорошая, значит, так оно и было), думала о том, в какой переплет попала.

Итак, она оказалась в руках маньяка — точнее, в руках маньяков, ведь Квазимодо, как ни крути, был на посылках у этого самого *Великого Белка*.

Юлия вздохнула. Что же, маньяки, причем жестокие, бывают не только в третьеразрядных фильмах, но и в реальности. В том числе маньяки, похищающие людей, запирающие их в подвалах и...

И делающие с жертвами что-то очень и очень *нехорошее...*

Думать о том, что же именно делали подобные маньяки со своими жертвами, Юлия решительно не хотела, но в голове возникли картинки, одна страшнее другой. Она снова заплакала, одновременно отхлебывая воду из бутылочки. Что же, по крайней мере, гидробаланс организма находился более-менее в норме.

Из-за этой глупой, точнее, *совершенно идиотской* мысли она начала смеяться, а потом поняла, что у нее самая настоящая истерика.

Впрочем, посмотрела бы она на любого мужика, который бы оказался на ее месте, в лапах маньяка. Нет, судя по всему, даже *маньяков!*

Юлия убедилась в том, что бутылочка пуста. В животе заурчало, она поняла, что ей ужасно хочется есть. Однако идти к двери, барабанить по металлической поверхности и дожидаться появления Квазимодо ей как-то не хотелось.

Потому что — кто знает — вдруг вместо него на пороге окажется этот самый *Великий Белк*.

Полседьмого? Что-то шевельнулось у Юлии в памяти, но так же быстро и снова пропало.

(Веселые бельчата, веселые бельчата, веселые бельчата...)

На этот раз отсутствовал Квазимодо недолго и притащил Юлии целый поднос с черствым хлебом, копченой колбасой, недозревшими зелеными яблоками и отчего-то головкой чеснока.

Юлия набросилась на хлеб с колбасой, уничтожив их в течение нескольких минут. Закусив кислым яблоком, она вздохнула, чувствуя, что ее клонит в сон.

Удивительно, но факт: после ужина (а быть может, *завтрака*) ситуация не представлялась ей уж такой мрачной и безнадежной.

Однако, переборов сонливость, Юлия посмотрела на торчавшие в замке ключи и произнесла:

— А где у вас...

Она смолкла, а Квазимодо непонимающе уставился на нее.

— Ну, мужики, отчего вы все такие непонятливые? Где у вас туалет! — выпалила Юлия.

Квазимодо усмехнулся и сказал:

— В коридоре!

Он сопроводил ее в коридор и, о счастье, повел в нужном направлении. Там, напротив кухни, он указал на незамеченную ей ранее дверь.

— Сюда!

Он распахнул дверь, и Юлия сердито заметила:

— Вряд ли в твои обязанности входит сопровождать меня сюда.

Квазимодо, покраснев, протоптал на кухню, а Юлия, прикрыв дверь, но не до конца, принялась наблюдать за ним. Какое-то время он топтался на кухне, затем, вытащив из холодильника несколько йогуртов, куда-то понес их на подносе. Юлия поняла, что Квазимодо потащил их ей самой, в камеру.

Выждав пару мгновений, она выскользнула из уборной и увидела шествовавшего по коридору Квазимодо.

Вдруг она заметила старинный дисковый телефонный аппарат кошмарного ядовито-горчичного цвета. Едва сдерживая крики радости, Юлия схватила трубку — и поняла, что аппарат, находившийся на столе, не работал: еще бы, он не был подключен к телефонной розетке, да и таковой нигде в гладкой бетонной стене и в помине не было.

Кинув трубку обратно на рычаг, Юлия приуныла. А повернувшись, заметила *лежавшие на кухонном столе ключи.*

Одним движением Юлия схватила их и подбежала к решетке. Та была заперта. Юлия принялась дрожащими руками подбирать ключи, однако не могла понять, где же замочная скважина.

И только через несколько мгновений сообразила, что таковой вообще не было — по крайней мере, изнутри. Зато имелась замочная скважина с обратной, наружной стороны — то есть дверь мог открыть только тот, кто придет сюда извне. Но не тот, кто находится в подвале. И это означало: не только она сама, но даже и Квазимодо был пленником в этом страшном месте, ведущая к которому дверь открывалась только с другой стороны.

И Юлия уже знала, у кого имелся ключ: у *Великого Белка.*

Ей удалось, просунув руки сквозь решетку, вставить ключ в замок с обратной стороны — однако он не двигался.

Еще бы, не могла же она ожидать, что подойдет первый же из двух десятков ключей, которые болтались на связке. Юлия с трудом вытащила ключ из скважины, попыталась вставить другой, однако поза была неудобная, а движения нетренированными, поэтому связка полетела на пол.

С обратной стороны решетки.

Бросившись на колени, Юлия попыталась достать связку ключей, лежавших с другой стороны, однако не могла до них дотянуться. А ведь Квазимодо мог вот-

вот вернуться! И какова, интересно, будет его реакция, когда он увидит ее — и в особенности свою связку ключей, лежащую с обратной стороны решетки и красноречиво свидетельствовавшую о попытке побега, которую предприняла пленница.

Юлия от безысходности заплакала, проклиная всех на свете. Слезы застилали глаза, и ей требовалась швабра или, на худой конец, половник, чтобы дотянуться до связки ключей и подтянуть их к себе.

Она ринулась к кухонному столу, выдвинула ящик, вытащила длинный нож с побуревшей ручкой (женщина запретила себе думать о том, *что именно* резали им), как вдруг ее взгляд упал на висевший на гвоздике над мойкой ключ на зеленой тесемочке.

А там же, в неожиданном для часов месте, висел и пожелтевший циферблат явно неисправной конструкции, на котором две стрелки показывали время: *половину седьмого.*

(Веселые бельчата, веселые бельчата, веселые бельчата...)

Юлия выпустила из рук нож и сорвала ключ, причем с такой силой, что выдернула из стены гвоздик. Затем она подкралась к углу и посмотрела в глубь коридора — Квазимодо возился около ее камеры, кажется, делая уборку.

Уборка в подземном бункере, в котором содержатся похищенные серийным маньяком. И, не исключено, *маньяком-убийцей.*

Тем, чьего прихода с таким трепетом ждал Квазимодо. И кого он называл *Великий Белк.*

Юлия бросилась к решетке, присела на бетонный пол, изогнулась, зажав во вспотевшей руке ключ, — и вдруг заметила, что на разношенных тапочках, принесенных ей Квазимодо, имеется вышивка.

Это была зажавшая в лапках желудь хитрая *белка.*

Или, кто знает, *Великий Белк?*

От неожиданности выпустив из рук ключ, Юлия с ужасом услышала тихое звяканье. Однако, к великому счастью, ключ хоть и упал с обратной стороны решетки, но в отличие от связки ключей не так далеко. Поэтому, без проблем дотянувшись до ключа, Юлия схватила его, приказала себе сосредоточиться, сбросила тапочки с *белкой*, закрыла глаза — и безо всяких проблем вставила ключ в замочную скважину.

Ликуя, Юлия подскочила на ноги и, не ощущая под стопами холода, попробовала повернуть ключ. Тот поддался и, щелкнув, сделал один поворот. Все еще не веря своему счастью, Юлия повернула его *еще раз*. Еще один щелчок, приближавший ее к свободе. Наконец, *третий*.

Решетка медленно, издав легкий скрежет, от которого у Юлии душа ушла в пятки, отошла в сторону, и женщина осторожно ступила на другую сторону.

Она подобрала связку ключей и прихватила их с собой — кто знает, быть может, они ей еще пригодятся. Она двинулась по коридору, который, однако, резко ушел в сторону, а затем привел ее к небольшой, в несколько ступеней, лестнице, опять же из бетона, которая уводила куда-то вниз.

К черной двери без ручки и без тюремного оконца, над которой горел покрашенный черной краской фонарь.

Юлия осмотрелась — больше никакой двери, окна или лаза в коридоре не было. Значит, эта дверь и была выходом на свободу.

Или, кто знает, входом туда, где было еще намного *ужаснее и страшнее*?

Возвращаться обратно, к Квазимодо, Юлия точно не намеревалась. Она спустилась по лестнице к двери, приложила к ней ухо, прислушалась, стараясь поймать хотя бы звук.

— Тут кто живой есть? — произнесла она, чувствуя, что душа у нее уходит в пятки. Потому что подумала о том, что упадет в обморок от ужаса, если вдруг откуда-то раздастся тихий скрипучий голос:

«Живой нет, а вот *мертвый...*»

Но никто подобной глупости, которая встречается в тех самых, ненавистных ей, но столь любимых Стасом (черт побери, почему именно *Стас*?) фильмах ужасов, не произнес. Однако Юлии показалось, что за дверью раздалось какое-то шевеление. Или, быть может, кто-то вздохнул.

Не исключено, конечно, что она все это сама выдумала.

Юлия снова обернулась, размышляя над тем, что вернуться к Квазимодо — не такая уж дурацкая идея. Однако она сама не заметила, как ее рука воткнула ключ, все тот же самый, на зеленой тесемочке, в еле приметную замочную скважину.

В которую ключ вошел, как нож в масло. Юлия подумала, что метафора *далеко не самая подходящая*, дернула было ключ, решив, что не стоит все же открывать эту странную и *страшную* дверь.

Однако при этом повернула ключ, замок щелкнул, и босыми ногами Юлия вдруг ощутила легкое дуновение. Посмотрев вниз, она вдруг поняла, что *дверь приоткрылась*.

Юлия осторожно раскрыла ее, ожидая увидеть там все, что угодно. Например, притаившегося Великого Белка. Или камеру с развешанными на крюках мертвыми телами.

Или даже выход на улицу, ведущую к станции метро на московской окраине.

Однако ничего этого в камере не было — ровным счетом ничего. Юлия присмотрелась и поняла, что камера просто-напросто *пуста*.

И ради этого она подвергала свою жизнь опасности и очаровывала Квазимодо?

Внезапно из самого темного угла, прямо за дверью, донесся явный вздох, и Юлия в ужасе подпрыгнула.

Нет, она ошиблась, в камере все-таки *кто-то был*. Первым желанием Юлии было бежать прочь, не забыв, однако, закрыть дверь на замок. Однако, неимоверным усилием воли пересилив себя, Юлия, чувствуя, что волосы на голове у нее начинают шевелиться, сипло произнесла:

— Кто здесь?

В темноте — свет фонаря не попадал в угол за дверью — что-то шевельнулось, выдвинулось вперед, и Юлия, инстинктивно отступив назад, услышала вздох.

И вслед за этим ее глазам предстала девочка лет десяти, с заплетенными в косички белыми волосами, украшенными нелепой заколкой с *веселой белочкой*. Выбившиеся из косичек пряди, сальные и грязные, спадали до самого подбородка. Под ними еле угадывалось бледное, усеянное редкими веснушками лицо. Облаченная в лохмотья, некогда бывшие платьем, девочка стояла с закрытыми глазами.

Юлия вдруг прижала ее к себе и, гладя по тощей спине, чувствуя каждый позвонок, вдруг странно, *словно придушенно*, сказала:

— Господи, моя хорошая, все в порядке! Все закончилось! Что он сделал с тобой, что он сделал...

И вдруг поняла, что совершенно не хочет знать то, что он сделал с юной пленницей.

Он, Великий Белк. *Кто же еще...*

Девочка, тельце которой сотрясалось в рыданиях, пробормотала:

— Господи! Юлюсик! Ты наконец пришла! Я так рад, что ты пришла! Наконец-то...

Юлия, осторожно отстранив от себя девочку, лицо которой не выражало никаких эмоций, а глаза были все еще закрыты, спросила, чувствуя, что во рту внезапно пересохло:

— Откуда ты знаешь, как меня зовут?

Девочка, снова повиснув у нее на шее, ответила:

— *Он* сказал! Он сказал, что ты придешь! И что тебя зовут Юлия!

Юлия попыталась отстранить ребенка от себя, но это не получилось — она ощутила длинные острые коготки девочки, которые впились ей в шею.

— Кто он? — произнесла тихо Юлия, сердце которой вдруг забилось с утроенной силой. Потому что в ее голове крутилась одна и та же мысль*: «А кто, собственно, сказал, что Великий Белк обязательно мужчина, а не, скажем, девочка-подросток?»*

— Ты ведь сама знаешь, Юлюсик, не так ли? — раздался голос девочки, но голос этот был... был совсем не голос девочки. Он был такой страшный — и такой знакомый. Юлия могла поклясться, что знает, кому он принадлежит.

Но не помнит.

— Кто он? — закричала Юлия, с силой отшвыривая от себя девочку.

Та, упав на пол, захныкала, и голос у нее был прежний, нормальный, детский. Юлия ужаснулась самой себе — она подняла руку на ребенка! Причем на ребенка, который, судя по всему, гораздо дольше ее самой был пленницей психопата или даже команды психопатов и претерпевал, не исключено, *кошмарнейшие мучения,* о которых она, взрослая тетка, не имела и *не хотела* иметь понятия.

На ребенка, который, скорее всего, сошел с ума от ужаса, но который оставался ребенком и которому требовалась помощь.

— Детка, извини, я не хотела... — произнесла, склоняясь над девочкой, Юлия, а та вдруг подняла на нее свое личико, по-прежнему полускрытое волосами, и прошипела:

— Сама пришла ко мне, Юлюсик! Сама! Я так и знал, так и знал, что ты ко мне придешь...

И рукой откинула волосы с лица — и Юлия в ужасе увидела, что глаза у девочки были закрыты, а рот...

Зашит. Проволокой.

Девочка железной хваткой схватила Юлию за руку. Та, снова откинув от себя девочку, выбежала прочь и захлопнула дверь. И, к своему ужасу, убедилась в том, что ключ на зеленой тесемочке, который должен был торчать с обратной стороны двери, исчез.

Неужели она забрала его с собой и забыла теперь в камере с этой... с этой странной девочкой?

С девочкой, которая отчего-то говорит о себе от лица мужчины.

И Юлия была уверена: *от лица Великого Белка.*

Нет, ключа она с собой не брала. Тогда его исчезновение можно было объяснить единственным образом: кто-то, пользуясь тем, что она была занята с девочкой в камере, подкрался и вытащил ключ из двери.

Неужели Квазимодо?

Юлия отошла в сторону, потому что дверь отлетела в сторону, как будто распахнула ее не немощная хилая девочка, а взрослый тренированный мужчина.

Девочка, криво ухмыляясь, стояла на пороге. Глаза ее были все еще закрыты.

— Юлюсик, не надо от меня бежать, — донеслось с порога, хотя девочка явно *не могла* говорить: рот-то у нее был *зашит.* — Ну, иди же ко мне! Ты ведь хочешь узнать, кто я такой? Так давай я тебе расскажу!

Но если это говорила не девочка, то тогда *кто?* Ответ был очевиден: *Великий Белк.*

— Нет, извини, не хочу. Я не хотела тебя тревожить... — бормотала, отступая, Юлия, сама не ведая, что ей делать.

— Ты ведь думаешь о том, отчего я говорю о себе, как о мужчине? — неслось от девочки, а Юлия затрясла головой:

— Нет, не хочу... Поверь мне, не хочу...

— Врешь! — взвыла девочка. — Как пить дать, врешь! Юлюсик, какая же ты лгунья. Я этого не люблю, ой как не люблю...

Юлия пятилась, а девочка наступала на нее. Наконец Юлия хребтом уперлась в решетку — значит, она вернулась обратно, к бункеру с Квазимодо.

— А хочешь ли ты узнать, отчего я не открываю глаз? — произнесла, не раскрывая зашитого рта, девочка, и Юлия истошно закричала:

— Не хочу! Не хочу! Не хочу! Оставь меня в покое и иди туда, откуда пришла...

Девочка усмехнулась, причем не по-детски, а как старый прожженный циник, и с деланым удивлением протянула:

— Ну, детка, ты хватила. Не я к тебе пришел, а ты сама ко мне заявилась. И мой покой нарушила. Вытащила на свет божий и еще хочешь, чтобы я же и убрался. Какая ты, однако, *тварь!*

Девочка надвигалась на нее, причем шла она, несмотря на свои закрытые глаза, уверенно, как будто глаза для перемещения по коридору ей вовсе и не требовались.

— Так хочешь, чтобы я открыла глаза? — взревела вдруг девочка, а Юлия завопила:

— Нет, не хочу! Не хочу! Не хочу!

В этот момент кто-то со спины рванул ее на себя, протащил через дверь на кухню, и Юлия поняла, что это был вовремя подоспевший Квазимодо.

Он захлопнул перед носом девочки решетку, а девочка расхохоталась:

— От меня не уйдешь, Юлюсик! Нет, не уйдешь!

И открыла глаза.

Юлия всегда думала — что такого страшного в том, что Вий грозился поднять веки. Ну, или требовал, чтобы прочая нечисть их ему подняла. Черти, кикиморы и вурдалаки, заполонившие сельскую церквушку, всегда казались ей гораздо более ужасными креатурами, чем погань с неподъемными ресницами.

Но теперь она поняла, что же свело с ума несчастного Хому и какой взгляд был у Вия.

Глаз у девочки не было — *вообще никаких.* Вместо них зияли пустые черные глазницы. Юлия закричала и, отталкивая Квазимодо, бросилась по коридору к себе в камеру.

Оказавшись в ней, она забилась в угол. Дверь раскрылась, и к ней присоединился трясшийся от ужаса тюремщик.

— Зачем ты впустила его... Зачем... — бормотал он, вжимаясь в стену.

— Это и есть *Великий Белк*? — спросила Юлия, впрочем, зная ответ на этот вопрос.

Квазимодо, прислушавшись, повел головой и произнес:

— Кажется, ушел. Потому что это не его территория...

— Что это значит? — спросила Юлия, а тюремщик заявил:

— Сиди тут. Я тебя запру!

Он вышел в коридор, а Юлия, которая недавно все бы отдала, чтобы покинуть камеру, была счастлива, когда услышала, как он запирает ее на три оборота.

— Не оставляй меня, прошу тебя! — крикнула она, но Квазимодо, что-то бормоча, двинулся прочь.

Так прошло несколько минут. Юлия в изнеможении опустилась на матрас и поняла, что у нее нет даже сил, чтобы плакать.

В этот момент в дверь что-то ударило. Юлия подскочила. Последовал еще один удар, гораздо сильнее. Затем распахнулось оконце, и в глаза ей ударил нестерпимый яркий свет, как будто кто-то направил на нее мощный прожектор.

— Юлюсик! Я же сказал, что от меня не уйдешь! Ты искала меня, и я тебя нашел!

Юлия истошно закричала, потому что массивная дверь стала ходить ходуном, а потом, словно под влиянием огромной внешней силы, треснула. В трещины полился нестерпимый яркий свет. Юлия продолжала кричать. В пустом дверном отверстии вдруг возник силуэт, но из-за невыносимой яркости света Юлия не могла разобрать, кто это. Она даже была не в состоянии сказать, ребенок это или взрослый.

Она знала только одно: Квазимодо предупреждал, что Великий Белк грядет. И вот момент настал — *Великий Белк пришел*.

И пришел он, чтобы *съесть ее*.

— Юлюсик! Вот и я! Пойдем со мной! Пойдем со мной! Я сделаю тебе хорошо. И очень, очень, очень *больно...*

К ней тянулась чья-то шерстистая когтистая лапа, Юлия кричала и кричала. И вдруг поняла, что длинные холодные пальцы схватили ее, поняла — и закричала еще сильнее...

Вне бункера

...И открыла глаза. Кто-то держал ее за руку, и Юлия, крича, попыталась увернуться. Но вместо этого как-то неудачно накренилась — и полетела куда-то вниз. Ей хотелось только одного: чтобы Великий Белк не прикасался к ней.

Не прикасался к ней...

— Великий Белк, — прошептала она и посмотрела на монстра, державшего ее за руку.

Только это был вовсе не монстр, а миловидная, облаченная в светло-зеленый медицинский комбинезон женщина, пытавшаяся ее успокоить.

Юлия затравленно осмотрелась — и поняла, что выпала из кровати, больничной кровати, располагавшейся вовсе не в непонятном бункере и не в камере без окон, а в просторной комнате, вернее, палате.

— Где *он?* — спросила Юлия женщину, а та, продолжая держать ее руку, ответила:

— Все в порядке, все в полном порядке... Ведь это был сон, всего лишь сон!

Юлия, вдруг поняв, что ее голову опутывают провода, подсоединенные к странным сверкающим и попискивающим приборам, принялась срывать их с висков, шеи и запястий.

Дверь растворилась, в палату быстрым шагом прошел полноватый лысый врач в огромных размеров очках-велосипеде — такие были популярны, если судить по старым фильмам, еще до войны, потом надолго и надежно вышли из моды и вот недавно снова сделались шикарным аксессуаром.

Юлия уставилась на него, пытавшегося ей что-то объяснить и желавшего, чтобы она оставила провода в покое. Женщина же думала над словами медсестры.

Все это был *сон*, всего лишь сон...

И помещение, и обстановка разительно отличались от того мрачного, гиблого места, в котором... В котором она только что находилась. Или, во всяком случае, считала, что находилась.

Да и врач, все еще пытавшийся что-то ей объяснить, не был тюремщиком-Квазимодо. А миловидная медсестра ничуть не походила на девочку с пустыми глазницами.

— Юлия Васильевна, мы же договаривалась. Это в ваших же интересах! Вы же хотите избавиться от кошмаров, не так ли?

Юлия непонимающе посмотрела на него — и вдруг *вспомнила.* И от сердца тотчас отлегло. Господи, а ведь она все это время считала, что то, что происходило в страшном подвале, реальность.

А это в самом деле был только сон, *пусть и страшный.*

Доктор отдал распоряжения медсестре, назначив внутривенную инъекцию какого-то препарата. Когда та склонилась над Юлией со шприцем, женщина инстинктивно отпрянула и закричала:

— Нет, оставьте! Я не хочу! Не делайте мне никаких инъекций!

Доктор пожал плечами, медсестра, на лице которой возникла недовольная гримаска, так и замерла со шприцем в руке.

— Юлия Васильевна, ну я же подробно вам объяснил, что препарат легкий и что вам в вашем состоянии обязательно требуется...

Лысый доктор замолчал, потому что в палату вошел высокий темноволосый мужчина со стильной щетиной на мужественном лице и завораживающими пронзительными синими глазами.

В течение секунды или, может быть, двух Юлия смотрела на него, не понимая, кто это, а потом в голове словно щелкнуло — и все стало на свои места. Она едва не покраснела, стыдясь того, что не узнала в первый момент своего собственного мужа, Романа.

— Солнышко, с тобой все в порядке? — спросил он, подходя к по-прежнему сидевшей на полу Юлии, не дожидаясь ответа, с легкостью подхватил ее и бережно усадил на кровать, с которой той довелось свалиться.

Затем мужчина склонился и поцеловал Юлию в висок.

— И все же я настоятельно рекомендую, чтобы после сеанса сонотерапии... — бубнил доктор, а муж, внимательно взирая своими пронзительными синими глазами на Юлию, отрывисто произнес:

— Благодарю вас, Эдуард Андреевич. Однако никакая инъекция, как уже сказала моя супруга, нам не требуется. И не могли бы вы оставить нас наедине.

Врач и медсестра удалились, а последняя даже прикрыла за собой дверь. Юлия вздрогнула, потому что на мгновение представила, что это совсем иная дверь. Та самая, черная, за которой притаилась ужасная девочка с зашитым ртом и пустыми глазницами.

— Солнышко, на тебе лица нет. Извини, что пришлось подвергнуть тебя всему этому. Однако мы сейчас отсюда уедем и больше никогда не вернемся, — проговорил муж, обнял ее, и Юлия, чувствуя его поцелуи и крепкие объятия, устыдилась того, как могла забыть о том, что уже почти два года замужем за Романом. Нет, она не могла этого забыть, не имела права — и тем не менее во время этого жуткого сна напрочь упустила это из виду.

Как будто попала в иную реальность.

— Ну, все хорошо, солнышко! — Муж прижал ее к себе, и Юлия, уткнувшись ему в широкую грудь, вдруг разревелась.

— Это было так... так *ужасно!* И, что еще хуже, так... так *правдоподобно!* Я думала, что все то, что мне приснилось, и является... Является реальностью. И происходит со мной на самом деле... И эта девочка...

Юлия перестала плакать, подняв голову, потому что в палату вошла другая медсестра, которая принесла на подносе стакан и бутылочку минеральной воды.

Точно такой же марки, *как и в бункере*. Том самом бункере, в котором Юлия оказалась во сне.

Юлия вздрогнула, Роман нетерпеливо махнул рукой, давая понять, что момент более чем неподходящий. Медсестра, виновато улыбаясь, прикрыла дверь — и Юлия вдруг закричала.

Потому что за мгновение до того, как дверь оказалась прикрытой, увидела в коридоре знакомую фигуру — бледную изможденную девочку с косичками, в странном потрепанном платье, *с зашитым ртом и с пустыми глазницами.*

— Там, там... Она там! — крикнула Юлия, указывая дрожащей рукой на дверь. Роман ринулся к двери, распахнул ее, чем до смерти напугал медсестру с подносом.

В коридоре, разумеется, не было никакой девочки.

— Она только что была там! — упрямо заявила Юлия, понимая, насколько абсурдно, более того, *идиотично* звучат ее слова.

Роман, схватив за локоть медсестру с подносом, требовательно произнес:

— В коридоре кто-то был?

Та, к ужасу Юлии, кивнула, а Роман потребовал сказать, кто же именно.

— Эдуард Андреевич был. Потом Женя, одна из наших медсестер. Ну, и только что один из пациентов прошел...

Роман пожелал знать, что именно за пациент и не была ли этим пациентом девочка с косичками. Медсестра, вытаращив на него глаза, ответила:

— У нас детей в качестве пациентов нет. Потому что сонотерапия применяется только ко взрослым. А если к пациентам и приезжают дети, то здесь они не ходят. И нет, никакой девочки здесь нет и в помине. И мальчика, кстати, тоже. А теперь отпустите, прошу вас, мой локоть. Вы делаете мне больно!

Сухо извинившись, Роман закрыл дверь, подошел к Юлии и, усевшись рядом с ней на широкую больничную кровать, обнял. Та, снова зарыдав, склонила ему голову на плечо.

— Господи, Рома, я схожу с ума. Твоя жена — псих! Причем не в переносном значении, а в самом настоящем. Крайне опасный клинический псих!

Роман нежно погладил ее по голове и, поцеловав в ухо, произнес:

— А если я скажу тебе, что тоже только что видел эту самую девочку в коридоре...

Юлия отпрянула, уставившись на мужа, и медленно произнесла:

— Не надо меня жалеть. И врать, чтобы подыграть мне, тоже не надо. Так ты видел девочку в коридоре или нет?

Муж, посмотрев на нее, отвел взгляд своих синих глаз и беспомощно вздохнул. И Юлии даже не потребовался его ответ, чтобы понять — *нет, не видел.*

— Вот видишь, медсестра не видела! Ты не видел! *А я видела!* Эту самую девочку-монстра с зашитым проволокой ртом и ужасными пустыми глазницами. Сначала я вообразила, что она появилась в подвале нашего особняка. Потом она стала приходить ко мне в этих ужасающих, невероятно реалистичных снах. А теперь она преследует меня *везде!*

Юлия снова заплакала, чувствуя, однако, что слезы иссякли. Она и так в последние месяцы и недели слишком много плакала. Сначала гибель мамы в автокатастрофе. Потом смерть отца — причем она не знала, был ли это несчастный случай или завуалированное самоубийство. А потом кутерьма с этой чертовой девочкой с зашитым ртом и пустыми глазницами.

Чертовой...

И сны — ужасающие, такие затягивающие, похожие на параллельную реальность сны.

— Ну, солнышко, для этого мы и здесь, в этом частном медицинском институте, который специализируется на пациентах с нарушениями сна, чтобы вылечить это...

Роман, как всегда, пытался приободрить ее и настроить на позитивный лад.

Юлия, оторвавшись от груди мужа, посмотрела на него и, вздохнув, ответила:

— А что, если это *неизлечимо*? Что, если я схожу с ума или, кто знает, *уже сошла?* И если меня посадят в психушку, в закрытое отделение для буйных?

Поцеловав ее в нос, Роман заявил:

— Тогда я тоже заявлю, что вижу девочку с зашитым ртом, и меня запрут в то же отделение, где находишься и ты, солнышко. И мы таким образом воссоединимся!

Юлия невесело усмехнулась и, сорвав последний провод с головы, ответила:

— Но вся разница в том, что ты ее не видишь, а я вижу. Значит, со мной что-то в самом деле творится страшное! И что я *больна!*

Муж положил ей на плечо руку и, нахмурившись, сказал:

— Ты это брось. Мы уже об этом говорили. Слава богу, что это никакая не опухоль в мозгу, которая приводит к галлюцинациям.

— *Лучше бы* была опухоль! — заявила в сердцах Юлия. — Ее можно было бы вырезать. Или лечить. И я бы знала: все эти девочки с зашитыми ртами — результат того, что опухоль в моем мозгу давит на определенные участки и провоцирует галлюцинации. А так... Так приходится смириться с мыслью, что *я сошла с ума!*

Роман, строго посмотрев на нее, произнес:

— Миллионы людей отдали бы все на свете, чтобы они сами или их родные и близкие *никогда бы* не заработали опухоль головного мозга, а ты сожалеешь, что *у тебя ее нет*. Мне это не нравится, солнышко!

Юлия вздохнула и ответила:

— Думаешь, *мне* это нравится? Эта девчонка преследует меня везде... Ведь именно из-за того, что она привиделась мне в подвале нашего дома, нам пришлось оттуда съехать и перебраться в московскую квартиру. Там я на нее еще пока что не натыкалась, однако она возникла здесь, в клинике! И это — вопрос времени, пока она не доберется и до нашей спальни!

Взглянув на нее, муж сказал:

— В триллере в итоге бы выяснилось, что девчонка существует. Только видишь ее только ты, потому что обладаешь паранормальными способностями и можешь (тут он понизил голос и скорчил уморительно-страшную гримасу) *говорить с мертвыми...*

Юлия прыснула — чего Роману было не занимать, так это легкого, веселого отношения к любой проблеме. Только вот как он отнесется к тому, если выяснится, что его жена шизофреничка? Или страдает еще каким-то тяжелым психическим заболеванием.

— Или что эта девочка пришелец и что пришельцы окружают нас, не видимые для обычных, глупых, людишек вроде доктора и меня. И только *избранные* могут узреть их в полной красе!

Юлия больше не улыбалась, потому что на мгновение ей показалось, что за спиной Романа возникла, а потом исчезла...

Бледная девочка с косичками, в старом платьице с зашитым проволокой ртом и с пустыми глазницами.

— Тебе нехорошо? — спросил супруг, заметив, как переменилось ее лицо, но Юлия уверила его, что все в порядке.

Видение (если оно вообще было) исчезло, и никто за спиной Романа конечно же не возникал и не пропадал. Эта чертова девочка была только в ее воображении, вернее, в ее голове, в ее мозгах.

И во снах.

А с некоторых пор — *и в окружавшей ее действительности.*

— *Опять* ее увидела? — спросил муж отрывисто, и Юлия знала, что если он говорит в таком тоне, значит, он чем-то взволнован или недоволен.

— Да нет же, — соврала Юлия. — Просто устала.

Муж, кажется, не поверил ей, однако настаивать на своем не стал. Снова поцеловав Юлию, он произнес:

— Нет, зря мы сюда подались. Похоже, это новомодная сонотерапия только все ухудшает, а не избавляет тебя от проблем...

Юлия, бросив взгляд на стоявшие около кровати приборы, медленно произнесла:

— Я так не думаю. Потому что....

Она смолкла, а Роман взял ее за руку:

— Солнышко, что ты хочешь сказать?

Юлия, запинаясь, выпалила:

— Потому что... Потому что если *это* и можно побороть, то там... *Во снах!*

Муж взглянул на нее с неподдельным изумлением, а Юлия зачастила:

— Да, понимаешь, это ведь сон... Но какой-то очень странный... У всех нас есть повторяющиеся мотивы, даже несколько, которые то и дело приходят к нам ночью. Однако стоит мне закрыть глаза — и ко мне является рано или поздно эта чертова девочка! И если этому и можно положить конец, то только если узнать, откуда она пришла... Откуда *он* пришел...

— *Он?* — произнес обеспокоенно Роман. — Ты хотела сказать *она?*

Юлия не знала, говорить ли ему о том, что привиделось ей во сне. О *Великом Белке*, о котором она узнала от Квазимодо. И который, судя по всему, говорил с ней через девчонку с черными глазницами.

Откуда Квазимодо взялся, она уже поняла — из реальности, *ее собственной*. Она помнила, как, побывав на мюзикле «Собор Парижской Богоматери», том самом, на котором и познакомилась с Романом (их места оказались случайно рядом), впечатлилась поистине зверским обликом зловещего, а по сути, несчастного горбуна, который наверняка отложился в глубинах ее памяти.

И перенесся в таинственный бункер, служивший инфернальной декорацией ее повторяющегося кошмарного сна.

— Да, извини... Конечно, я хотела сказать — откуда *она* пришла. Понимаешь, если это не органика, то мои анализы должны указывать на это, то это однозначно *психическое заболевание!*

Роман снова привлек ее к себе и, обняв, сказал:

— Бедное мое солнышко! Если я правильно понимаю всех этих эскулапов, то больная психика в итоге тоже результат нездоровой органики. Слава богу, никакой опухоли, даже в зачаточном состоянии, у тебя нет. Никакой травмы головного мозга, никакого микроинсульта, никакой закупоренной артерии, никакого тромба, никакой аневризмы...

— Говорю же — *лучше бы были!* — заявила упрямо Юлия, а муж снова нахмурился:

— Нет, далеко не лучше! Потому что мы побывали у многих специалистов, но не у всех. Не исключено: наши столичные светила ничего найти просто не могут. Значит, обратимся к заграничным. Тут нужны не все эти профессора и академики, а медицинский гений наподобие доктора Хауса. Он бы вместе со своей командой в два счета выяснил, что у тебя, не исключено, какое-то редкое гормональное заболевание, приводящее в итоге к галлюцинациям. Или что это последствия какого-нибудь отравления невесть какими тяжелыми металлами, о котором мы сами не имеем представления. Или банальный защемленный нерв... Или крайне редкий синдром, который возникает у пяти человек на три миллиарда. Или только у тебя, солнышко!

На этот раз Юлия привлекла к себе мужа и сказала:

— Ты прав. Мы побывали не у всех специалистов, однако ходить по врачам я уже больше физически не могу. Так что тебе придется смириться с мыслью, что *жена у тебя сумасшедшая!*

Она нервно рассмеялась, наверное, даже чересчур нервно, потому что Юлия заметила, как Роман изменился в лице, однако затем снова ее поцеловал.

— Все будет хорошо, солнышко! — заявил он, а Юлия, не желая разочаровывать его и думая над тем, что все *очень даже плохо*, вдруг произнесла:

— Нам надо найти ее.

— Кого, солнышко? — спросил Роман, а Юлия ответила:

— *Эту чертову девочку с зашитым проволокой ртом и пустыми глазницами.*

Она ощутила, как муж вздрогнул, а потом, быстро взяв себя в руки, нейтральным тоном произнес:

— Что значит — *найти*, солнышко? Она *ведь*...

Он запнулся, а Юлия завершила его мысль:

— Она ведь плод моего больного воображения, хочешь ты сказать? Да, ты прав, она плод моего больного воображения, и это так. Потому что нет и не было у меня никогда дара видеть мертвых девочек. Однако я ведь читала о повторяющихся сновидениях и галлюцинациях в Интернете. То, что приходит раз за разом, не случайно. У всего имеется своя причина. Это вовсе не значит, что девочка имелась на самом деле. Скорее всего, *нет*. Но она или символ чего-то, и я хочу узнать, чего именно. Или это образ, который отчего-то застрял у меня в голове и отчего-то терзает меня. Поэтому я и хочу *найти ее*...

Дверь снова открылась, на пороге возник, вежливо кашлянув, лысый доктор.

— Думаю, для первого сеанса достаточно, — произнес он, на что Роман несколько грубовато заявил:

— Мы того же мнения. Моей жене требуется еще какое-то время. Если вы будете столь любезны оставить нас...

Доктор, посмотрев на Юлию, поправил очки и заявил:

— Хорошо. Однако зайдите ко мне, я покажу и прокомментирую вам энцефалограмму...

Когда он ушел, Роман сказал:

— Не нравится мне эта сонотерапия, солнышко. Они обещали погрузить тебя в твой кошмар... И они это сделали! И вот именно это мне и не нравится. Мы были здесь в первый и последний раз...

Юлия, сползая с кровати, ответила:

— А вот я не разделяю это мнение. Да, в этот раз все было гораздо дольше, интенсивнее и... И невероятно реалистичнее. Однако... Однако *только так* можно с этим бороться, поверь мне, Рома!

Муж скептически уставился на нее. Юлия не стала говорить ему, что в последние дни изучила в Интернете массу статей о контролируемых сновидениях. И ведь она явно видела во сне только то, что было в какой-то степени контролируемым: она совершала ряд осмысленных, взаимосвязанных действий. Например, обманула Квазимодо, стащила ключ на зеленой тесемочке, пробралась в коридор и открыла камеру, в которой, как выяснилось, сидела эта самая чертова девочка с пустыми глазницами.

Девочка, которая в то же время каким-то непостижимым образом являлась Великим Белком...

— Что ты сказала, солнышко? — раздался голос мужа. — *Белка?* Какая такая белка? *Великая?* То есть крупная, ты хочешь сказать? Но *что* это значит?

Юлия поняла, что произнесла последнюю свою мысль вслух. И явно озадачила тем супруга.

— Извини, вырвалось... Подумала отчего-то о зверушках, которых... Которых мы с тобой когда-то видели в зоопарке. Помнишь?

Никаких таких зверушек, во всяком случае белок, они ни в каком зоопарке не видели, однако ничего иного выдумать Юлия не смогла. Ей было очень стыдно — вот, докатилась. Мало того что сумасшедшая, так еще и любимого мужа обманывает.

А то, что муж был *любимым*, не подлежало сомнению.

— Гм, зверушек? Ну, если честно, но не особо... Но теперь, кажется, что-то припоминаю...

Юлия усмехнулась: то ли муж был готов припомнить даже то, чего не было на самом деле, то ли ей удалось вложить ему в голову ложное воспоминание. Какая же она, однако, *гадкая!*

Она посмотрела с любовью на Романа и подумала, что не заслуживает его. А он не заслуживает больной, истеричной, явно сумасшедшей жены. То есть такой, какой была она. И поэтому она во что бы то ни стало желала изменить все. Ну, все не получится, ведь в последнее время несчастья обрушились на ее семью одно за другим.

Родителей не вернешь, а вот попытаться вернуть себе здоровье можно. Тем более у них есть средства, они молоды и полны энергии и любят друг друга...

Да, только так, а не иначе — контролируя сновидение раз за разом все сильнее и сильнее, — она сможет...

Сможет избавиться от этой девочки! Даже если ей для этого придется *убить ее* — конечно же *во сне.*

В *собственном* сне.

— Ты уверена? — произнес озадаченный муж, а Юлия, направляясь босиком в туалет, ответила:

— Я знаю!

Зайдя туда, она затворила дверь, пустила в умывальнике воду и долго-долго стояла, вцепившись руками в раковину, не смея взглянуть в висевшее напротив нее зеркало.

Потому что по всем законам жанра она должна была посмотреть в него — и увидеть отражение стоящей за ней мертвой девочки. Непременно с ехидной сатанинской ухмылкой. И пустыми глазницами, из которых струилась черная кровь.

Юлия пересилила себя, взглянула в зеркало — и с облегчением отметила, что никакой мертвой девочки у нее за спиной не стояло. И вообще, с чего она взяла, что девочка была мертвой?

Правильно, на этот вопрос она уже дала себе ответ: потому что ложно быть живым с *вырванными глазами*.

Только откуда она в курсе, что глаза у девочки были *вырваны*?

Она снова схватилась за края раковины, вспоминая свое первое видение. Или это было не первое?

Темный коридор... Мертвенный свет... Комната... Стол, на котором лежит нечто, накрытое неким подобием целлофана. Она тянет на себя целлофан, тот сползает...

И она видит мертвую девочку с зашитым проволокой ртом и пустыми глазницами.

А потом... Потом эта девочка вдруг резко садится и раскрывает рот в беззвучном крике...

Юлия едва сдержала крик, потому что воспоминания были настолько сильные, что ей сделалось страшно. *Очень* страшно. Наверное, почти столь же страшно, как тогда, когда Роман обнаружил ее саму в глубоком обмороке в ванной комнате супружеской спальни в их подмосковном особняке. Ей крайне повезло, что, упав, она не разбила висок об угол мраморной ванны.

Юлия боялась взглянуть в зеркало, потому что была уверена, что в этот раз ее страшная спутница возникнет там. И все же она приказала себе посмотреть туда — и убедилась, что в зеркале отражается *исключительно она сама*.

Приступ паники прошел столь же быстро, как и накатил. Юлия закрутила воду и подошла к столику, на котором лежала ее одежда — перед тем как подвергнуться сеансу сонотерапии, она переоделась в некое подобие ночнушки.

И только сейчас поняла, что это та же самая хламида, в которой она привиделась самой себе в качестве узницы в последнем кошмаре.

Раздался шорох (*или Юлии так показалось*), и она увидела, что из-за занавески душа что-то выглядывает.

Это была острая детская коленка, прикрытая серой юбкой.

Дрожа, Юлия подошла к душу и, осторожно взявшись за край занавески, хотела рывком отвести ее в сторону, чтобы убедиться, что никакой мертвой девочки с зашитым ртом и пустыми глазницами там не было и в помине.

И по определению не могло быть.

— *Великий Белк?* — произнесла она, и вдруг на нее нахлынула новая волна паники, и женщина, не переодеваясь, опрометью бросилась вон, выбежала из палаты и оказалась в коридоре, где едва не налетела на миловидную медсестру, ту самую, которая хотела сделать ей инъекцию. Однако медсестра, несмотря на свои смазливые черты, отчего-то ей решительно не нравилась.

— Где мой муж? — спросила Юлия с вызовом, а медсестра, поджав губы, ответила:

— Беседует с Эдуардом Андреевичем. Вы еще не переоделись? *Вам помочь?*

Игнорируя ее колкий тон, Юлия вместе с медсестрой (одна бы она туда войти не решилась) вернулась в палату и велела той принести со столика в туалете ее одежду.

Та раскрыла дверь, прошла в смежную комнатку, а Юлия, стоя на почтительном расстоянии от двери, все вглядывалась, пытаясь понять — *притаился кто-то за душевой занавеской или нет.*

Вынеся ее вещи, медсестра заметила ее внимательный взгляд и вытянутую шею и спросила:

— Вы что-то ищете?

Юлия, схватив вещи, ответила:

— Да, там... В душе, *за занавеской*... Там я оставила, когда купалась...

Она запнулась, не зная, что бы такое изобрести. А в голову, как назло, ничего не лезло. Медсестра же, странно на нее взирая, явно ждала завершения фразы.

— Я там оставила свои тапочки... Такие малиновые... С вышитой белочкой.

Юлия вдруг замолчала, поняв, что взяла эти тапочки из своего кошмара.

— Извините, но у вас не было тапочек. И душ вы не принимали...

Тон медсестры был колким. Юлия же, сердито тряхнув головой, крикнула:

— Идите в душ и посмотрите! Раз я вам сказала, значит, оно так и есть. В конце концов, вам за это деньги платят...

Она осеклась, потому что о деньгах можно было и не говорить. Медсестра, ничего не возразив, двинулась в душ, *отодвинула занавеску* и провозгласила крайне любезным тоном:

— Как видите, ни тапочек, ни лабутенчиков. Ни с белочками, ни без оных. Мне еще что-то поискать прикажете?

Естественно, она была права — в душе, за занавеской, не скрывалась никакая девочка с зашитым ртом и пустыми глазницами, которой никогда не было и быть не могло.

Или она все же была?

— Извините. Я не хотела. Сорвалась... — произнесла примирительным тоном Юлия, а медсестра, ничего не ответив, вернулась в палату, прикрыла дверь санузла и чуть более мягко заметила:

— Переодевайтесь. Или вы все же хотите, чтобы я вам помогла?

Юлия очень хотела, точнее, она желала, чтобы медсестра не уходила из палаты, оставляя ее одну — вернее, не одну, а с мертвой девочкой, — но сказать такое было бы верхом безумия.

Да, именно что *верхом безумия.* Впрочем, если она была сумасшедшей, то ничего иного ожидать от нее было и нельзя.

Едва медсестра удалилась, Юлия быстро сбросила больничную хламиду, натянула платье, в котором приехала, решив не надевать бюстгальтер. Все это заняло несколько секунд, и все эти нескончаемые несколько секунд она не сводила глаз с двери санузла, будучи уверенной в том, что та распахнется и на пороге возникнет мертвая девочка с зашитым ртом и пустыми глазницами.

Вылетев в коридор, Юлия заметила всю ту же медсестру, которая, похоже, ждала ее.

— Вы проводите меня к доктору? — спросила она и сообразила, что зажала в одной руке собственный бюстгальтер. А в другой держала сумочку и свои элегантные туфли. Не лабутены, а кое-что получше и подороже, купленное в Милане.

— Да, конечно, — заметила медсестра несколько саркастическим тоном, а Юлия стала яростно запихивать бюстгальтер в сумочку, отчего туфли полетели на пол.

— Прошу вас, — сказал проходивший мимо и наклонившийся, чтобы поднять туфли, врач в белом халате. Юлия, поблагодарив услужливого эскулапа, двинулась вперед за медсестрой, которая провела ее по коридору, ввела в стильно обставленный офис и сдала ее на руки сидевшей там особе.

Та, мило улыбнувшись, сказала, что доктор занят, но вот-вот освободится.

— Знаю. Он говорит с моим мужем. Обо мне, — ответила Юлия, прошла по ворсистому ковру к двери, на которой висела изящная табличка «Э.А. Черных. Д-р мед. наук, профессор», и открыла ее.

На мгновение ей показалось, что она попала в камеру, ту самую, мрачную, в которой находилась *чертова* девочка с зашитым ртом и пустыми глазницами. Но это было сиюминутное наваждение, не более, потому что она прошла в кабинет Эдуарда Андреевича, основателя и владельца клиники «Сон в руку».

Роман и лысый доктор замерли на полуслове, завидев Юлию. Та, подойдя к свободному креслу и плюхнувшись в него, заявила:

— Извините, что помешала, однако я хочу сказать, доктор, что готова продолжить сеанс конфронтации с моими кошмарами, или как вы это там называете...

Роман, мрачнея на глазах, заявил:

— Нет, солнышко, я как раз объяснял уважаемому Эдуарду Андреевичу, что мы не намерены пользоваться его услугами и что...

— Ты, не исключено, и не намерен, это твое право, — отчеканила Юлия, поражаясь собственной холодности. — А вот я намерена! Я хочу, чтобы вы снова нацепили мне на голову эти штучки, дали мерзкую микстуру, сделали инъекцию и я снова погрузилась... *Погрузилась в свой кошмар!*

Эдуард Андреевич посмотрел на нее, потом перевел взгляд на Романа и мягко заметил:

— Я тоже пытался объяснить уважаемому Роману Глебовичу, что результат превзошел все ожидания. И что конфронтацию вашего подсознания с генерируемым им же самим кошмаром удалось организовать! И что надо продолжить...

— Не надо! — заявил достаточно резко Роман, вставая. — Вы что, не увидели, что моя жена пробудилась после этой вашей сонотерапии чуть живой? И вообще вся эта пляска с погружением в сны, с конфронтацией с кошмарами напоминает мне фильмы про Фредди Крюгера, где несчастных, преследуемых этим монстром, тоже подвергают пыткам в каких-то сомнительных лабораториях. А в итоге приходит Фредди и всех преспокойно убивает!

«*Пять-шесть — Фредди тебя съест...*» Нет, не Фредди, а *Великий Белк...*

Юлия вздрогнула, ужасаясь тому, какие мысли лезут в голову. *Ее бывший, Стас, тоже любил фильмы про Фредди.* А после Стаса был Игорь, *без пяти минут муж*. Юлия поморщилась — воспоминания о ее прежнем женихе, который едва не стал мужем, были ей неприятны. Ни с Игорем, ни тем более с его папашей, *тоже Игорем*, ей иметь общих дел не хотелось — ни раньше, ни теперь, после смерти мамы и отца.

— *Великий Белк придет и всех нас без горчицы пожрет!* — сказала вдруг Юлия и онемела: неужели она произнесла эту глупую фразу?

Ту самую, которую услышала от Квазимодо в *своем последнем кошмаре*.

— Как-как? *Великий Белк?* — проронил, поправляя свои огромные очки, доктор Черных, явно чем-то заинтересовавшись. — Какой оригинальный образ! Может, нам стоит поговорить об этом, Юлия Васильевна?

— Говорить не о чем. Лучше снова погрузите меня в сон, так, чтобы я попала... попала опять туда, в это место... Ну, где я была...

Доктор, нервничая еще сильнее, провозгласил:

— Мы ведь так толком и не поговорили о том, что вы видели во время конфронтации с кошмаром. А ваша энцефалограмма просто грандиозна! Вы пережили *такое!*

— Солнышко! — заявил, игнорируя лысого доктора и обращаясь только к ней, Роман: — Солнышко, пойдем! Я не хочу иметь дело с шарлатаном, который к тому же заставляет тебя мучиться от кошмаров!

— Я не шарлатан, а профессор! — заявил лысый доктор, но Роман не обращал на него внимания, обращаясь исключительно к Юлии.

Та же, смотря исключительно на супруга, проронила:

— Доктор не шарлатан. И для того чтобы побороть кошмар, мне нужно погрузиться в него. И убить наконец...

— *Великого Белка?* — произнес визгливо доктор Черных, что заставило Юлию и Романа уставиться на эскулапа.

— Откуда *вы* знаете? — спросила в ужасе Юлия, а доктор, на лице которого выступили бордовые пятна, заявил:

— Ну, вы же сами это сказали, Юлия Васильевна, причем только что. Вот я и подумал, что это... Что это монстр, который является корнем всех проблем! Так сказать, центр вашего индивидуального кошмара!

Юлия посмотрела на врача и спросила:

— Вы можете снова погрузить меня... В *мой* кошмар?

— Солнышко, нет! Я же видел, что ты едва-едва перенесла этот сеанс погружения. Новый повредит тебе еще сильнее. И кто знает. Сведет с ума!

На лице мужа застыла гримаса боли, а Юлия произнесла:

— Ну, мне это не повредит. Ведь я, вероятно, *уже* сошла с ума.

Доктор Черных, сверкая стеклами очков, произнес:

— Но Роман Глебович прав! Потому что такие погружения должны происходить подконтрольно и не чаще чем раз в две недели, а то и в месяц. Это новейшая методика, разработанная лично мной и до конца, надо признать, еще не отшлифованная...

— Шарлатан, как и было сказано! — заявил Роман, подходя к жене и беря ее за руку. — Солнышко, он же выкачивает из нас деньги. И я видел, как ты мучилась, мечась по кровати во время этого погружения... На тебе лица не было...

— Но я все равно хочу нового сеанса погружения! — заявила упрямо Юлия и обратилась к доктору Черных: — Сколько вы берете? Получите двойной гонорар!

Тот, сняв очки и снова водрузив их на нос, гневно заявил:

— Так не пойдет! Ваш супруг подвергает сомнению мою научную квалификацию и медицинские достижения...

— Подвергает сомнению! — передразнил его Роман. — Да я в них *просто не верю!* Шарлатан, к тому же лысый!

Доктор нервно провел по своей блестящей лысине и заявил:

— Попрошу не переходить на личности! У меня семнадцать монографий, двести девяносто шесть статей...

— Как пить дать — *шарлатан!* — заявил муж, и Юлия закричала:

— Прекратите! Я требую, чтобы вы снова погрузили меня в... в мой кошмар. Я хочу попасть туда! Я должна... Должна довести до начала начатое!

И победить Великого Белка!

Доктор, снова сняв очки и вертя их в руках, ответил:

— Вы, однако, очень трудные клиенты. Я не могу погрузить вас в ваш кошмар, потому что это можете только вы, вернее, ваш мозг. А повлиять на его работу я могу лишь крайне опосредованно. Я могу создать подходящие условия, все остальное — за вами. Это во-первых. Погружать в неприятные воспоминания, тем более *кошмары*, можно с достаточным перерывом, длина которого сугубо индивидуальна, однако составляет не менее двух недель. Это во-вторых...

— И мы уходим, солнышко. Немедленно. Я уже оплатил эту первую и последнюю консультацию в этой клинике «Рога и копыта». Это *в-третьих!*

Муж протянул Юлии руку. Женщина застыла, размышляя над сложившейся ситуацией. Она заметила поперечную складку над переносицей мужа и сверкание его синих глаз, означавшее, что он удивлен тем, что она колеблется. *Крайне удивлен.*

Затем Юлия, бросив на пол туфли, вложила свою ладонь в руку супруга и сказала:

— Хорошо. *Ты прав.* Мы сейчас уйдем. Но ты разрешишь мне надеть туфли или мне, как в моем кошмаре, придется бегать повсюду босиком?

Черты лица мужа смягчились, он погладил большим пальцем ладонь Юлии и произнес:

— Ну конечно, солнышко.

Юлия опустилась в кресло и стала надевать туфли. Мужчины молчали, потому что говорить им было не о чем.

Наконец доктор Черных подал голос:

— И все же я не довел до конца свою мысль. Потому что есть *еще и в-третьих*, и это вовсе не то, о чем вел речь ваш уважаемый супруг. Вы сами знаете, что вы с некоторых пор страдаете провалами в памяти и очень многого просто не помните. Уверен, что регулярные сеансы погружения по разработанной мной методике смогут вам помочь. Потому что я считаю, что вам нужно через три или четыре недели снова обратиться ко мне, дабы провести новый сеанс погружения. А за это время мы с вами пройдем тренинг, направленный на управление вашими сновидениями для того, чтобы вы, опять оказавшись в своем кошмаре, смогли бы целенаправленно совершить то, что требуется в данной ситуации, и тем самым...

Юлия, встав на ноги, произнесла:

— Благодарю вас, доктор, однако ваши услуги нам не требуются. Мой муж абсолютно прав.

Роман распахнул дверь, доктор выкатился в приемную, а Юлия проследовала за мужчинами. Доктор попрощался с ней, заметив, что он считает, что продление сеанса лечения может привести к важным позитивным переменам и что...

— *Шарлатан!* — заключил Роман и взял жену за руку.

Когда они уселись в красный «Порше»-кабриолет с откинутым верхом (уже вторую неделю в Москве царила аномальная жара), Роман произнес:

— Извини, солнышко, что не сдержался, но в руки этому шарлатану я тебя больше не сдам. И как я только мог согласиться, чтобы ты пошла на эти муки...

Кабриолет тронулся в путь. Горячий вечерний воздух обдувал лицо Юлии, приятно шевеля волосы. Женщина закрыла глаза. Господи, у нее ведь все есть. Любящий красавец муж. Хорошо налаженный, очень выгодный бизнес. Счастливая семейная жизнь.

И, как бесплатное приложение, бледная девочка в старом платьишке, с косичками, зашитым ртом и пустыми глазницами. И то ли вещающий через нее, то ли являющийся ею, по крайней мере, в одной из своих ипостасей, *Великий Белк.*

Роман молчал, то и дело в беспокойстве поглядывая на жену, а Юлия наконец не выдержала:

— Со мной все в порядке, уверяю тебя!

И почувствовала, что снова готова разрыдаться. А раз так, то ничего с ней конечно же не в порядке. Тут ей пришла в голову простая мысль — что это она все о себе и о себе. А каково ее мужу, который вынужден носиться как с писаной торбой со своей капризной, истеричной, сложной женой.

Бросив на Романа долгий взгляд, Юлия услышала его спокойный голос:

— Солнышко, хочешь прогуляться? Может, в кафе заедем или в ресторан? Или махнем на пляж? Температуры просто тропические.

Да, с ней наверняка сложно. Любому бы было сложно — если бы он являлся мужем *сумасшедшей* жены.

— Нет, домой... — произнесла устало Юлия, вдруг поняв, что дома-то у них не было. Нет, конечно, имелся их загородный особняк, однако после того, как ей померещилась в подвале эта самая *чертова девочка*, они срочно оттуда съехали. Юлия ни за что бы не смогла провести там еще одну ночь.

Просторная столичная квартира, в которой они сейчас обитали, точнее, самый настоящий пентхаус с видом на Москву-реку, никогда ей не нравилась, и в ней она останавливалась лишь тогда, когда дела требовали ночевку в столице.

Наконец имелся еще особняк родителей, который и был для нее подлинным домом, но из-за смерти родителей ей тоже стало там неуютно.

И вот теперь *это*...

А что, если история с чертовой девочкой — это реакция ее мозга на произошедшие трагедии? Несколько врачей предлагали такую трактовку, и Юлия была готова согласиться. А вот Роман никак не мог смириться, что...

Что жена у него страдает галлюцинациями.

— Думаю, что нам после этого сеанса магии и ее разоблачения у лысого шарлатана стоит смотаться за город, — сказал муж и при первой же возможности повернул в противоположную сторону.

кого быть не могло, однако не рискнула повторить его снова.

Потому что боялась услышать столь нелицеприятный для нее ответ.

— Нет, не считаю.

Муж, однако, не смотрел на нее, и тон у него был какой-то... Какой-то неуверенный.

— Ты ведь считаешь, что я *являюсь*? — быстро заговорила Юлия. — Ты ужасно не хочешь, чтобы я являлась, однако понимаешь, что реальности это не изменит. Значит, я псих? Значит, я свихнувшаяся тетка, которую надо сдать в элитный санаторий для спившихся и спятивших на фоне приема наркотиков толстосумов?

— Ну, имеется еще вариант с бюджетной психбольницей, но лучше все же санаторий для спившихся толстосумов, — заявил муж, и по его тону Юлия поняла, что разговор ему крайне неприятен, поэтому он и дал язвительный ответ.

Что же, значит, это в самом деле так. Роман считает, что она является сумасшедшей. Хуже того, что она сама придерживалась такого мнения.

— А скажи, Рома, — Юлия энергично схватила супруга за коленку и вдруг поняла, что тому наверняка не так уж комфортно и, не исключено, даже больно. — Думаешь, я *опасна* для окружающих?

Юлия снова стала увеличивать скорость, хотя понимала, что Роман это явно не одобряет. Но ей требовалось нестись вперед — *только вот что ее там ждало?*

Муж ничего не говорил, Юлия повернула голову — и вдруг увидела что-то, метнувшееся под колеса их автомобиля.

Юлия резко затормозила и выехала на обочину, за которой виднелась уходившая в глубь лесополоса.

Странно, но место было ей отчего-то знакомо. Лесополоса, дальше бывший пионерский лагерь, еще чуть дальше железнодорожный переезд... Все это она знала, однако не могла вспомнить, почему и как. *Эти провалы в памяти...*

(Веселые бельчата, веселые бельчата, веселые бельчата...)

— Что это? Кто это? — вскричала женщина, поворачивая голову.

И видя что-то маленькое, неподвижно лежавшее на дороге, Роман, присмотревшись в зеркало заднего вида, произнес:

— Кажется, какое-то мелкое животное. Мне очень жаль, но такое случается...

Такое случается... Как и то, что жена вдруг окажется буйным психом. Хотя, кто знает, быть может, она псих *спокойный?*

— Может, зверушка еще жива! — закричала, чувствуя, что ее изнутри колотит, Юлия. — Мы должны ей помочь, отвезти в ветеринарную клинику...

Роман, *вынув ключи из замка зажигания*, произнес:

— Я сам посмотрю. Подожди меня здесь...

Он вышел наружу, пропустил несколько автомобилей, а затем метнулся на проезжую полосу, схватил неподвижно лежавшую тушку и вернулся обратно. Юлия, все еще сидевшая в кабриолете, нетерпеливо спросила:

— Это кто? Кошка? Или ежик?

— *Белка.* Вернее, даже бельчонок, — ответил муж, и Юлия пулей вылетела из автомобиля. Подбежав к мужу, она увидела неподвижно застывшего крошечного зверька с большим пушистым хвостом, уместившегося в большой ладони мужа.

— Мы должны его спасти! — закричала она, а Роман, опуская бельчонка на гравий, заметил:

— Думаю, что он умер мгновенно. И ему уже ничем не поможешь...

Как всегда, супруг размышлял логично и убедительно. Юлия сама видела, что бельчонок мертв.

«*Веселый* бельчонок», отчего-то возникло в ее голове. Но почему *веселый?* Наверное, очень даже расстроенный...

Точнее, мертвый-премертвый. *Мертвее не бывает.*

А что, если бы они даже отправились бы тотчас в ветеринарную клинику, то там подтвердили бы неутешительный диагноз — животному уже ничем нельзя было помочь.

Она присела перед зверьком и дотронулась пальцами до его рыжей шерстки. Внезапно ей показалось, что лапка бельчонка дернулась — и Юлия в ужасе отпрянула.

Но что, если это не несчастный зверек, ставший жертвой собственной беспечности и достижений человеческой цивилизации, а...

А *Великий Белк?* Или если не он сам, то его *брат... Младший* брат?

— Мы должны его похоронить, — заявила Юлия, и муж уставился на нее.

— Солнышко, конечно, мы можем взять его с собой. Только во что бы завернуть его...

— Мы похороним его здесь и сейчас! В конце концов, это ведь я его *убила!*

Роман не стал возражать, только спросил:

— И где же ты его хочешь похоронить?

Юлия посмотрела по сторонам. В самом деле, *где?* Никакой иной возможности, кроме как устроить погребение бельчонка (или *Великого Белка? Или его младшего брата?*) в близлежащей лесополосе, не было.

— Вон там. Ты мне поможешь?

Спрашивать, однако, не требовалось — Юлия знала, что Роман бы ее в лесополосу одну ни за что бы не отпустил.

Он взял бельчонка, но Юлия потребовала:

— Дай мне его!

— Солнышко, это все-таки дикое животное, у него могут быть паразиты, и он может являться переносчиком бешенства...

— Рома, дай! Как я могу заразиться бешенством, если зверек *уже мертв?* А руки я совать в рот не намереваюсь и потом тщательно вымою. Дай мне его. Ведь это я его убила...

Младший брат... Младший брат... Великий Белк?

Муж передал ей бельчонка, и Юлия ощутила, что невесомое тельце было еще горячим. Однако сердечко не билось — зверек, без сомнения, был мертв.

Младший брат Великого Белка.

Убит ею.

(Веселые бельчата, веселые бельчата, веселые бельчата...)

Она двинулась в лесополосу, муж следовал за ней.

— Может, не будем углубляться так далеко, солнышко? — спросил нервно Роман. — Вот смотри, тут полянка имеется. Давай я помогу выкопать ямку...

Юлия же двигалась вперед, словно... Словно знала, куда идти. Однако она была в этом месте в первый раз в жизни — в этом она не сомневалась.

Или все же...

— Солнышко! — услышала она голос Романа. — Прошу, остановись! Я не хочу идти дальше.

Юлия замерла, чувствуя, что муж обнял ее за талию.

— Солнышко, никогда так больше не делай...

— Я тоже не хотела, — ответила угрюмо женщина, глядя на мертвого бельчонка. — Я не хотела, чтобы он умер...

— Ты ведь сама могла умереть! — повысил вдруг голос Роман. — Солнышко, неужели ты этого не понимаешь? Дело не в этом глупом зверьке, которого, конечно, жаль. Но это мог быть и человек. Или ты сама! Вернее, *мы оба!*

Юлия повернулась к мужу и вдруг поняла. Ну конечно, когда она, лихача, неслась по дороге, муж думал об одном: а что, если их ждет такой же конец, как у матери Юлии, которая разбилась на машине...

Юлия вспомнила: ну да, в самом деле где-то не так уж и далеко от этого места.

В голове снова мелькнуло: *«Веселые бельчата».* Но Юлия не помнила, почему *веселые*. Она многого не помнила...

— Извини. Ты конечно же прав! — сказала Юлия, чувствуя, однако, что ни в чем не раскаивается и, окажись за рулем, повторила бы все снова.

За исключением смерти бельчонка конечно же.

Или *Великого Белка?*

— Ты думаешь, у него есть родители? — спросила Юлия, рассматривая зверушку у себя в руках. — Например, отец... так сказать, *белк...* Великий...

— Родители? *У белки?* — Муж никак не мог взять в толк, что она имеет в виду. — Ну, наверное, кто-то произвел его на свет. Однако такие животные, кажется, живут не стаями, а по отдельности... У каждого свое дупло...

У каждого свое дупло. А в нем — *Великий Белк!*

— Думаю, родители будут его искать. Его старший брат — или сестра... Но не найдут. Потому что он умер! — заявила Юлия и, прорвавшись сквозь плотный кустарник, оказалась на небольшой полянке.

Она вдруг уставилась на странную, зиявшую посередине поляны яму. Судя по всему, яма была свежая и вырыта недавно.

И так походила на *могилу.*

— Мы похороним его здесь! — сказала она, указывая на яму.

Роман, озираясь и поеживаясь, заметил:

— Ну здесь так здесь... Только не нравится мне это место, солнышко. Давай сделаем это побыстрее и поедем обратно в Москву.

Солнце начинало садиться, над кустами вилась мошкара, и место, в котором они оказались, было совершенно безлюдным.

— Он нас ждал, — произнесла, опуская бельчонка на дно ямы, столь смахивавшей на могилу, Юлия.

— *Он?* — переспросил муж, а Юлия пояснила:

— *Великий Белк.* Поэтому и приготовил эту могилу. Не исключено, что для *меня!*

Роман вдруг закричал, да так, как не кричал еще ни разу за все время их знакомства и супружеской жизни:

— Солнышко, что такое говоришь! Почему ты ведешь речь о таких вещах? Это просто яма в этой чертовой лесополосе...

Чертовая была подходящим эпитетом.

— Надо забросать его, — сказала Юлия, начиная лихорадочно сталкивать землю с верхушки громоздившейся около ямы кучи. — Чтобы он не выбрался.

— Как это — *не выбрался?* — В голосе мужа впервые прозвучали нотки паники. — Солнышко, ну о чем ты? Звереныш *точно* мертв...

— Вот это-то и ужаснее всего, — заявила Юлия, спихивая ногой землю на дно ямы с бельчонком. — Великий Белк тоже мертв, однако это не мешает ему появляться везде, где только угодно...

Муж, не задавая лишних вопросов, видимо, убедившись, что это бесполезно, принялся помогать ей и руками спихивать землю в яму.

— Думаю, хватит... Солнышко, ты устала, тебе пора домой. Нас ждет отличный ужин, а потом я хочу, чтобы мы любили друг друга...

Юлия спихивала землю все быстрее и быстрее, с таким же маниакальным упорством, как до этого неслась на шоссе. Муж что-то говорил, кажется, дотронулся до нее, пытаясь даже оторвать от земли...

И в этот момент, когда земля из кучи перекочевала в яму, в черной почве что-то тускло сверкнуло.

Юлия принялась рыть дальше — и в руках у нее оказалась яркая детская заколка *с веселой белкой*. Такая же, какая была на этой чертовой девочке с косичками, зашитым ртом и пустыми глазницами.

— Это он сюда подкинул! — заявила Юлия, а муж, перехватив у нее заколку, воскликнул:

— Ну это же просто здесь кто-то потерял, солнышко... И ты в земле нашла...

А Юлия, поднявшись, осмотрелась по сторонам и уверенно заявила:

— Думаю, она находится здесь.

Роман, вздохнув и уже не скрывая своего раздражения, воскликнул:

— Кто, солнышко, скажи мне, *кто?* Очередная белка?

— Нет, — ответила Юлия. — Эта девочка. С зашитым ртом и пустыми глазницами. Думаю, ее тело зарыто на этой поляне или поблизости.

— Ты *думаешь?* — выдохнул Роман, а Юлия, рассмотрев чуть заметную тропку, уводившую куда-то вглубь, ответила:

— Я *знаю*. Она здесь. Потому что он не зря привел нас сюда.

Он — *Великий Белк*.

Она двинулась вперед, прямо по бурелому, а Роман спешил за ней, тщетно взывая к ее разуму. Юлия присмотрелась — и вдруг заметила сбоку знакомую фигуру.

Да, это была она, *чертова* девочка.

— Смотри, смотри! — закричала Юлия, хватая мужа за руку, а когда обернулась, никакой девочки меж деревьев конечно же не было.

Роман, схватив жену за запястья, с силой сжал их и отчетливо произнес:

— Солнышко, ты хотела похоронить зверька, и мы это сделали. Но больше нам здесь делать нечего. Прошу, поедем домой. Потому что солнце вот-вот сядет.

— Она там! — закричала Юлия, пытаясь вырваться. — Понимаешь, *она там!*

Роман вздохнул, двинулся в направлении, которое Юлия отчаянно показывала взмахами головы, и, замерев между двух странно изогнутых берез, произнес:

— Ну нет здесь никого! Убедилась, что ошибалась? А теперь нам пора домой, солнышко...

Юлия, подбежав к мужу, опустилась на землю и стала ощупывать ее руками. Роман был прав — тут ничего не могло быть зарыто, по крайней мере, в последние годы.

— Это же её заколка! — заявила Юлия. — И могила была для кого-то подготовлена...

— Даже если и так, солнышко, — заявил муж, — то мы устроили здесь кладбище домашних животных. Ну что, поедем обратно?

Юлия обернулась, вдруг осознав, что все её спонтанные сумасбродные акции выглядели, по крайней мере, ...*эксцентрично?*

Да нет же, реально *сумасшедше!*

Она ещё раз уставилась на поросшую плотной зелёной травой землю меж странно изогнутых берёз и сказала:

— Извини. Ты конечно же прав. Как всегда, прав, Рома... Думаю, нам в самом деле надо поехать обратно...

— Только, чур, вести буду я! — заявил повеселевший муж, повернулся, желая возвращаться к шоссе, и в этот момент Юлия увидела то, что искала.

Конечно, дело было не в том, что нечто было зарыто меж двух странно изогнутых берёз, а в том, что только оттуда можно было, повернувшись под нужным углом, рассмотреть большой дуб в глубине.

И овальное, похожее на распахнутый в немом крике рот, *дупло.*

Юлия устремилась к дубу, задела ногой корень, полетела на землю и ушиблась. К ней подоспел Роман, который подхватил её на руки, а Юлия закричала:

— Там, там! В дупле! *Там!*

И при этом ударила мужа по спине кулачками. Роман, вздохнув, поставил её наземь и произнёс:

— Солнышко, ну с чего ты взяла? Наверное, там в самом деле что-то есть. Или даже кто-то. Большой мохнатый паук. Или бешеный енот.

— Или *Великий Белк!* — заявила Юлия и двинулась к дубу.

Муж покорно следовал за ней. Когда она, замерев перед мощным стволом, попыталась дотянуться до дупла, но не достала, то велела:

— Подсади меня!

Вместо этого муж громко вздохнул, подошел к дереву и, вытянув руку, с опаской запустил ее в дупло.

— Смотри, солнышко, если я сейчас заору, потому что какая-нибудь тварь откусит мне палец...

Юлия обвела взглядом окружавшие их кусты. Нет, *чертовой девчонки* видно не было.

— Солнышко, я же говорил тебе, что быть здесь ничего не может...

И он вдруг осекся.

— Что-то нашел? — спросила Юлия, и муж, кивнув, осторожно извлек из дупла руку, в которой была зажата поломанная пластмассовая расческа, практически лишившаяся всех зубьев.

— Интересно, сорока, что ли, сюда притащила или дети играли и забросили? — предположил Роман, а Юлия заявила:

— Дай мне! Прошу, Рома, подсади меня!

Муж подчинился и, бережно взяв Юлию за талию, поднял ее вверх. Она запустила руку в дупло, ощутила извилистую кору, а затем гладкую поверхность дупла. Ее руки ухватили ворох старых прелых листьев.

— Вряд ли это то, что ты искала... — промолвил муж, и Юлия еле сдержала вздох разочарования.

Что бы она подумала, если бы Роман, переехав зверька и решив хоронить его в лесу, стал потом устраивать все то, что только что устроила она...

Она бы подумала, что супруг явно слетел с катушек.

— Солнышко, извини за тавтологию, но солнышко село. Сейчас стемнеет, а шляться по лесополосе ночью не очень-то хочется.

Юлия снова запустила руку в дупло, понимая, что слишком далеко зашла в исполнении своих странных желаний, объяснить которые не могла себе сама.

И вдруг кончиками пальцев нащупала что-то массивное.

— Подними меня, Рома, ну, еще чуть-чуть! — попросила она, а муж ответил:

— Солнышко, я, конечно, готов носить тебя на руках и от данного обещания не отрекаюсь, но не кажется ли тебе, что наша экспедиция в подмосковные чащобы немного вышла из-под контроля и что...

Однако приподнял ее — и Юлия смогла ухватиться за нечто, что извлекла из дупла. Последние лучи заходящего солнца, рассыпая в воздухе золотые искры, осветили находку.

Это был продолговатый сверток — нечто, завернутое в пластиковую холстину и перевязанное *зелеными тесемочками.*

Точно такими же, на которой висел ключ от камеры с чертовой девочкой в ее кошмаре.

— Господи, солнышко, что ты тут раскопала? — произнес муж, опуская ее на землю и явно заинтересованный находкой. Весь его скептицизм как рукой сняло. — Ты позволишь?

Юлия прижала сверток к груди и сказала:

— Давай пойдем обратно. А то становится прохладно. Да и я проголодалась...

И вдруг ощутила невероятный голод, понимая, что нашла все, что было спрятано в дупле... *Но кем?*

Ответ был очевиден: *Великим Белком.*

Они в быстро сгущающейся темноте прошествовали через поляну, на которой был погребен сбитый бельчонок, умудрились даже заблудиться, однако Роман сумел сориентироваться и вывел их к шоссе.

Их «Порше» ждал их. Юлия направилась к водительскому месту, но Роман был непреклонен:

— Солнышко, поведу я. Ты отдохни. В наш любимый ресторан или домой?

— А какой наш любимый? — спросила Юлия, вдруг осознав, что вопрос был не самый учтивый. Кажется, в последние недели и месяцы она полностью наплевала на семейную жизнь и на мужа.

Сначала трагедия с мамой, а затем с отцом. А теперь...

А теперь *Великий Белк*.

Да и в голове все как-то сливалось и путалось. *Эти странные провалы в памяти...* Какие-то вещи были выпуклые, словно произошли вчера, а какие-то терялись в невесть откуда взявшемся зыбком тумане. Юлия могла сказать, как познакомилась с Романом, но не помнила, как приехала сегодня (или это было *уже вчера* или даже *позавчера*?) в клинику доктора Черных. Она помнила все детали их чарующей свадьбы, но не могла сказать, как прошли похороны мамы. Она знала, как прошел их последний отпуск в Коста-Рике, но не могла вспомнить, каким был ее последний разговор с отцом.

— Ты не хочешь посмотреть, что мы там откопали? — спросил муж, не заводя мотора. — Точнее, конечно, солнышко, что *ты* там откопала. Вдруг это карта к сокровищам старого Флинта?

Тон у мужа был ироничный, однако Юлия знала, что он пытается скрыть свое волнение — и беспокойство. Еще бы, ведь ему приходится в компании с *сумасшедшей* женой совершать дикие поступки.

Но сумасшедшая жена оказалась права.

— Посмотрим дома, — сказала Юлия и закрыла глаза. Роман ничего на это не возразил, завел мотор, плавно вырулил на шоссе — и они двинулись обратно в Москву.

Юлия даже задремала, однако когда открыла глаза, то поняла, что или сновидений не было, или она их не помнит. Во всяком случае, ей не довелось очутиться снова в бункере Квазимодо.

Запарковавшись в подземном гараже, они на отдельном лифте вознеслись в пентхаус. Пропуская жену в холл, Роман произнес:

— Веронике Ильиничне я дал отгул...

Он имел в виду их экономку и кухарку. Юлия, одной рукой сбрасывая туфли с ног, а другой прижимая к груди извлеченный из дупла сверток, произнесла:

— Она ведь задает вопросы, не так ли? Я ведь слышала, как она шепталась с тобой. А потом, когда думала, что я сплю, говорила со своими подружками по телефону. И сказала, что работает в несчастной богатой семье, где муж ангел, а жена бесится с жиру и еще и спятила.

— Я ее уволю! — вспылил Роман, а Юлия, проходя в зал, заметила:

— Не надо. Теперь уже все равно. Да и она права. Ты ангел, а я спятила.

Она положила сверток на барную стойку, а Роман, поглядывая на него, произнес:

— Я сделаю нам по коктейлю. *Безалкогольному*. Думаю, мы с тобой заслужили, солнышко. А ты живо мыть руки. Ты обещала, что сделаешь это самым тщательным образом!

Юлия отправилась в ванную, не забыв прихватить с собой сверток. Она боялась, что Роман развернет его в ее отсутствие.

А этого Юлия допустить не могла.

Она долго и тщательно, как и обещала, мыла руки, взирая на свое отражение в зеркале. Красивая породистая блондинка, впрочем, блондинка крашеная, у которой были изнуренный вид и темные круги под глазами.

Интересно, а Роман ее еще *любит?*

Она подумала о том, что сама любит его так же, как и в начале их бурного романа, завершившегося всего через три месяца после знакомства свадьбой. И это с учетом того, что она вообще-то готовилась к свадьбе — правда, с совершенно иным человеком!

И только познакомившись с Романом, поняла, что ей нужен именно он, и никто другой. Мама, и так прохладно относившаяся к Игорьку, ее тогдашнему ухажеру и жениху, была на ее стороне. Отец же был явно против, однако в итоге смирился: Юлия обещала ему подарить в самое ближайшее время внуков. А это для отца, основателя и владельца крупной сети магазинов строительных материалов, было более чем весомым доводом.

Да, Романа она любила как в первый день, потому что в нем она нашла того человека, которого искала все эти годы — сама не подозревая, что *ищет*. Такое, как выяснилось, тоже время от времени бывает.

А вот теперь она прикладывает все усилия, чтобы разрушить их семейную идиллию. И из любящей жены превратилась в жену *сумасшедшую*.

Но не такую уж и сумасшедшую, раз она сумела найти это. Взгляд Юлии упал на сверток.

Она отыскала то, что было запрятано в дупло *Великим Белком*. Звучало, конечно, абсолютно по-идиотски, но женщина ничуть не сомневалась в правоте своих мыслей.

Подняв глаза, Юлия была готова увидеть у себя за спиной *чертову* девочку с зашитым ртом и пустыми глазницами, но чертовой девочки нигде не было. Юлия даже специально посмотрела в сторону душевой кабинки — там тоже никто не притаился.

Ну надо же! Не исключено, девочка отступила, поняв, что ее тайна раскрыта. Точнее, не девочка, а вещавший через нее Великий Белк.

Вытерев руки, Юлия взяла сверток и вышла из ванной. На барной стойке уже стояли два коктейля — Роман, в студенческие годы подрабатывавший барменом, мастерски их готовил.

Он протянул Юлии бокал с бледно-фиолетовым содержимым, сам держа в руке ярко-бордовый.

— Ну что же, солнышко, за нас и за наше путешествие по дебрям Подмосковья.

Юлия осушила сразу половину бокала, только сейчас ощутив, до какой степени испытывала жажду.

— Я заказал кое-что в тайском ресторане, должны вот-вот доставить... Или ты хочешь вина, солнышко? Впрочем, доктор сказал, что тебе нельзя...

— Он же шарлатан! — заявила Юлия, и Роман расхохотался:

— Уела меня, солнышко! Ну что, давай посмотрим, что ты там нарыла.

Он кивнул на сверток, который Юлия прижимала к груди.

Женщина положила его на барную стойку, Роман приблизился с ножницами, но Юлия сказала:

— Я сама.

Муж не стал перечить или переубеждать ее, молча подал ножницы, и Юлия перерезала зеленые тесемки, осторожно развернула плотную пластиковую ткань. Наконец она узрела затейливую рукоятку, а затем по гранитной стойке звякнуло что-то металлическое.

Перед ней лежал нож, с длинным, частично покрытым бурыми засохшими пятнами странным лезвием и рукояткой, сделанной из пробкового дерева, с темным металлическим ободком.

Точно такой же нож она видела в своем кошмаре — в ящике на кухне Квазимодо.

— Гм, — произнес после недолгого молчания Роман. — Нож... Правда, какой-то странный...

Он имел в виду загогулину на конце лезвия.

— Думаю, таким удобно извлекать глаз из глазницы... — произнесла медленно Юлия, сама не зная, отчего ей в голову пришла такая ужасная идея.

— Солнышко, — произнес шокированно Роман. — Господи, к чему такие ужасы? О чем это ты?

В самом деле, о чем? Юлия и сама не знала, как не знала и многих вещей, которые, вероятно, раньше были ей известны.

Или нет?

Юлия дотронулась до рукоятки из пробкового дерева, а затем захотела взять нож в руки, но Роман быстро произнес:

— Солнышко, не надо этого делать. Кто знает, быть может, там остались отпечатки пальцев или следы ДНК. Недаром же этот нож был надежно завернут в пластик...

Муж был прав. Юлия отдернула руку. Роман продолжал:

— Сейчас позвоню в полицию. Помнишь, у нас там был знакомый генерал, тот самый, который с отцом твоим на рыбалку ездил?

— Нет! — отрезала Юлия, и муж вздрогнул. Посмотрев на нее, он осторожно произнес:

— Но, солнышко, почему нет? Ведь понятно же, что если кто-то и спрятал нож в... в дупле, то нож имеет отношение к преступлению. Посмотри, лезвие, похоже, все в крови...

Юлия кивнула и ответила:

— Ты прав. Я тоже не думаю, что кто-то будет прятать нож просто так. Наверняка он связан с преступлением. Причем я знаю с каким. *Ее* убили именно там!

— Да кого, солнышко? — заявил в потрясении Роман, а Юлия ответила:

— *Чертову девочку.* Ту самую, с косичками, зашитым ртом и пустыми глазницами. Ее убили при помощи этого ножа. И глаза ей извлекли именно им...

Раздался стук. Это Роман со всего размаху поставил свой бокал на барную стойку.

— Солнышко, тебе не надо фантазировать на подобные жуткие темы. Доктор сказал, что...

Юлия закричала:

— Я не *фантазирую!* Ее убили именно этим ножом! Я сама видела...

Юлия запнулась, тяжело дыша, а муж, подойдя к ней и обняв ее за плечи, прошептал:

— Ну, солнышко, попытайся рассуждать логично. Если девочку убили, как ты утверждаешь, на этой поляне или, скажем, в этой лесополосе, то вряд ли ты могла стать этому свидетелем. Разве ты видела во сне лесополосу? — Юлия отрицательно качнула головой, а муж продолжил: — Вот видишь, солнышко... Эта девочка в самом деле *чертова*, то в ванной тебе является, то в клинике. Ну и сегодня в лесополосе. Но ведь саму лесополосу ты не видела?

Юлия снова отрицательно кивнула, муж поцеловал ее в щеку и сказал:

— Значит, вряд ли можно исходить из того, что ты видела, как ее убивают в лесополосе...

Женщина быстро произнесла:

— А кто сказал, что ее убили именно там? Ее тело там зарыли. Но убили ее в *ином* месте!

Роман вздохнул:

— Солнышко, ты противоречишь самой себе. Тела мы ведь там не нашли...

— Мы и не искали! И его могли оттуда забрать и перезахоронить или вообще уничтожить. Мы нашли *ее заколку!*

— Солнышко, мы нашли *какую-то* заколку, что неудивительно, ведь по лесополосе наверняка в самом деле шляются дети или даже взрослые тетеньки, использующие детские заколки. И теряют их там. Всякие грибники, ягодники, влюбленные парочки, просто любители свежего воздуха, собачатники, кошатники, даже *бельчатники...*

В его голосе сквозил явный сарказм.

— ...наконец, наркоманы и бомжи, а в частности, *наркоманки и бомжихи!* И любой из них, вернее, *любая из них* могла потерять — и потеряла — заколку!

— Или Великий Белк! — прошептала Юлия и добавила чуть громче: — Где заколка, которую я нашла?

Роман ответил:

— Солнышко, я обронил ее, когда мы плутали в темноте по лесополосе...

Юлия, развернувшись так резко, что столкнула свой бокал с коктейлем, пронзительно закричала:

— Как ты мог! Это же улика!

— Солнышко, извини. Я не хотел, так получилось... — принялся оправдываться Роман. — Она выскользнула у меня из кармана, когда я вынимал мобильный, чтобы посветить фонариком...

Юлия продолжала кричать:

— Едем туда обратно, нам надо найти ее!

— Солнышко, не сходи с ума. Я толком и не запомнил, где мы были...

— Я запомнила! Я знаю где! Едем!

— Солнышко, сейчас ночь. Даже если ты поедешь, то не найдешь это место, а если даже и найдешь, как ты намереваешься искать там ночью — эту *чертову* заколку этой *чертовой* девочки?

Роман был прав — Роман был *всегда* прав со своей мужской логикой и железными нервами. Но сейчас Юлии не было до этого дела.

— Где ключи? Дай их мне! Я поеду сама, если ты не хочешь меня сопровождать!

Роман схватил лежавшие на барной стойке ключи и засунул их себе в карман.

— Солнышко, я же сказал — не дури. Если для тебя это так важно, то мы съездим завтра туда снова. Но не сейчас, глубокой ночью! И это обсуждению не подлежит!

Юлия бурно разрыдалась, а в этот момент раздалась мелодичная трель домофона — доставили еду из тайского ресторана.

В кушаньях, которые вообще-то любила, Юлия поковырялась еле-еле. Роман пытался завести с ней разговор, однако она упорно игнорировала все его попытки.

Наконец, когда она не ответила на его очередной вопрос, муж вздохнул и, отбросив палочки, заявил:

— Как знаешь, солнышко, но я умываю руки. Я тоже устал и тоже не всегда хорошо себя чувствую. *Особенно с тобой.*

И, поднявшись, ушел прочь. Юлия, ощутив жгучую вину, переборола первое желание броситься за мужем и помириться. Или даже попросить у него прощения за свое невыносимое поведение.

Хотя что взять с *сумасшедшей женушки*.

Впрочем, Роман первым вернулся и, склонившись над Юлией, прижал ее к себе и прошептал:

— Солнышко, я понимаю, что это все... Это все болезнь. И я обещал тебе, что мы поборем ее. Просто мне тоже иногда тяжело...

Юлия, чувствуя, что к глазам подкатывают слезы, сказала:

— Если это твоя манера приносить свои извинения, то знай — я их не принимаю!

Она сама не знала, почему так сказала, не дулась же она на мужа, который потерял эту чертову заколку.

Вернее, заколку *чертовой девочки*.

Роман, поцеловав ее в висок и ничего не сказав, удалился. Юлия осталась сидеть, ковыряясь в картонной коробочке с остывшей едой.

И зачем она это сделала?

На этот, как и на прочие вопросы у нее ответа не было. Чтобы чем-то занять себя, она взяла лист бумаги и карандашом быстро набросала рисунок потерянной мужем заколки с белочкой — рисование было ее хобби с детства. Да, *похоже*, правда, белка вышла не веселой, а какой-то угрюмой, даже злобной, но ведь это только рисунок, а ей требовался *оригинал!*

(*Веселые бельчата, веселые бельчата, веселые бельчата...*)

Встав и взглянув на нож с пробковой рукояткой, Юлия, стараясь не касаться его, оглянулась в поиске наиболее подходящего места и решила положить его пока что на полку в холодильник. *Так улики будут целее.*

Романа она обнаружила в ванной — муж, голый по пояс, чистил зубы. Юлия *с некоторым страхом* посмотрела на душевую кабинку. Ей хотелось помыться, но в голову лезли глупые навязчивые мысли.

Что же поделать, если она *сумасшедшая*.

Прополоскав рот, супруг приблизился к ней и сказал:

— Солнышко, уже поздно, ты ведь наверняка устала. Пора ложиться спать...

Его рука легла Юлии на талию, но Юлия, отодвинувшись, холодно заявила:

— Не забывай, что мы с тобой еще в ссоре.

Роман, вздохнув и посмотрев на нее, ответил:

— Ну, я-то с тобой нет. Ну, как знаешь, солнышко. Знаешь, иногда мне кажется, что ты не солнышко, а настоящая нейтронная звездочка!

Произнеся это, Роман удалился, а Юлия, оставшись одна, подумала о том, что обижать мужа не следовало — он был единственным родным для нее человеком. В особенности теперь, после смерти родителей.

И после ее знакомства с *Великим Белком*.

Принимая контрастный душ, Юлия думала, что мужу с ней наверняка нелегко. Впрочем, она бы хотела, чтобы Роману с ней было крайне легко, но как-то не выходило.

И она знала, что было тому виной: *ее болезнь*.

Смывая с себя пену, Юлия повернула голову — и через стенки кабинки увидела в затянутой паром ванной фигуру.

И это был не муж.

— Ты снова здесь? — произнесла зло Юлия, рывком выключая воду, однако не решаясь выйти из кабинки. — Чего ты меня преследуешь? Что ты хочешь?

Интересно, а она на полном серьезе ожидала, что *чертова девочка* даст ей ответ? Наверное, было бы неплохо.

Наконец Юлия с грохотом распахнула кабинку, шагнула на мягкий коврик — и поняла, что находится в ванной комнате одна.

Галлюцинация исчезла — или исчезла *чертова девочка*, которая только что *была* здесь?

Когда Юлия прошла в спальню, то увидела, что муж спит — при включенном свете, с мобильным телефоном в руках. Испытав внезапный прилив нежности к супругу, она вынула у него мобильный и поцеловала Романа. Тот заворочался во сне.

Юлия быстро нырнула к нему под одеяло и крепко прижалась. Она никогда не боялась темноты — *до последнего времени*. Ей все чудилось, что на пороге маячит фигура чертовой девочки, и чтобы не видеть ее, Юлия закрыла глаза и повернулась на бок.

Она бы все отдала сейчас за то, чтобы снова оказаться в...

В своем кошмаре!

В этом мрачном гротескном мире, населенном опасными, внушающими трепет креатурами. Юлия не могла сказать, отчего ее так тянуло в это унылое место.

Хотя могла. Она не сомневалась, что разгадка таится именно там, в ее повторяющемся кошмаре.

Только вот разгадка *чего?*

Об этом она не имела ни малейшего представления. Юлия ворочалась с боку на бок, стараясь ни о чем не думать, чтобы сон шел быстрее, однако именно по этой причине в голову лезла всякая всячина.

Она несколько раз вставала, прошлась на кухню, где из холодильника налила себе молока. Нож с затейливым лезвием и пробковой рукояткой по-прежнему покоился там, куда она его положила.

Впрочем, утащить его могла только *чертова девочка.*

Затем последовали бессонные минуты в постели, которые складывались в часы. Юлия чувствовала себя разбитой и усталой, но сон никак не шел. Зато муж дрых без задних ног, и женщина испытывала внезапное возмущение, хотя тотчас стала корить себя за это.

Роман ведь не виноват, что у него здоровый сон и что он в отличие от нее *не псих.* Неужели она обиделась на него из-за этого?

Юлия сама не помнила, как заснула, и произошло это тогда, когда ранний серый летний рассвет вставал над Москвой. Проснулась она оттого, что кто-то целовал ее в нос.

— Солнышко, доброе утро... Извини, что разбудил, но ты выглядела такой уморительной и соблазнительной во сне, что я не мог сдержаться...

Юлия ощутила головную боль и поняла, что хоть и прикорнула, в свой кошмар она не погрузилась. Или элементарно не помнила этого — как в последние дни, недели и, вероятно, даже *месяцы* не помнила многого, что с ней происходило.

— Как тебе спалось? — произнес муж, снова ее целуя, а Юлия, грубо, даже *чересчур грубо*, оттолкнув его, произнесла:

— Отвратительно! Всю ночь не могла заснуть, а когда заснула, меня разбудил ты!

На лицо мужа набежала легкая тучка, Юлия прикусила язычок. И опять она сказала не то, что следовало.

— Извини, солнышко... — покладисто проговорил муж. — Ты ведь хочешь кофе? Как обычно, с большим количеством молока? Я сейчас приготовлю...

Выпрыгнув из кровати, Роман босиком вышел из спальни, а Юлия, провожая его взглядом, подумала, что все же она самая настоящая *ведьма*. Пилит и обижает своего замечательного мужа, и все за что? Вот именно, ни за что!

Похоже, ей следовало перед Романом извиниться. Юлия дала себе слово, что именно с этого и начнет, когда он через несколько минут вернется в спальню с кофе.

А что будет *после того*, как они выпьют кофе?

Улыбнувшись своим эротическим мыслям, Юлия взбила подушку, прислонилась к ней спиной и стала ждать Романа, автоматически набрасывая на листке карандашом портрет любимого мужа. Тот, полуобнаженный, появился с подносом, на котором стояли две чашки — большая, дымящаяся, со столь любимым Юлией кофе с молоком, и крошечная, с эспрессо для самого себя.

— Ну, за нас, солнышко! — произнес муж, подавая ей чашку.

Юлия отхлебнула кофе, который супруг готовил превосходно — сказывались навыки бармена.

А после кофе Роман, поцеловав жену, произнес:

— Оставайся в кровати и никуда не убегай! Потому что нас еще ждет десерт...

Он вышел в смежную ванную, а Юлия вдруг вспомнила, что вообще-то хотела начать утро с извинений, однако успела забыть об этом, наслаждаясь кофе. Но говорить мужу, какая она дура, непосредственно до восхитительного утреннего секса было как-то не с руки.

Юлия потянулась и вдруг ощутила, что ее неудержимо клонит в сон. И почему бессонница отступила в самый *неподходящий* момент?

Дав себе слово, что она только закроет глаза и тотчас откроет их, Юлия так и сделала. И убедила себя в том, что умеет управлять собственной сонливостью. Роман должен был вот-вот вернуться, и вряд ли он так сильно обрадуется, если найдет спящую супругу.

Юлия снова закрыла глаза и снова их открыла. Нет, ей требуется еще кофе, наверное, даже и без молока, чтобы не заснуть.

Но она и не заснет, потому что она не собирается становиться рабыней собственного организма.

И собственной болезни.

Желая это доказать самой себе, Юлия закрыла глаза — и, торжествующе улыбаясь, открыла их. Вот и все, она обдурила всех этих Морфеев-Бореев-Энеев, которые пытаются заставить ее заснуть...

Бункер

...И вдруг поняла, что находится в той самой камере, мрачной и страшной, где уже была. Юлия поднялась на ноги — так и есть, она вернулась в свой сон.

В свой кошмар.

Вернее, в свой собственный *бункер*.

Забавно, что теперь она уже знала, что это сон. Потому что до этого считала, что это и есть реальность.

Юлия дотронулась до бетонных стен и, сделав шаг, наступила на что-то мягкое. Похоже, это был *матрас*.

Тот самый, принесенный ей Квазимодо в качестве благодарности за то, что она спасла ему жизнь.

Но если это сон, то уж слишком похожий на действительность. Обычно во сне все перепутано, все меняется, плавно переходя из одного в другое.

Все было, как и в последний раз, когда она... когда она побывала здесь. Если во сне можно, конечно, побывать.

В *кошмарном* сне.

Юлия вдруг поняла, что в этот раз находится не в полной темноте, потому что из-под двери камеры пробивалась полоска мертвенного света.

Юлия осторожно приблизилась к двери и поняла, что та стоит *незакрытой*. Юлия толкнула ее и вышла в коридор.

Там ничего не изменилось, коридор был таким же, как и раньше, простиравшимся от ее камеры в двух направлениях. Под потолком гудела, мигая, неисправная неоновая лампа.

Юлия заметила, что с обратной стороны двери ее камеры торчит связка ключей. Значит, Квазимодо должен быть где-то поблизости.

Юлия прикоснулась к связке ключей — они были металлические, холодные. Не без труда вытащив их из замочной скважины, женщина подошла к соседней камере. А затем распахнула оконце, закрытое на засов.

— Здесь есть кто-нибудь? — спросила она, однако ей никто не ответил. Сколько она ни всматривалась во тьму камеры, разглядеть ничего не получалось.

Она проделала подобные манипуляции и с другими камерами — и убедилась, что они были пусты. Выходило, что единственной пленницей в этом странном бункере была она сама.

Ну, не считая Квазимодо.

Где тот был, она не знала, потому что не слышалось ни его шаркающих шагов, ни астматического дыхания. Все еще сжимая ключи, Юлия прошествовала на кухню — но и там никого не было.

Однако она сразу поняла, что что-то там изменилось. Потому что сбоку больше не было решетки, которая вела к камере с *чертовой девочкой.*

На том месте, где раньше были решетка и коридор, теперь находилась ровная бетонная стена. Юлия дотронулась до нее, пытаясь понять, когда же они успели сделать ее. И улыбнулась своей мысли — *она же находится во сне!*

Но сон или не сон, она хотела знать, что стало с решеткой. И с камерой, в которой находилась чертова девочка. И, не исключено, с самой чертовой девочкой.

Которая одновременно была Великим Белком.

Юлия отметила, что над мойкой больше не было гвоздика, на котором бы висел ключ на зеленой тесемочке. Вполне разумно: потому что если исчезла дверь, то исчез и ключ. Юлия подошла к ящику, в котором лежала кухонная утварь, *в том числе и нож со странным изогнутым лезвием и пробковой ручкой,* рванула его на себя — и убедилась, что ящик пуст.

Ей показалось, что в глубине коридора слышатся шаги. Юлия быстро вывернула из-за угла, ожидая увидеть Квазимодо, однако там никого не было. Только одиноко мерцала, щелкая, неоновая лампа.

И невесть каким образом на бетонном полу возникли следы... Следы, больше похожие на то, что кто-то только что волочил по полу окровавленное тело.

Хотя если бы это было так, то она бы непременно услышала. И Юлия снова подумала, что во сне может быть все, что угодно.

А вдруг это вовсе и не сон?

Эту странную мысль она отбросила, потому что завидела на бетонном полу то, что, собственно, и ожидала там увидеть.

Это была детская заколка с белочкой.

Та самая, которую она нашла в земле на заброшенной поляне в подмосковной лесополосе. Видимо, *не такой уж и заброшенной,* если там имелась подготовленная могила, рядом в земле находилась заколка, а в дупле дуба нож.

Юлия подняла заколку, покрутила в руках и убедилась в том, что это была та самая. Нет, не похожая и даже не идентичная, а *та же самая*. Только вот как она сюда попала, она ведь осталась в лесополосе в Подмосковье?

И Юлия снова подумала, что это сон.

А потом, всмотревшись, поняла, что коридор выглядит в этот раз как-то иначе. Она двинулась в противоположную сторону — и, к своему ужасу, обнаружила в конце коридора *металлическую решетку*.

Ту самую, которая в последний раз была на *ином конце коридора*, подле кухни. И где раньше была внезапно исчезнувшая деревянная дверь.

Решетка была заперта, и нигде не было видно ключа на зеленой тесемочке. А связка ключей, которую Юлия держала в руках, куда-то исчезла. То ли она оставила ее на кухне, то ли отложила в сторону...

То ли она просто исчезла. Что же, ведь это *сон*...

Под ее босой ногой что-то звякнуло. Юлия нагнулась и увидела *ключ на зеленой тесемке*. Подняв его, она вставила его в металлическую решетку. Та беззвучно открылась.

И снова перед ней расстилался коридор, по которому она уже путешествовала. Он вывел ее к знакомой черной двери с черным фонарем.

Подойдя к ней, Юлия сунула ключ в замочную скважину. И вдруг поняла — дверь была открыта, снова приглашая ее войти в камеру. Юлия, поколебавшись, все же шагнула вперед, готовая в любой момент отпрыгнуть в сторону, потому что ждала нападения чертовой девочки.

Однако в камере никого не было — в том числе и за дверью, где в последний раз притаилась *чертова девочка*. Юлия снова осмотрелась, и вдруг в тот момент, когда она находилась к двери спиной, та со всей силы захлопнулась.

Юлия бросилась к ней и поняла, что внутри не было ручек. Она принялась стучать, пыталась ногтями поддеть дверь, но та не поддавалась.

И услышала явный звук поворачиваемого в замке ключа. *Кто-то закрыл ее снаружи.*

Юлия не сомневалась, что это был *Великий Белк.*

А вот куда делся ключ, который у нее был? Ну конечно, она беспечно оставила его торчать с обратной стороны, нимало об этом не заботясь. Потому что ведь это всего лишь *сон...*

Она навалилась на стену, раздался странный звук, и задняя часть стены камеры вдруг стала отходить в сторону. Обнажился проход куда-то вглубь. Юлия, твердя про себя, что это всего лишь сон, шагнула в бетонный коридор.

И оказалась в комнате без окон, в которой уже до этого была. Как и прошлый раз, посредине комнаты стоял стол, а на нем что-то покоилось — что-то, накрытое пластиком.

И Юлия в этот раз даже знала что. Точнее, *кто.* Это была *чертова девочка.*

Поэтому когда та вдруг резко села на столе, то Юлия даже не испугалась. Однако пластик все еще прикрывал ее лицо и тело, что с точки зрения силы притяжения было весьма странно.

Но ведь это *сон...*

— Иди ко мне! — произнесла, не раскрывая зашитого рта, *чертова* девочка с заколкой-*белочкой,* вытягивая к ней руки. Юлия до сих пор не видела ее лица и вдруг отчего-то поняла, что это никакая не девочка, к тому же чертова, а сам Великий Белк.

Он пришел за ней. Чтобы забрать ее. *И съесть.* Так же как он поедал и всех других.

— Иди ко мне, Юлюсик! Иди ко мне...

Девочка тянула к ней руки, и Юлия внезапно поняла, что это не руки десятилетней девочки, а *жуткого монстра из преисподней,* волосатые и когтистые. Она закричала, повернулась, желая бежать прочь, однако вместо двери перед ней была гладкая бетонная стена.

Так, как это обычно бывает со сне. Или *в реальности* тоже?

Интересно, а сон — это часть реальности, ведь реальность — всегда часть сна...

Юлия продолжала кричать, чувствуя, что ее касаются чьи-то жуткие лапы. Они трогают ее, тормошат, переворачивают.

Великий Белк настиг ее!

— Юлюсик! Ну что же ты от меня убегаешь? Я не сделаю тебе ничего плохого. Я только съем тебя. Так же как я съел эту девчонку. Так же как я съел твоих родителей. Так же как я и тебя сейчас съем!..

Юлия стала отбиваться, нанося удары по чему-то мягкому, стонала, кажется, даже пыталась укусить...

Вне бункера

...И, открыв глаза, поняла, что дубасит, пытаясь укусить, своего изумленного мужа, который склонился над ней.

— Солнышко, господи, что с тобой? Почему ты такая... *агрессивная?*

Юлия подскочила — и поняла, что находится у себя в спальне. Роман, выйдя из ванной, наверняка поцеловал ее или пощекотал, а она во сне приняла это за нападение Великого Белка и принялась обороняться.

— Ты *разбудил* меня! — закричала Юлия, а Роман подтвердил:

— Солнышко, ты так стонала, что я перепугался и стал тебя тормошить. Я был в ванной не больше пяти минут, выхожу, а ты спишь и, кажется, видишь какой-то кошмар...

— Это не был кошмар! — заявила мрачно Юлия, а муж, положив ей руку на лоб, ответил:

— Ну, на веселое сновидение это в любом случае не походило.

(Веселые бельчата, веселые бельчата, веселые бельчата...)

— Это не был кошмар! — закричала Юлия, и муж *проворно* отдернул руку. Юлия заметила, как на его шее бьется жилка. Он что, *боится ее*?

— Солнышко, ну извини... Я не знал, что тебя нельзя будить... В следующий раз, клянусь, не буду... Просто... просто я за тебя беспокоился!

— А не надо! — сказала Юлия, понимая, что это не те слова, которые ждет от нее Роман. И это не те слова, которые она должна адресовать ему. Так отчего же она все равно *говорит подобное*?

— И вообще ты обещал, что мы поедем в лесополосу, чтобы найти потерянную тобой заколку! — заявила Юлия, на что муж решительно и даже резко ответил:

— Нет, этого мы делать точно не будем! Во всяком случае, не сейчас!

Юлия вскочила с кровати, вылетела из спальни и, замерев на пороге, крикнула:

— Тогда я поеду одна!

— Солнышко, хорошего путешествия! Ключи зажигания я положил в надежное место, предвидя подобное развитие событий...

Не отыскав нигде ключи, Юлия бурно разрыдалась и повалилась на диван, накрывшись с головой пледом. Она хотела заснуть и оказаться в кошмаре.

Нет, это был не кошмар, а что-то иное. Что именно, она не знала и сказать не могла, она просто чувствовала это.

Но если не кошмар, то тогда *что?*

На этот раз сон не заставил себя ждать, однако Юлия проснулась оттого, что рядом кто-то ходил.

Несмотря на то что был день, ей сделалось жутко. Это не были шаги Романа. Это был кто-то другой.

Чужой.

Приподнявшись на диване, Юлия вдруг заметила коренастую женскую фигурку — это была их домоправительница Вероника Ильинична.

Та, заметив внезапно возникшую на диване хозяйку, выпустила из рук вазу с тюльпанами. Ваза с грохотом приземлилась на пол.

— Господи, Юлия Васильевна... Как вы меня напугали... Я ведь вас не заметила...

Юлия подозрительно уставилась на Веронику и спросила:

— Но ведь Роман дал вам несколько оплаченных выходных...

— А я решилась вернуться на день раньше! — заявила безапелляционно Вероника Ильинична, особа весьма напористая. — Потому что вам наверняка требуется моя помощь. И вам, Юлия Васильевна, и Роману Глебовичу. Ведь... — Она вздохнула и продолжила: — Ведь Василию Сергеевичу исполняется завтра сорок дней...

Юлия вздрогнула. Василий Сергеевич — так звали ее отца. И как она могла об этом забыть. Она, *дочь!* А вот экономка все прекрасно помнит.

Появился Роман, который ринулся помочь Веронике, но та решительно заявила, что сама напортачила и сама все уберет.

— Юлия Васильевна, на вас ведь лица нет. Давайте, завтрак вас уже ждет! Так что прошу...

Завернувшись в поданный Романом халат, Юлия проследовала на кухню, увидела разные вкуснючести наподобие румяных оладий, подхватила ломтик киви и синюю виноградину, заметив, как Вероника направляется к холодильнику, опередила ее и сказала:

— Нет, я сама, сама...

Не хватало еще, чтобы экономка увидела там лежавший *окровавленный* нож.

Тот самый, который она выудила из дупла.

Юлия распахнула холодильник и поняла, что *ножа там нет*. Она стала лихорадочно перебирать съестные припасы, а потом принялась вышвыривать их на пол.

— Где он? Я вас спрашиваю, где он?

Юлия вдруг поняла, что кричит, а Вероника в ужасе смотрит на нее. Роман, уже успевший тоже завернуться в халат, подошел к жене и, тряхнув ее за плечи, сказал:

— Солнышко, не кричи. Кто *он*?

Чувствуя его хватку, Юлия заявила:

— Не кто, а *что*. Где нож! Он там лежал. Это ты его взял?

Она подозрительно уставилась на супруга, и внезапно до нее донесся голос экономки:

— Ах, я не знала, что нож надо оставить в холодильнике. К тому же он был такой грязный, словно им мясо разделывали, а это ужасно негигиенично хранить подобное в холодильнике...

— Где он? — снова закричала Юлия, а Вероника Ильинична указала на бесшумно работавшую посудомоечную машину:

— Там. А что, разве неправильно?

Юлия, ударив мужа по плечу, процедила:

— Мне больно, отпусти!

Роман послушно отпустил и пробормотал:

— Солнышко, мне ведь тоже. У тебя тяжелая рука...

Юлия метнулась к посудомойке, стала нажимать кнопки, пытаясь остановить ее, а Вероника, суетясь около нее, закудахтала:

— Что же вы делаете, Юлия Васильевна... Так нельзя, так нельзя...

— Отключите этот чертов ящик! — приказала Юлия, и когда Вероника распахнула перед ней нутро посудомоечной машины, из которой повалил белый пар, то убедилась: процесс мойки уже был запущен и тускло поблескивавший среди грязных вилок и ложек нож уже больше не являлся уликой — все следы, которые на нем были, Вероника уже подчистую уничтожила.

— Вы уволены! — заявила холодно Юлия, а Вероника, не понимая, что она имеет в виду, засуетилась, размахивая полотенцем.

— Сейчас, сейчас, вытру воду. Ваза, слава богу, не разбилась. И даже тюльпанчики, которые я вам купила, не пострадали...

Юлия, вырвав у нее из рук полотенце, заявила:

— Вы что, *глухая?* Вы *уволены.* Уходите прямо сейчас. Вам заплатят за работу до конца года. Но уходите прямо сейчас!

Костистое лицо Вероники вдруг сжалось, и экономка заплакала.

— Юлечка... Васильевна... Ну, извините меня, вы же знаете, что я слишком энергичная. Я не хотела...

— Вы уволены, — повторила Юлия, отворачиваясь. — Даю вам на сбор десять минут. А потом вызову охрану.

Вероника ревела белугой, а Юлия, миновав застывшего Романа, прошла в зал. Муж вышел за ней и сказал:

— Солнышко, ты считаешь, что это *нормально?*

— Не называй меня больше солнышком! — закричала Юлия и вдруг ощутила, что тоже вот-вот заплачет. И почему она такая *стерва?* Пилит Романа, тиранит Веронику.

— Хорошо, — произнес муж без тени улыбки. — Обращение «крысочка» тебя, надеюсь, устроит? Оно ведь тебе *очень даже* подходит, Юля!

Быстро собравшись, Юлия вышла в холл и услышала, как Роман успокаивает Веронику. Юлии было стыдно, однако ни перед кем извиняться она не намерена.

Потому что за ними по пятам не следует Великий Белк. *И не грозится их съесть.*

Пройдя на кухню и стараясь не смотреть на заревáнную экономку, которой Роман готовил, судя по всему, уже вторую, *если даже не третью*, чашку кофе, Юлия сказала:

— Дай мне, пожалуйста, ключи. Иначе мне придется ехать туда на такси. Ты ведь не хочешь?

Муж, подойдя к холодильнику, вытащил из морозилки ключи, бросил их на барную стойку и, ничего не говоря, любезно обратился к хнычущей Веронике:

— Может, две капельки коньячка добавить?

— Ей лучше сразу *два стаканчика!* — фыркнула Юлия и, схватив ключи, выбежала из квартиры.

Отчего-то, несмотря на то что она так и не позавтракала и даже толком не поужинала, энергия била ключом. Не вызывая лифт, Юлия слетела по лестнице, преодолев все сорок этажей, и очутилась наконец в подземном гараже.

Только выехав на улицу, она вдруг поняла, что желание ехать на то место, где они похоронили сбитого ей бельчонка, и искать там заколку у нее внезапно испарилось.

К тому же, судя по лужам, которые, впрочем, съеживались под набиравшим мощь июльским солнцем, ночью прошла гроза, к тому же весьма знатная. И смыла все, что было на месте возможного преступления.

Так же как поставленная этой идиоткой Вероникой посудомоечная машинка смыла все следы с найденного в дупле ножа.

Ножа, которым, *и в этом Юлия уже ничуть не сомневалась*, Великий Белк убил *чертову девочку.*

Впервые она подумала, что у девочки, нет, не чертовой, а вполне обычной девочки, которой кто-то — *Великий Белк!* — зашил рот и — кто знает — извлек при помощи особо загнутого ножа глаза, было имя. И имелись родители. Которые, вполне вероятно, ищут ее.

И не могут найти.

Родители, которые надеются, что с их дочкой все в порядке — и не подозревают, что ее забрал к себе Великий Белк.

И съел ее.

Несясь по улицам еще сонной столицы (было начало восьмого утра субботы), Юлия залилась краской стыда, вспомнив то, что только что отчебучила в отношении Вероники Ильиничны, преданной экономки, почти члена семьи, которая работала у них...

Сколько именно, Юлия не помнила, как не помнила многих вещей, но знала: уже очень давно.

И *не только* в отношении Вероники. Бедный Роман, как он с ней мучается! Но даже его терпению, похоже, приходил конец.

Чувствуя, что слезы катятся по щекам, Юлия затормозила. Сзади ей нетерпеливо посигналили.

И вообще, что она собирается сейчас делать? В самом деле ехать на невесть какую лесополосу и искать детскую заколку, оброненную там Романом?

Нет, если это так, то она реально *сумасшедшая*.

Юлия успокоилась, припарковавшись, даже зашла в какую-то сетевую харчевню и съела пончик, а затем еще один, запив все это отвратительной сизой бурдой, гордо именовавшейся *кафе лате* (именно так, без двойного «т»).

Вот к чему все это приводит: у нее есть любимый муж, который готовит божественный кофе, а она утром в субботу шастает по всякого рода сомнительным заведениям и пьет то, чем даже унитаз чистить вредно.

Отставив в сторону полный еще стакан, Юлия решила вернуться домой. Надо извиниться и перед Вероникой Ильиничной, и перед Романом. Юлия зашла в гипермаркет, приобрела дорогую коробку конфет для экономки. Мужу она покупать ничего не стала — его она отблагодарит *иначе*.

Когда она на лифте поднималась в пентхаус, то в голове возникла мысль — то, о чем вела речь экономка. Папе ведь завтра сорок дней, а разве они что-то готовят?

Не они, а *она*, его дочь.

Самое ужасное, что она даже не помнила похорон отца. Господи, что она вообще помнит, если не считать этих кошмаров с чертовой девочкой и Великим Белком.

Эти все учащающиеся, невесть чем вызванные *чертовы* провалы в памяти...

Интересно, *а как эту девочку на самом деле зовут?*

Юлия прошла в холл, скидывая туфли, прошествовала в направлении кухни, отметив, что муж еще вел беседу с экономкой. Надо же, какую же чашку кофе он ей готовит — *сорок девятую?*

— ...все чаще задумываюсь в последнее время о том, что у Юли... Что у нее серьезные психические проблемы...

Услышав эти слова, сказанные Романом, Юлия замерла и схватилась свободной рукой за спинку дивана.

— Ну что вы, Роман Глебович, Юлия Васильевна просто перенервничала из-за смерти родителей... Это ведь такой удар!

Юлия осторожно положила коробку конфет на диван. Интересно, однако, узнать, что думает о тебе собственный муж, причем решивший излить свою мужнину душу *домомучительнице.*

— Я тоже так сначала думал, Вероника Ильинична, но скажите положа руку на сердце — то, как она только что вела себя и с вами, и со мной, это... *Это нормально?*

Юлия усмехнулась и уселась на подлокотник дивана. Что же, Ромик, оказывается, не такой ты уж и святой, не такой и терпеливый...

— Ну, стресс, Роман Глебович... Юлюсик ведь всегда была непосредственным эмоциональным ребенком. Помню ее пятнадцатилетней девочкой...

Она помнила ее пятнадцать лет назад, а вот она Веронику *нет.* Юлии вдруг сделалось страшно.

— Нет, не стресс. Это врачи мне в один голос сказали. Точнее, явно не только стресс. Понимаете, Вероника Ильинична, я ведь еще ни с кем этим не делился, потому что не с кем поговорить — родители Юли умерли, мои тоже, с прочими родственниками о таком не поговоришь, друзей у нас как таковых нет...

С родственниками не поговоришь, а с домработницей, стало быть, *запросто?* Эх, Рома, Рома...

— Потому что я ведь не все результаты многочисленных анализов Юле сообщил. И с врачами, прежде чем они с нами обоими беседовали, всегда говорил сначала один...

Юлия едва сдержала изумленный возглас. Вот, оказывается, какие интриги любимый муженек развел у нее за спиной.

— И даже не один и не два, а целых три светила психиатрии исходят из того, что Юля страдает... Страдает *тяжелым психическим заболеванием!* Правда, предварительные диагнозы ставят разные, ведь для точного нужно долгое комплексное обследование, а на него...

Не выдержав, Юлия влетела на кухню и крикнула, уставившись на обомлевших Романа и Веронику Ильиничну:

— А что они тебе еще сказали, Рома? И даже если и сказали, то отчего ты сообщаешь эти деликатные сведения этой... этой *мокрой курице?*

Муж, уже оправившийся от удивления, вызванного внезапным появлением Юлии, ответил:

— Потому что я тоже человек. Потому что мне тяжело. Мне нужен совет хорошего друга. А Вероника Ильинична для нас член семьи. И, кроме того, она удивительной мудрости и практической смекалки женщина... А вовсе не мокрая, как ты изволила выразиться, курица.

— А может, *мужчина?* — крикнула Юлия и, подойдя к столу, на котором красовалась ваза с принесенными Вероникой тюльпанами, выхватила растения, бросила их на пол и добавила: — А то, что она еще не мокрая, так это легко поправимо!

И облила Веронику водой из вазы. Та, закудахтав (ни дать ни взять самая что ни на есть настоящая *мокрая курица*), вылетела прочь. Роман, лицо которого было непроницаемо, заявил:

— Довольна, солнышко?

— Ты же хотел называть меня теперь «крысочкой», Рома. Уже *запамятовал?*

Но не он запамятовал, а *она сама* — со своими провалами в памяти. Но она не могла вспомнить — или *не хотела?*

Муж, вздохнув, подошел к ней, держась, однако, определенной дистанции, и Юлия вдруг поняла, что это, по всей вероятности, из-за тяжелой хрустальной вазы, которую она все еще держала в руках.

И которой без особых проблем можно было *проломить череп.*

— Юля, не надо. Я ведь хочу тебе помочь. Мы все хотим тебе помочь...

Он прикоснулся к ее руке, и Юлия вдруг разрыдалась. Муж заключил ее в объятия и произнес, гладя ее по голове:

— Обещаю, что все будет хорошо... Все будет хорошо.

А Юлия, подняв на него заплаканное лицо, прошептала:

— Ведь эта фраза означает, что все *уже плохо,* ведь так?

Вероника — с высушенными волосами, в халате Юлии — была обижена не на шутку, однако Роман сумел задействовать свое обаяние по полной, чтобы убедить экономку не уходить — и не уволиться на этот раз уже по *собственному* желанию.

Но когда муж проронил несколько слов об увеличении зарплаты, Вероника сразу подобрела и, распечатывая коробку конфет, которую ей преподнесла Юлия (впрочем, пробормотавшая только какие-то стандартные извинения), бойко щебетала:

— Ах, Юлия Васильевна, милая моя... Все бывает, понимаю... Конечно, у вас стресс... А всем этим врачам вы не верьте. Они за деньги, причем ваши собственные, вам таких диагнозов понаставят... Ромашковый настой и горячая ванна — это лучшее лекарство от девяноста пяти процентов всех болезней. Так моя прабабушка говорила и дожила до ста трех лет.

— А как быть с прочими пятью процентами? — спросила Юлия, но экономка, даже не отвлекаясь на ее реплику, потому что готова была слушать только саму себя, рассуждала о чем-то совершенно ином.

Да, а как быть с прочими пятью процентами? Выходит, что она подпадала как раз под эту категорию — категорию буйных психов?

О чем размышлял Роман (а то, что он о чем-то размышлял, Юлия заключила по его сосредоточенному виду), она не ведала. И не была уверена, что хотела бы узнать.

Что, если он думает о том, что его жена *психопатка.* И что ее место в закрытой лечебнице для подобных субъектов?

Все же что сказали ему эти самые светила психиатрии? И какие именно ужасные диагнозы они пусть и не поставили ей, однако вскользь упомянули, беседуя с Романом?

Они ведь упомянули, *не так ли?*

Юлия вдруг спохватилась, поняв, что задала этот вопрос вслух. Правда, еле слышно, шепотом, да и по кухне разносилась бесконечная тирада Вероники Ильиничны:

— ...и верить всем этим эскулапам! И тогда моя тетка решила обратиться к колдунье. Ну, самой натуральной, у них в городе это была известная особа, к тому же работавшая в городской администрации. Правда, брала она много, но результат был всегда позитивный. И...

А какой будет у нее результат — *всегда отрицательный?*

— Солнышко, — обратился к ней Роман. — На тебе лица нет. Что, голова болит?

— Вам надо прилечь, прямо сейчас прилечь! — закудахтала Вероника и, еще до того, как Юлия успела что-то сказать, подскочила и вцепилась ей в локоть. — Давайте я вас до диванчика провожу...

Юлия разрешила проводить себя «до диванчика», хотя не считала, что выглядит так особо плохо. Да и не чувствовала она, что у нее голова болит.

Позволив уложить себя на диван и подсунуть под голову подушку, Юлия отказалась от шоколадных конфет, которые ей настойчиво совала Вероника.

— Шоколада в самом деле не надо, он может мигрень провоцировать, — сказал Роман. — А вот свежевыжатый сок тебе не помешает, солнышко. Сейчас сделаю...

Муж удалился на кухню, Веронике — слава всем богам Олимпа! — кто-то позвонил на мобильный, и она, желая дать совет кому-то из своих многочисленных родичей, унеслась в коридор.

Юлия лежала и блаженствовала. Все же ей повезло с мужем. И она не будет его больше обижать. Ни за что и никогда!

Она ведь так его любит.

Желая сказать это Роману лично, а заодно и извиниться за все, что она натворила, Юлия босиком прошествовала на кухню, заметив стоявшего к ней спиной супруга.

Роман осторожно вливал что-то из крошечного темного флакончика в бокал с соком, одновременно размешивая содержимое бокала вилкой. Видимо, чтобы то, что поступало туда из флакончика (а это была бесцветная жидкость), лучше распределилось.

Юлия окаменела, уставившись на странные манипуляции мужа. Потому что бокал сока с добавкой невесть чего из темного флакончика наверняка предназначался ей.

— Это ты что туда подливаешь? *Цианистый калий?* — выпалила Юлия, рука мужа дрогнула, и он пролил струйку из флакончика на гранитную поверхность.

Роман повернулся, на его лице застыла гримаса растерянности.

— Что ты мне подливаешь? — закричала Юлия, стараясь дотянуться до флакончика, а муж, подняв его высоко у себя над головой, произнес:

— Солнышко, это лекарство, которое поможет тебе чувствовать себя лучше...

— *Я и чувствую!* Особенно в последнее время! — крикнула Юлия.

Роман, вздохнув, продолжил:

— Без него было бы еще хуже...

Юлия расхохоталась.

— Что это за лекарство? Сообщи мне его название. Покажи мне рецепт! И вообще, отчего ты вливаешь его мне *тайно?*

— А ты согласилась принимать его добровольно? — произнес тихо Роман. — Принимать, узнав, что это медикамент для... для страдающих тяжелыми депрессиями и...

— И? — повторила с вызовом Юлия, а муж все колебался, поэтому она дернула его за локоть. — *И,* Ромик?

— ...и галлюцинациями, вызванными шизофренией...

Отшатнувшись, словно он ударил ее по лицу, Юлия схватила предназначавшийся ей бокал с соком и вылила его в мойку. Роман, не мешая ей, просто молча стоял рядом.

— Вот ты, значит, какой... — сказала Юлия, с грохотом ставя бокал на гранитную поверхность. — Может, ты мне вообще крысиный яд подсыпал...

— Солнышко, ну как ты можешь...

Муж попытался обнять ее, но она отвернулась. В голове билась одна и та же мысль: *а что, если он говорит правду?*

Собственно, Юлия и не сомневалась, что Роман говорит правду. И что тайно добавлял ей в сок (и, наверное, *не только* в сок) медикаменты. Которые, как Роман сказал, используются для *шизофреников.*

— Извини, я не хотел, чтобы именно подобная сцена и разыгралась...

Муж взглянул на нее, а Юлия отчеканила:

— Как видишь, твои надежды не оправдались. Сцена и разыгралась — причем именно такая.

— Солнышко, ну давай же жить дружно. Понимаю, что сделал ошибку. Но этот медикамент тебе *нужен*, понимаешь? Это мне доктора подтвердили...

Сухо рассмеявшись, Юлия ответила:

— Это те самые доктора, которых ты считаешь *шарлатанами*? Или *некоторым* из шарлатанов ты доверяешь больше, чем всем прочим?

В этот момент на кухню вошла не подозревавшая ни о чем Вероника Ильинична.

— Юлия Васильевна, милая, почему вы снова встали? Ведь вам надо прилечь. Роман Глебович вам сейчас сочок подаст...

Посмотрев на нее, Юлия заметила:

— Вот *вам* пусть и подает. Ведь вы с ним *прекрасно* понимаете друг друга, не правда ли? Кстати, она посвящена в тайны двора Екатерины Медичи? Там, помнится, тоже всех пачками травили...

Экономка в явном недоумении уставилась на нее, а Роман сказал:

— Солнышко, не надо втягивать посторонних...

— Ах, она уже и посторонняя? — Юлия одарила Веронику очаровательной улыбкой. — Не обессудьте, но курс ваших акций падает! Еще недавно вы были больше чем членом семьи, а теперь перешли в разряд посторонних. Но все эти тонкости вы можете обсудить без меня. Хочу знать только одно: вы *тоже* меня этим пичкали?

Она кивнула на темный пузыречек, который Роман держал в руках. Судя по ничего не понимающей Веронике, к этому она не была причастна.

Или разыгрывала из себя туповатую простушку, которая вообще не в курсе и желает только помочь. *Этого Юлия тоже не исключала.*

— Юлия Васильевна, вы куда это? — крикнула ей в спину Вероника, а Роман заявил:

— Солнышко, не глупи. Две истерики за одно субботнее утро — это, поверь, *чересчур*.

Самое обидное, что *муж был прав*. Но Юлия не могла и не хотела оставаться в одной квартире вместе с людьми, которые ее обманывали.

И, судя по всему, обманывают до сих пор.

— Я вас покину! — заявила она. — Не надо беспокоиться, никуда топиться не поеду. Или *искать в лесополосе детскую заколку*. Еду к родителям. Там и переночую. Все равно надо разобрать их вещи, я давно это собиралась сделать...

Экономка что-то пыталась вставить, но Юлия и слушать ее не желала. Роман вышел в холл, насупленный, молчаливый, ничего не сказал, когда Юлия, хлопнув дверью, выпорхнула из пентхауса.

Юлия заметила удивленное выражение лиц охранников, сидевших в будке с шлагбаумом, когда она уже во второй раз за утро проехала мимо них. Причем в такую рань — в самом деле она успела дважды поскандалить до девяти часов утра в выходной день.

Похоже, портить кровь окружающим вошло у нее в привычку.

Юлия направилась за город, в особняк родителей. Надо же, еще несколько месяцев назад, в конце прошлого года, они, отмечая Новый год, желали друг другу всего самого наилучшего, строили далекоидущие планы, исходили из того, что следующий год станет самым счастливым в их жизни.

В ее жизни он стал *самым ужасным*.

Мчась по МКАДу, Юлия подумала о том, что любовь к скорости ей передалась от мамы. *И это стало для нее роковым*. Ведь отцу в тот день повезло — вообще-то он должен был находиться в автомобиле с мамой, однако по причине экстренного звонка одного из менеджеров он решил остаться в Москве, и в особняк мама отправилась в одиночестве.

109

Иначе бы она потеряла родителей в один день. А так в течение трех с небольшим месяцев. Отец, полностью ушедший в себя и забросивший бизнес, который все эти годы был его детищем, с дочерью практически не общался и жил в особняке один. Юлия опасалась, как бы это вынужденное одиночество не привело бы к чему-то трагическому.

Привело.

В самом начале июня, когда отец, несмотря на множество звонков, так и не объявился, Юлия направилась в особняк — и нашла его в ванной: *мертвым*. С момента смерти прошло уже не меньше двенадцати часов. Врачи сошлись на том, что отец, страдавший диабетом, не успел вовремя сделать себе инъекцию инсулина, что привело к коме и смерти.

Юлия же исходила из того, что он, не вынеся боли из-за смерти жены, решил таким образом покончить с собой, не прибегая к ядам, огнестрельному оружию или веревке. А просто не сделал инъекцию — и умер.

Когда она завела об этом речь с Романом, тот попытался ее успокоить и даже заметил, что подобная смерть, пусть в реальности и самоубийство, является выражением его беззаветной любви к жене, ее матери.

Но, получается, что отец ради мамы *отказался* от нее, своего единственного ребенка и горячо любимой дочери?

Обо всем этом Юлия размышляла, пока ехала в родительский особняк. И к своему удивлению — *и даже радости* — отметила, что в течение целого часа не думала ни о Великом Белке, ни о чертовой девочке.

Правда, отвлекший ее от подобного рода мыслей повод был уж *слишком* мрачный. И с каким бы удовольствием она бы повернула время вспять. Но в этом-то и суть — изменить ничего было нельзя.

Открывая входную дверь и снимая особняк с сигнализации, Юлия почувствовала легкий затхлый запах. *Сколько* она уже не была здесь?

Наверное, не меньше месяца. И вспомнила, что завтра же сорок дней со дня смерти папы. Его отпевали в местном храме и похоронили вместе с мамой, на подмосковном кладбище. Но родители, в особенности отец, не были религиозными людьми и мало придавали значения традициям и ритуалам.

Юлия подумала, что все равно было бы правильно пригласить немногочисленных родственников и многочисленных друзей родителей в ресторан. Однако она до такой степени увлеклась собственными проблемами, что начисто забыла об этой черной дате.

А теперь было уже *слишком поздно.*

Можно было позвонить Веронике Ильиничне и попросить ее, она в лепешку разобьется, но исполнит поручение. Или подключить Романа.

Но Юлия не хотела ни того, ни другого. Что же, родители на нее будут не в обиде, она это знала. Однако, не исключено, в обиде будет она сама.

Закрыв дверь, она включила свет: несмотря на царившее за окном лето, в доме было прохладно и сумрачно.

Когда-то здесь царило веселье, текла счастливая семейная жизнь, слышался смех, звенели бокалы с шампанским...

А теперь...

Юлия прошлась по первому этажу и, чувствуя неприятный запах, открыла холодильник. Так и есть, продукты давно испортились. Она хотела заняться разборкой родительских вещей уже давно, однако практически сразу после смерти отца у нее стали проявляться эти странные симптомы...

Вероника с большим рвением вылизала бы родительский дом, однако Юлия несколько побаивалась ее энергии и не дала согласия, когда она напрямую спросила ее об этом.

Лучше сделать все самой.

Поэтому, засучив рукава, отыскав резиновые перчатки и найдя рулон пластиковых мешков, Юлия принялась за работу.

Внезапно она увидела на одной из полок черствую сайку, початую палку копченой колбасы, несколько яблок и головку чеснока.

Тот спартанский набор, который она видела и в холодильнике Квазимодо в бункере.

Юлии сделалось страшно. Больше всего ее угнетала тишина, поэтому, дабы рассеять зыбкие кошмары, она включила на мобильном музыку. А потом, через какое-то время (кухня уже приняла божеский вид), нашла какую-то радиопрограмму.

— ...слав Бэлкловский в гостях. Скажите, что нам стоит ожидать в ближайшие месяцы на политическом Олимпе?

Юлия, державшая в руках грязную тряпку, напряглась. Интервью давал тот самый велеречивый околополитический комментатор, который странным образом затесался в ее кошмар.

— Зороастрийский календарь в этом отношении абсолютно однозначен... — вальяжно грассируя, завел свою любимую пластинку комментатор, а Юлия, рассмеявшись, переключила программу.

А затем, бросив тряпку в ведро и стянув резиновые перчатки, стала лихорадочно вбивать что-то в поисковик.

Не зря прицепился к ней этот политолог, умело троллящий журналистов и слушателей постоянными ссылками на зороастрийский календарь.

Потому что в зороастрийском гороскопе в самом деле имелась *белка*.

Юлия пробежала глазами характеристику человека-белки. Нет, никакой патологии или угроз. Да и не верила она в подобную чепуху, потому что все это дуриловка и муть, как считал ее отец, по образованию физик.

Мама в этом отношении не была столь категорична, считая, что отец во многом выказывает свое упрямство, столь свойственное родившимся под знаком Тельца.

Дрожащими пальцами Юлия набрала в графах дату рождения отца — и с облегчением вздохнула, когда Интернет выплюнул результат, что по зороастрийскому календарю отец был орлом.

Мама оказалась дельфином, а она сама слоном. Испытывая особое чувство вины, Юлия ввела дату рождения Романа.

Интернет как назло завис, Юлии сделалось не по себе. Неужели это знак свыше, неужели ее муж был по зороастрийскому гороскопу... *белкой.*

А даже если и так, то *что* это означало?

Однако Роман оказался *ежом.* Юлия рассмеялась. Нет, еж — это скорее она сама, колючий и пыхтящий.

На всякий случай она зашла на другой сайт и перепроверила результаты, которые, однако, оказались теми же самыми.

Никто в их семье не был белкой.

Как ни пыталась, Юлия не могла вспомнить точную дату рождения Вероники Ильиничны. И год точно не помнила (та любила напустить туману относительно своего возраста, естественно, *занижая* его), ни даже точную дату. Что-то в двадцатых числах марта...

А что, если белка — это Вероника? Значило ли это, что она и была... И была *Великим Белком?*

Если Великий Белк *вообще* существовал. Он и *существовал* — во всяком случае, в ее собственном воображении и в ее персональных кошмарах.

Тогда Юлия стала вводить даты рождения своих родных и знакомых. Ворон, лань, верблюд, еще один ворон (ворон ворону, что называется, глаз не выклюет!), лисица, черепаха, паук, вепрь и целых три белых медведя.

Зато ни одной белки.

Посмотрев на часы, Юлия вдруг поняла, что занималась этим явно бессмысленным занятием около *двух часов.* Поэтому, отложив мобильный, она продолжила уборку.

Можно было нанять бригаду юрких людей, которые вычистили бы особняк, но она не хотела никого пускать в дом родителей. Туда, где и сама жила несколько лет.

Это был ее мир — и только ее. Ее дом, ее крепость.

Ее бункер.

Кухня, которую отец после смерти чистюли-мамы основательно запустил, приняла более-менее сносный вид. Юлия вылила в унитаз очередное ведро с мутной водой, тщательно вымыла руки, *не опасаясь* смотреть в сторону душевой кабинки, и отметила, что чертова девочка ей давно не являлась.

Неужели она пошла на поправку?

Однако, поднимаясь по лестнице на второй этаж, заметила знакомую фигуру, которая тотчас исчезла, стоило посмотреть на то же место через мгновение.

— Добрый день! — поздоровалась Юлия и прошла в родительскую спальню.

Там царил идеальный порядок — отец там так и не спал после гибели мамы, предпочитая ютиться на софе в кабинете.

Заметив большой портрет мамы, нарисованный ею самой, Юлия ощутила, что у нее на глазах навернулись слезы. И ей было решительно наплевать, ошивалась ли поблизости чертова девочка или нет.

Даже если *чертова* девочка была плодом ее больного воображения — ведь, судя по всему, она страдала тяжелой формой шизофрении...

Не исключено, что Роман был прав: все эти доктора *сущие шарлатаны!*

Не задерживаясь в спальне родителей, потому что это походило на осквернение святыни, Юлия проследовала в кабинет отца.

Там царил подлинный хаос. Отец никогда не был аккуратным человеком, в первую очередь что касается предметов обихода. По характеру он был педант и, как и Роман, уповал на логику. Однако совершенно не заботился о простейших вещах — к примеру, тем, откуда берется чистое белье и куда девается грязное. Кто моет посуду. Отчего грязный ковер вдруг становится чистым.

Впрочем, это совершенно не мешало отцу быть успешным предпринимателем, основателем и бессменным владельцем сети строительных гипермаркетов, накрывших плотной сетью всю страну и ближнее зарубежье. Бизнесу отца не были страшны кризисы и санкции, он умудрялся извлекать выгоду из того, что для других означало верное банкротство. И оставил дочери в наследство многомиллионную империю и более чем солидное состояние.

Однако могло ли это заглушить горечь от потери двух самых родных людей на свете. Нет, *не могло*.

Юлия, спихнув с кресла пачку документов, опустилась в него и обвела взглядом отцовский кабинет. Нет, ничего здесь она убирать не будет. Оставит все как есть.

Она могла позволить себе не продавать и не сдавать особняк, законсервировав его и превратив в свой личный музей.

Свой *бункер*.

Но было ли это *правильно?*

Встав, Юлия прошлась по кабинету, заметила лежавшую около выключенного ноутбука раскрытую книгу, взяла ее, чтобы посмотреть, что же читал перед смертью отец.

Перед своим самоубийством.

Это были «Повести Белкина». Чувствуя, что сердце стучит, как паровой двигатель «Титаника», Юлия опустилась прямо на ковер.

Ну да, отец любил классику, небеспричинно полагая, что гениальнее Пушкина, Гоголя и Толстого никого нет. Достоевского недолюбливал, считая его нытиком и истериком. Современных писателей бранил.

Так что неудивительно, что отец взялся перечитать пушкинские «Повести Белкина». Юлия осторожно перевернула страницу, которую автоматически зажала пальцем. Закрой она книгу, так никогда бы и не узнала, на каком месте остановился отец.

Он начала перечитывать «Гробовщика». Единственная повесть с вкраплениями мистики из этого цикла. Там, где гробовщику Адрияну, неосторожно пригласившему всех, кого он когда-то похоронил, к себе в гости, лунной ночью заявились покойники — в том виде, в котором они были после долгого и *очень* долгого пребывания под землей в гробах, сделанных Адрияном. Помнится, какой-то хлипкий скелетик в истлевшей треуголке бросился, желая обнять гробовщика, с тоской вспоминая, как гробовщик надул его много лет назад, продав для него свой первый гроб и выдав сосновый за дубовый.

Интересно, а дуб, из которого не был сделан этот гроб, был *с дуплом, в котором жила белка?*

Или, кто знает, *Великий Белк?*

Юлия, так и сидя на ковре, перечитала «Гробовщика». Нет, не ее любимый рассказ, и по сравнению с прочими не такой, что ли, глубокий, несмотря на то что гостям Адрияна явно пришлось выбраться с *большой* глубины, дабы навестить гробовых дел мастера.

Когда-то она была без ума от «Барышни-крестьянки», но затем пришла к выводу, что квинтэссенция всего заключается в «Станционном смотрителе».

Юлия, вздохнув, закрыла томик. Итак, она напридумывала себе бог весть что, и только на том основании, что это повести Белкина.

Или *Великого Белка?*

Из книги вывалилось что-то, и Юлия, подняв это с ковра, увидела: визитная карточка. Детективное агентство «Золотая белка», расположенное в Москве. Юлия повертела визитку — вообще-то у отца имелась своя служба безопасности, хотя в отличие от многих прочих капитанов промышленности и акул бизнеса отец никогда не зацикливался на телохранителях и джипах сопровождения. И он, и мама водили автомобиль сами, и никаких бодигардов у них отродясь не было. Хотя пару лет назад, когда расстроилась ее свадьба с сыном лучшего друга отца Игоря, который звался тоже Игорем, от Игоря-старшего поступали недвусмысленные угрозы.

Но даже тогда отец заявил, что никаких телохранителей у них не появится. Правда, хотел, чтобы телохранитель появился у нее, их единственной дочери, но Юлия гордо отказалась.

А выходит: если бы был телохранитель или личный шофер, то, кто знает, мама была бы сейчас жива. Как был бы жив и отец?

Юлия засунула визитку обратно в томик Пушкина. Никто ведь не в курсе, как долго она служила в качестве закладки. Никто, кроме отца.

А ему завтра будет сорок дней...

Юлия бросила прощальный взгляд на кабинет отца — и вдруг увидела на столе почтовый пакет. Ее внимание привлек даже не сам пакет, а то, что на нем имелся логотип в виде...

Белки.

Ну да, агентство ведь — «Золотая белка». Кто там, интересно, шеф — *Великий Белк?*

Пакет был открыт, наверняка это сделал отец. Юлия, подумав, не сочла зазорным посмотреть, что же внутри.

Это было небольшое тринадцатистраничное досье. Юлия хотела было запихать его обратно в пакет, потому что негоже было совать нос в дела покойного отца, как вдруг ее глаз выхватил имя мамы.

Опустившись в кресло, Юлия раскрыла досье. Читая его первый раз, она чувствовала, что волосы на голове встают дыбом. Пришлось прочитать второй раз, но реакция была примерно та же самая.

В третий раз она перечитала только избранные абзацы и внимательно рассмотрела предлагавшиеся схемы. А затем, закрыв глаза, долго сидела в кресле, пытаясь переварить мысль о том, что ее мама *была убита.*

Да, составленное экспертами агентства «Золотая белка» досье свидетельствовало о том: гибель мамы была не следствием несчастного случая, а результатом целенаправленной диверсии. Кто-то провел умелые манипуляции с тормозами, что и привело к трагедии.

К смерти мамы.

И это означало одно: все эти месяцы она считала, что судьба подставила им подножку, забрав маму посредством нелепого несчастного случая. А выяснилось, что судьба вогнала им в спину кинжал, забрав у них маму, ставшую жертвой убийства.

Или не судьба, а *Великий Белк*?

Да, *убийства,* ведь как иначе можно было назвать все то, что детально описывали в досье эксперты. Ни о какой случайности или оплошности речи идти не могло, это была диверсия.

Точнее, убийство, совершенное... Да, *кем* совершенное?

Великим Белком!

Юлия закрыла лицо руками, не в состоянии выдавить из себя ни слезинки. Но если отец знал, то почему не сказал ей?

Она быстро посмотрела на дату досье. Так и есть — составлено за четыре дня до гибели отца.

Отец не был человеком, который, даже при наличии неопровержимых доказательств, принимал скоропалительное решение. Тем более у него имелись доказательства того, что мама была убита. И что, не исключено, он сам, на этот раз уж точно по счастливой случайности, избежал участи оказаться в одном с ней автомобиле.

Но в досье не было ни полслова о том, кто это сделал или, вернее, мог бы сделать. Досье было составлено автомобильными экспертами и криминалистами, а для выяснения вопроса о том, кто же является убийцей, требовались правоохранительные органы или частные детективы.

Вскочив, Юлия извлекла из томика Пушкина визитку детективного агентства «Золотая белка». Теперь-то понятно, зачем она понадобилась отцу. Хотя вообще-то странно — ведь у отца были отличные связи, в том числе среди бывших и настоящих работников всех возможных силовых министерств и всемогущих ведомств. Имелся и этот самый генерал, с которым отец время от времени ходил на рыбалку.

Так отчего же отец не обратился *к ним?*

Может, и обратился. Хотя тогда бы генерал или прочие товарищи поставили бы ее в известность. Но раз никто не объявился и ничего не сообщил, даже в самых щадящих выражениях, приходилось сделать вывод, что они не были в курсе.

Но почему? *Почему?*

Прихватив досье, Юлия спустилась на убранную кухню и на скорую руку приготовила себе салат из консервированного тунца, горошка и артишоков. Не бог весть что, однако она не хотела отвлекаться на хождение по ресторанам или заказ еды на дом.

Кажется, она поняла, отчего отец не задействовал свои связи. Потому что материя была слишком уж *деликатная.*

Речь шла о его любимой жене, которая для всех стала жертвой несчастного случая, а еще точнее — собственной безалаберности на дороге. Понятное дело, что на ее горем убитого мужа, который бы заявил, что на самом деле это было деяние рук неведомого изверга, смотрели бы, по крайней мере, с большим сожалением.

Отцу было бы решительно наплевать, кто и как посмотрел бы на него — но он боялся огласки. Подключи он знакомых, существовала бы опасность, что кто-то проболтается, не сможет держать язык за зубами и...

Да и отцу же требовались факты — и ничего *кроме* фактов. И, по всей видимости, ему требовалось имя убийцы.

Юлия поперхнулась, принявшись стучать себя по груди. Господи, точно так же, как в ее кошмаре. И как тогда, много лет назад, в детстве, когда она стала свидетельницей того, как поперхнулся и на ее глазах скончался ее младший брат Васютка.

(Веселые бельчата, веселые бельчата, веселые бельчата...)

Наконец кусок попал в нужное горло, и Юлия, выпив воды (бутылка и марка были такие же, как и в бункере Квазимодо!), подытожила.

Если бы мама *в самом деле* стала жертвой убийства, то отец ни перед чем бы не остановился и поставил бы на кон любые деньги и свою жизнь, чтобы узнать, кто же за этим стоит. И покарать этого урода.

Он и поставил — свою жизнь. Юлия от ужаса выбежала в коридор. Потому что выходит...

Выходит, что жертвой убийства могла стать не только мама, что экспертами «Золотой белки» фактически доказано, *но и отец!*

Ведь раньше, *до* обнаружения досье, она думала, что он покончил с собой, угнетенный смертью своей жены и не будучи в состоянии жить без нее.

А теперь, *после* обнаружения досье, приходилось считаться с тем, что отец никогда бы не покончил с собой, потому что он наверняка поставил перед собой задачу узнать, кто же поднял руку на его жену.

Значит, банальный *несчастный случай?*

Юлия так не считала. Отец ни за что бы, даже в момент наиболее сильного душевного разлада, не забыл бы об инъекции инсулина.

Значит, кто-то *устроил* так, чтобы он пропустил эту инъекцию.

Убийца, который до этого отправил на тот свет и маму?

Великий Белк.

Юлия долго размышляла, и когда ей на мобильный пришло сообщение, то буквально подпрыгнула от ужаса. Это был Роман, интересовавшийся, как у нее дела. И что бы она могла ответить? Все тип-топ, только что узнала, что мама была убита и отец, похоже, тоже.

«К ужину не жди».

Не желая, чтобы муж, обеспокоенный ее молчанием, примчался в особняк покойных родителей, Юлия отписала, что все в порядке и что ей надо побыть одной. Она долго думала, прибавить ли парочку смайликов в конце послания, но решила не делать этого.

В конце концов, она все еще обижена на Романа, хотя и не помнила сейчас, из-за чего. Ах, он пытался лечить ее шизофрению или что там диагностировали у нее все эти бородатые корифеи.

Но собственный диагноз занимал Юлию в данный момент меньше всего. Она думала об одном — о том, что ее родители убиты. И что никто не бьет в набат, никто не занимается расследованием.

Отец попытался, но буквально через несколько дней сам умер. *Случайность?*

Наверняка *нет*.

Он был убит, так же как и была убита мама. Более того, он был убит не только потому, что начал расследование, которое грозило убийце огромными неприятностями.

Он был убит, потому что первая попытка убить его провалилась. Ведь отец *железно* должен был находиться тогда в автомобиле с мамой, и они бы разбились вместе.

А когда план не сработал, точнее, сработал, но только наполовину, и погибла мама, то убийца наверняка задумался над новым.

Кто же этот *чертов* убийца?

Юлия запретила думать себе над тем, что убийцей был Великий Белк. Этого Великого Белка просто не существует. Разве что в ее воображении.

Или не только?

Вернувшись в кабинет отца, Юлия стала методично перебирать бумаги, лежавшие на столе, однако ничего занимательного больше не нашла. То и дело ей попадался на глаза пушкинский томик «Повестей Белкина» и логотип на почтовом пакете.

Белки, белки, *везде* белки!

(*Веселые бельчата, веселые бельчата, веселые бельчата...* Нет, *только не это!*)

Неужели *поэтому...*

Забравшись на софу, на которой спал после гибели мамы отец, Юлия, отогнав неприятные мысли о прошлом, стала упорно размышлять, чувствуя, однако, что ее клонит в сон. Вечерело, однако, до заката было еще далеко. Погода стояла отличная, солнце палило, но в кабинете отца, защищенном жалюзи, царила приятная прохлада.

Юлия принялась систематизировать факты — ведь именно так на ее месте поступил бы отец. Итак, убийства в среде бизнесменов не редкость, однако обычно заказные убийства совершаются классическим способом: при помощи винтовки с оптическим прицелом. В конце концов, при помощи взрыва или отравлением каким-нибудь токсином.

А тут похоже на работу убийцы с *иным* подходом. Похоже, ему не требовалось, чтобы весь мир узнал: эти люди убиты. Ему было вполне достаточно представить все как несчастный случай.

И это, как ни странно, свидетельствовало о том, что убийца профессионал. Потому что совершить заказное убийство не так уж трудно, а попробуй лиши кого-нибудь жизни и сделай так, чтобы это не бросилось в глаза правоохранительным органам.

И в случае с мамой, и в случае с отцом это *удалось*.

И если бы не напористость самого отца, не его желание докопаться до истины, то все бы так и заглохло. И, возможно, убийца, выждав какое-то время, нанес бы новый удар.

Он, собственно, *и нанес*, отправив отца на тот свет.

Но кто мог ненавидеть ее родителей до такой степени, что решил устранить их? *Кто?*

Ответ крайне прост: *Великий Белк.*

Юлия снова зевнула и прикрыла глаза. Всего на секундочку. А потом она снова будет упорно размышлять над тем, кто же...

Бункер

...Открыв глаза, Юлия поняла, что сидит на матрасе в бункере. Так и есть, она снова оказалась в своем кошмаре. И *сразу* же поняла это.

А раз так, то она может попробовать управлять своим сном. Юлия встала, чувствуя под ногами холод. И подумала о том, что все это сон. И что ей не должно быть холодно.

И тотчас перестала ощущать холод.

Дверь была закрыта. Юлия принялась стучать по ней, но Квазимодо отчего-то не появлялся.

Она приуныла, а потом вдруг сконцентрировалась на том, что это сон. А во сне часто можно проходить через стены. И все двери во сне оказываются открытыми.

Подумав это, она резко толкнула дверь, и та *поддалась*.

Юлия вышла в коридор. Она прошла сначала в одну сторону, там, где располагалась кухня. Странно, но кухни там уже не было, а вместо этого только гладкая бетонная стена. Юлия сконцентрировалась, думая о том, что здесь должна быть кухня...

Когда она открыла глаза, то увидела, что кухня все еще не появилась, но на стене возникли часы, показывавшие половину седьмого. Ага, наверное, *не все сразу*. Потому что как она ни желала, но решетчатая дверь так и не появлялась.

Юлия развернулась, желая идти на другой конец коридора, но потом сконцентрировалась, желая там оказаться.

Это ведь всего лишь *сон*.

И в самом деле она вдруг очутилась на противоположном конце коридора, но и там не было никакой кухни, да и решетчатой двери тоже.

Юлия задумалась, а потом подошла к первой попавшейся камере, отперла окошко и заглянула вовнутрь. Судя по всему, никого там не было.

Тогда, сконцентрировавшись, Юлия стала думать о том, что именно в этой камере и находится девочка.

Чертова девочка с заколкой-белочкой.

(Веселые бельчата, веселые бельчата, веселые бельчата...)

Да нет же, не чертова, а очень даже хорошая. И — это было важно — без зашитого рта и выковырянных глаз.

А девочка живая, здоровая и невредимая.

— Здесь кто-то есть? — спросила Юлия, снова вглядываясь во тьму камеры, и вдруг увидела силуэт и услышала голосок:

— Да... Выпустите меня, пожалуйста! Мне тут страшно! И пить хочется...

Юлия дернула ручку двери, но та была, *естественно,* заперта. Юлия пожелала, чтобы дверь открылась, но этого не произошло: то ли тренировки было мало, то ли она была слишком взволнована появлением девочки.

То ли *Великий Белк* не хотел, чтобы это случилось.

Тогда Юлия вернулась к своей камере и подумала о том, что связка ключей, среди которых был и тот, что подходил к замку камеры, где сидела девочка, должна торчать с обратной стороны двери.

Должна!

И в самом деле — Юлия вдруг увидела, что с обратной стороны ее камеры торчит желанная связка ключей. Она без труда извлекла ее оттуда и вернулась к камере, в которой находилась девочка.

— Ты еще тут? — спросила она, понимая, что вопрос явно идиотский.

Но что можно ожидать от *больной* особы?

Юлия усмехнулась — выходит, даже во сне она помнит, что в реальности доктора ставят ей всякие страшные диагнозы. Тогда получается, что границы между сном и явью *нет?*

Думать над этим философским вопросом времени не было. Девочка отозвалась, снова заявив, что ей хочется пить. Юлия вставила ключ в замок — и первый же из нескольких десятков подошел.

Во сне *не могло* быть иначе.

Она отомкнула дверь, с некоторой опаской прошла в камеру, памятуя, как в прошлый раз дверь захлопнулась, точнее, ее *кто-то запер.*

Не кто-то, а *Великий Белк.*

Но она была уверена, что в этот раз с ней такого не повторится. Юлия без страха шагнула в темноту, и к ней выскочила девочка.

Нет, не чертова девочка, с зашитым ртом и с пустыми глазницами, а живой напуганный ребенок.

Только это все-таки была та же самая девочка, с косичками, в которых виднелись заколки с белочками, и в старом платьице.

— Пойдем со мной! — сказала Юлия, беря девочку за руку, но та потянула ее назад и сказала:

— Лучше ты со мной останься! И пить, мне хочется пить!

Юлия пошарила рукой в темноте, зная, что там должна иметься бутылка воды, и так и оказалось. Это была точно такая же, что преподнес ей Квазимодо.

Девочка стала жадно пить, задрав голову. А потом вода вдруг стала литься по лицу и шее ребенка. И когда девочка опустила бутылку, то увидела, что у той вместо глаз пустые глазницы, а рот снова зашит.

Схватив девочку за руку, Юлия крикнула:

— Пойдем! Здесь тебе не место! Ну, пойдем же!

Девочка замычала, пытаясь что-то сказать. Юлия тянула ее в коридор, но не смогла сдвинуть эту пигалицу с места, хотя страстно желала и мысленно приказывала этому свершиться.

Это же был просто сон.

Но теперь это был сон, который она *не могла* контролировать.

— Ты пойдешь со мной! Ты слышала, что я сказала? Старших надо слушать!

И девочка вдруг заплакала. Юлия, ощущая себя монстром, отпустила ее руку. Девочка села на пол, прикрыв лицо руками. Женщина обняла ее и прижала к себе.

— Он тоже такое говорил! — произнесла вдруг девочка, поднимая заплаканное личико, и Юлия увидела, что у той глаза снова на месте, а рот не зашит.

— Кто он? — спросила она, заведомо зная ответ на этот сакраментальный вопрос.

— Белк. Великий Белк! — прошептала девочка, и ее рот искривился.

Юлия схватила ее за плечо и сказала:

— Нет, не надо вещать голосом, как твоя сверстница в «Одержимой дьяволом». Скажи лучше, как тебя зовут.

— Юля.

Юлию продрал мороз по коже. Ну конечно же, как же девочку могли-то звать *еще?* Естественно, *Юлия!*

— А фамилия? У тебя *есть* фамилия? — продолжила она и вдруг поняла, что лицо девочки исказилось, и это снова была безглазая маска с зашитым ртом.

Дверь камеры захлопнулась, и Юлия услышала поворот ключа снаружи.

— У каждого есть фамилия! Иногда даже и не одна! А целых *девять!* — раздался голос, но уже не девочки, а... А чей-то другой. Юлии показалось, что она знает чей, но не могла сразу понять.

— А как твоя? — крикнула она, и детский голосок произнес:

— *Белкина.* Юля Белкина.

А затем девочка, которую Юлия крепко держала за плечо, вдруг исчезла.

Вне бункера

...Юлия открыла глаза и убедилась, что находится на софе в кабинете своего покойного отца. Впрочем, *где* она могла еще находиться? Ведь бункер, в котором она только что снова побывала, был всего лишь ее сном.

Ее личным кошмаром.

Потянувшись, Юлия вдруг почувствовала, что тело у нее затекло от неудобной позы. Усевшись на софе, Юлия стала разминать поясницу, как вдруг услышала *шаги.*

На этот раз это были самые реальные шаги, да и находилась она вовсе не во сне, а снова в самом настоящем из миров.

И в этом самом настоящем из миров никаких шагов в особняке ее родителей быть не могло. Потому что она находилась в доме одна — и никого другого здесь элементарно и быть не могло!

Осторожно встав с софы, Юлия обернулась в поисках подходящего оружия. Жаль, что отец не коллекционировал кинжалы и не держал в ящике стола «Смит энд Вэссон». Под руку попался толстенный том — бросив мимолетный взгляд на обложку, Юлия убедилась, что это «Маленькие трагедии» и другие драматические произведения Пушкина.

Что же, не исключено, для кого-то в самом деле станет трагедией, причем *явно не маленькой,* встреча с ней. Ну, или для нее с тем, кто осторожно шел по коридору.

Юлия ощутила, что ей по-настоящему страшно. И только сейчас она обратила внимание на то, что в комнате темно.

Выходит, что она проспала *до позднего вечера*, сама этого не заметив?

Но это занимало ее меньше всего. Расширенными от ужаса глазами Юлия следила за тем, как ручка двери пошла вниз, и сама дверь приоткрылась.

И вдруг женщину обуял животный страх. Он пришел. Пришел, чтобы забрать с собой. И *съесть.*

Он — *Великий Белк.*

Юлия замахнулась книгой, понимая, что если вдруг неведомый монстр странным образом перенесся из ее повторяющегося кошмара в реальность, то его уже ничем не остановить, и уж точно не пьесами Пушкина.

Впрочем, у нее в запасе имелись еще пушкинские же «Повести Белкина», однако этой тоненькой книжечкой вряд ли кого-то можно было серьезно покалечить. И *несерьезно*, впрочем, тоже.

Жаль, что отец так не любил Достоевского — объемные романные опусы Федора Михайловича сейчас бы ой как пригодились, хотя бы в качестве солидных *метательных средств*.

Юлия швырнула Пушкина в того, кто показался на пороге, и незваный гость ойкнул, а Юлия узнала в вошедшем Романа.

Страхи, которые только что полновластно держали ее в своих удушающих объятиях, вдруг бесследно исчезли.

— Рома? — произнесла она, бросаясь к мужу, совершенно забыв, что она с ним вообще-то в ссоре. Только какое это теперь имело значение.

Правильно, *никакого.*

Что ни говори, но бросок у нее был мастерский — томик «солнца русской поэзии» угодил супругу прямо посередине лба. Муж, охая, прислонился к стенке и по ней же тихо сполз на ковер. Юлия заметила струящуюся у него между пальцев алую кровь.

— Солнышко! Это же я...

— Господи, с тобой все в порядке? — произнесла Юлия, а муж слабым голосом ответил:

— С Господом, думаю, да, а вот со мной нет. Солнышко, ты что же книжками бросаешься?

— Покажи! — потребовала Юлия, но муж кочевряжился. Ей чуть ли не силой пришлось отвести его руку, и она заметила зигзагообразную ссадину на лбу супруга, из которой струилась кровь.

— Вообще-то это должен был быть не Пушкин, а Гарри Поттер! — заявила Юлия, а муж простонал:

— Почему?

Поцеловав мужа в губы, Юлия ответила:

— Потому что у него тоже был шрам в виде молнии, дурачок. Я сейчас принесу аптечку.

Она выбежала в коридор, проследовала в родительскую ванную и распахнула навесной шкафчик. Вместе с легким запахом любимых духов мамы на нее нахлынули воспоминания. Однако стряхнув их, Юлия отыскала йод и пластырь, а также ватные тампоны и перекись водорода.

Когда она вернулась в кабинет, то Роман уже переместился к отцовскому столу и просматривал лежавшие на нем бумаги. Заметив, что рука мужа тянется к пакету, где находилось досье с анализом автокатастрофы, в которой погибла ее мама, Юлия скомандовала:

— Так, живо на софу! И голову положи на подушку. Сейчас твое швыряющееся книгами солнышко будет тебе рану обрабатывать.

Муж беспрекословно исполнил ее приказание и даже закрыл глаза, так что Юлия быстро взяла пакет и спрятала его в нижний ящик стола.

Она не хотела, чтобы муж узнал об этом, во всяком случае, *не здесь и не сейчас.*

— Как истинное солнышко ты выбрасываешь время от времени протуберанцы... — произнес муж, морщась, хотя она еще и не приступила к обработке раны.

Настал черед Юлии задать вопрос:

— Почему?

— Потому что солнышки все такие. Полны энергии, которая время от времени вырывается с их поверхности и уносится в космос. И тем, кто находится на пути этого солнечного ветра, не позавидуешь...

Смочив тампон в перекиси водорода, Юлия положила его на рану и выждала пару минут, пока в него с шипением втягивалась кровь. Потом, смазав йодом лоб мужа, она наклеила поверх раны пластырь.

— Все, солнышко? — голосом мученика произнес супруг, а Юлия, усевшись рядом с ним и нежно прильнув, ответила:

— Все. Можешь глаза открыть. Только вот как ты сюда попал?

Муж, разлепив сначала один глаз, а потом другой, заметил:

— Я тебе ведь сто раз звонил, но ты не отвечала. Поэтому решил приехать сюда, хотя ты и хотела остаться одна. А ключи у меня завалялись с... с... — Он запнулся и добавил: — С тех пор, как я помогал твоему отцу с похоронами твоей мамы...

Да, он был прав. А что делала тогда *она?* Юлия поняла, что не помнит. Опять *провал в памяти...*

Юлия осмотрелась в поисках мобильного и поняла, что оставила его лежать на кухне. Потом поднялась наверх, закрутилась с документами, уснула — и, разумеется, пропустила все звонки мужа.

— Извини, — сказала она и прижалась к мужу. — А я когда твои шаги услышала, то решила, что это пришел Велик...

Она прикусила язык, так как на полном серьезе хотела сказать, что вообразила — дверь откроется и в кабинет ворвется, вращая клешнями и щупальцами (или что там ему полагалось иметь) монструозный Великий Белк.

— *Кто-кто?* — переспросил явно озадаченный муж, а Юлия быстро добавила:

— Ну, *велик...* То есть *тачка...* Я хотела сказать, что на каком-то транспортном средстве заявился незваный гость...

— Я гость хоть и незваный, но другого выхода для себя не видел, солнышко. И приехал, конечно, не на велике, хотя идея неплохая. Отчего бы нам на пару не проехаться на велосипедах по какому-нибудь интересному маршруту?

Юлия едва сдержала вздох радости — муж ничего не понял! И вдруг почувствовала себя мерзко-премерзко. Получается, что она врет собственному мужу, причем врет, скрывая свои фантастические идеи.

То есть ведет себя как типичная сумасшедшая.

— Нет, никакой ты не непрошеный, — ответила Юлия, и в этот момент муж ее поцеловал. Секс, который последовал за этим, прямо на софе в кабинете покойного отца, был коротким, страстным и незабываемым. Когда все было закончено, Юлия, приводя себя в порядок, сказала:

— Не сердись на меня, Рома. Я знаю, что я бываю странной. Причем в последнее время все чаще и чаще. Но даю тебе слово, что не буду создавать тебе проблем...

Поцеловав ее в плечо, все еще голый муж ответил:
— Солнышко, я на тебя не сержусь. Просто я очень о тебе беспокоюсь. Потому что я не хочу потерять тебя... Очень не хочу...

Снова последовали минуты, полные страсти, однако Юлия вдруг поняла, что темнота за окном рассеивается.

— Скажи, который час? — спросила она мужа в самый неподходящий момент.

Роман, нагнувшись, выудил из кармана мобильный и ответил:
— Почти четверть седьмого утра.
Юлия охнула и поинтересовалась:
— Неужели уже *воскресенье?*
— Солнышко, да, уже воскресенье. Представь, как я себя чувствовал, когда весь вчерашний вечер и всю ночь не мог до тебя дозвониться. Я хотел ночью же и ехать, но мне Вероника Ильинична не разрешила. Сказала, что еще одной трагедии в семье ей не нужно.

Все желание как рукой сняло. Извинившись перед Романом, Юлия прошла быстро в ванную, оставив обескураженного супруга лежать голым на софе.

Значит, она проспала не меньше двенадцати, а то и всех пятнадцати часов. И сама этого не заметила. Юлия подумала, что, похоже, начинает терять чувство времени. Говорить об этом Роману она не решилась, зачем *тревожить мужа.*

А потом, ворвавшись в кабинет, крикнула:

— Я мерзкая, мерзкая, мерзкая дочь! Сегодня же папе сорок дней, надо съездить на кладбище...

Роман, застегивая рубашку, произнес:

— Съездим, но не сегодня. Потому что сегодня будут поминки. Вероника Ильинична все организовала еще вчера. Сегодня в три избранные гости соберутся у нас в пентхаусе. Думаю, это намного лучше, чем заказывать ресторан, тем более уже и времени на это элементарно не было.

— Но я не хочу ничего отмечать! — заявила Юлия. — Понимаешь, папа был против подобных вещей...

— Солнышко, так надо. Тем более я не настаиваю на церковной составляющей. Кстати, Вероника этим тоже займется, у нее отличные контакты с настоятелем одного из столичных приходов. Они сегодня на службе помянут, или как это все называется, а также раздадут сладости и деньги в церкви...

— А контактов среди кардиналов римско-католической церкви у нее нет? — съязвила Юлия. — На следующий конклав она особого приглашения еще не получила?

Лицо мужа дернулась, и Юлия поняла, что он наверняка думает, что *это опять началось*!

— Солнышко, конечно, это твои родители и тебе решать, как лучше отмечать все эти религиозные вехи. Не хочешь — не надо. Я сейчас позвоню Веронике Ильиничне и велю ей все отменить. Думаю, фирме по организации сабантуев, которую она уже подключила, придется выплатить какую-то часть гонорара, но это совершенно второстепенно. Нет так нет... Но приглашенные не поймут, Вероника их всех обзвонила. Ничего, обзвонит и скажет, что все отменяется, потому что... Потому что *тебе нездоровится.* Они должны понять.

Говоря это, он вынул мобильный и даже стал что-то на нем набирать, а Юлия быстро произнесла:

— Нет, пусть все останется как есть. Сорок дней так сорок дней... Тем более вы всех обзвонили...

— Не мы, а Вероника Ильинична, солнышко. Она же тебя любит как родную дочь. И я дал ей «добро» на эту акцию, потому что считал и, извини, считаю, что это единственно верное решение. Потому что у твоих родителей было много друзей...

И по крайней мере, *один враг* — тот самый, который отправил их на тот свет.

Великий Белк.

Юлия шумно вздохнула, не зная, что сказать, а муж, подойдя к ней, произнес:

— Тебе все же надо помириться с Вероникой. Конечно, она приставучая и властная, однако на нее можно положиться. Да и нашу семью она любит больше, чем свою собственную.

— Еще бы, за такую зарплату я бы *тоже любила!* — вырвалось у Юлии, а муж, строго посмотрев на нее, ответил:

— Солнышко, если она уйдет, то найти ей адекватную замену будет нелегко. Поэтому я приехал суда, чтобы забрать тебя и отвезти в Москву... — Помолчав, он добавил: — И убедиться в том, что все в порядке...

Юлия поправила ему пластырь на лбу и заявила:

— Надо заехать по пути в аптеку и купить бесцветную эмульсию, чтобы скрыть ссадину. А то все будут интересоваться, что с тобой случилось...

— Скажу, что бандитская пуля, — улыбнулся муж. — И ведь *поверят!*

С Вероникой Ильиничной Юлия *снова* помирилась, сделав это *снова* с неохотой. Причин дуться на экономку не было, однако, смотря за тем, как сноровисто и властно Вероника отдает приказания прибывшим из фирмы по организации званых мероприятий, Юлия вдруг подумала, что та ведет себя в ее квартире *как полновластная хозяйка.*

И все же она должна была быть благодарна Веронике, как, конечно же, и Роману. Они беспокоились о ней, а она вела себя как махровая эгоистка.

Наверное, она и была махровой эгоисткой. Причем не *наверное*, а очень даже точно.

Они даже расцеловались с Вероникой, но Юлия приняла решение, что выждет еще пару-тройку недель, возможно, чуть дольше, а потом уволит эту несносную особу. Что ей в ней больше всего не нравилось?

То, что она взяла бразды правления в свои руки. И, кажется, на полном серьезе решила стать для нее, Юлии, второй матерью. Но ей не требовалась вторая мать — потому что ее мама, единственная и неповторимая, была мертва.

Убита кем-то. Возможно, Великим Белком. Так же, как и отец.

Эти мысли Юлия оставила при себе — и о том, что намеревалась уволить Веронику, и конечно же о насильственной смерти родителей. А главное — о причастности к этой смерти Великого Белка.

Наблюдая за мужем, который в черном костюме с синей рубашкой и без галстука выглядел потрясающе, Юлия подумала о том, что на его бы месте засунула супругу, заикнувшуюся о подобном бреде, в психушку.

— Тебе помочь с «молнией»? — спросил Роман, обращаясь к жене, и та повернулась к нему спиной. В узком стильном черном платье, которое она надела, она была на похоронах и мамы, и отца.

Интересно, что в ее не самом маленьком гардеробе состоятельной столичной дамы было всего одно черное платье, которое можно было бы надеть на траурные мероприятия. Она купила его в прошлом, кажется, году, потому что была приглашена на вечер памяти какого-то скоропостижно скончавшегося олигарха, на который в итоге так и не пошла.

И надела его только на похороны *собственных родителей*. Занятно, она помнит, что надела на похороны, но сами похороны не помнит. *Как будто их и не было.*

Как будто все это был дурной сон и выдуманная реальность.

Раздался звонок домофона — начали прибывать первые гости.

Но в этом-то и ужас: реальность была именно здесь, хотя Юлия многое бы отдала, чтобы реальностью стал ее кошмар с бункером. А московская жизнь обернулась бы затяжным сном, который закончится пробуждением.

Фирма, организовавшая этот скорбный прием в пентхаусе, справилась с задачей на все сто. Зал, в котором, тихо беседуя, циркулировали облаченные в темные тона гости (их было около тридцати — Вероника хотела пригласить не меньше сотни, но Роман напомнил ей о том, что он с этим как супруг Юлии *не согласен*), был декорирован белыми гладиолусами и желтыми розами.

Ненавязчиво проскальзывали облаченные во все черное официанты, разносившие напитки, шведский стол был выше всех похвал: и не слишком много, и не мало, и меню было разнообразным.

Юлия отстраненно принимала соболезнования, жала руки, подставляла щеку для поцелуя, принимала комплименты и заверения в том, что она может «в любой момент обратиться», и «рассчитывать на любую помощь», и «не стесняться звонить в любое время дня и ночи».

Пожимая чью-то очередную руку и выслушивая чью-то стандартную фразу, Юлия думала о том, что все, произносимое в подобные моменты, *насквозь лживо*. Вряд ли бы этот банкир обрадовался, если бы она, следуя его заверению требовать у него все, что угодно, потребовала от него переписать на нее все его многомиллионное состояние, а потом залезть на вершину одного из небоскребов в Москва-Сити и сигануть вниз. А деловая дама, партнер отца по бизнесу, точно не была бы рада, если бы Юлия, следуя ее уверениям звонить в любое время, позвонила бы ей в два часа ночи и стала бы рассказывать историю о Великом Белке.

Юля даже слабо улыбнулась, представив себе реакцию этой дамы, а Роман, подошедший к жене, тихо произнес:

— Как хорошо, что у тебя хорошее настроение, солнышко. Все ведь идет отлично?

Если бы муж только знал, по какой причине у нее было отличное настроение! Юлия механически кивнула и взяла с подноса проходившего мимо официанта бокал шампанского. Лицо официанта показалось ей смутно знакомым, однако она не придала этому значения.

Потягивая шампанское, Юлия рассматривала собравшихся гостей и не могла отделаться от мысли, что Великий Белк — *один из них.* Она не могла сказать, отчего так считала, она была просто в этом уверена.

Ведь весьма высока вероятность того, что человек, заказавший убийство ее родителей, находился сейчас в ее пентхаусе, поглощал оплаченную ею еду и пил оплаченное ею спиртное.

Но весь вопрос в том — *кто* из них Великий Белк?

Раздался звонок, Юлия увидела спешившую к двери Веронику, которая была в плохо сидевшем на ней черном платье, с нелепой сложной прической, ради которой она в воскресенье вызвала на дом парикмахера, и вдруг подумала о том, что экономка могла убить ее родителей с единственной, хотя совершенно идиотской целью: играть важную роль на их похоронах и всех этих бесчисленных мрачных приемах, которые следуют за погребением.

Причина абсурдная, но ведь и пришла она в голову той, которая, похоже, не совсем нормальна...

Юлия схватила еще один бокал шампанского и в один присест опорожнила его.

Затем она заметила, как в холл поспешно прошел Роман, которого Вероника призывала странными жестами, смешно выпучив при этом глаза. До нее донеслись повышенные голоса, и Юлия, поставив бокал на поднос официанту, который, как она снова отметила, был на кого-то похож, сама направилась в холл.

Не хватало еще, чтобы Вероника устроила скандал с каким-нибудь нерадивым работником фирмы по обустройству праздника или курьером, привезшим цветы.

В холле она заметила четырех человек — двух гигантских девиц, блондинку и брюнетку, разодетых так, как будто они то ли собирались, то ли только что покинули бордель, *причем далеко не элитный*, а так, средней руки. Девиц, которых Юлия не знала, сопровождали отлично известные ей субъекты — это были два Игоря, Игорь-отец и Игорь-сын, два невысоких коренастых крепыша с короткими рыжими волосами и рыхлыми лицами.

Игорь-старший был некогда компаньоном отца, однако потом они с ним рассорились, и Игорь-старший, для Юлии просто дядя Игорь, подал на отца в суд, который тянулся через множество инстанций несколько лет и закончился его полным поражением. Но это не мешало дяде Игорю на каждом перекрестке и в основном на каждом ток-шоу, куда он часто захаживал, поливать грязью Юлиного отца и обвинять его в том, что он отобрал у него разбойными методами *крайне выгодный* бизнес.

А Игорь-младший, как две капли воды похожий на отца, только на двадцать лет моложе, числился некогда в ее женихах. Заметив, что Игорь-младший, которого она когда-то ласково, а затем иронично звала *Игорек*, держит под локоток брюнетку, Юлия успокоилась. Что же, он, похоже, нашел ей замену, хотя, когда она дала ему отставку, не мог с этим смириться, даже устроил телефонный терроризм, бомбардировал ее сообщениями с угрозами и следовал за ней по пятам, однажды заявив в лицо, что если она не вернется к нему, то он ее *убьет*.

— Дядя Игорь, Игорек, добрый день. Давно не виделись. Какая, надо сказать, честь! — произнесла Юлия. — Насколько я в курсе, вас в списке приглашенных нет!

Дядя Игорь, который откровенно лапал за выпуклый задок блондинку, заявил:

— Так-то оно так, Юлюсик...

Юлию бросило в жар. *Юлюсик!* Ее так никто не называл, за исключением... За исключением дяди Игоря!

И Великого Белка.

— Ты даже не соизволила пригласить нас на похороны ни твоей матушки, ни твоего батюшки. Но мы ведь прислали и в тот, и в другой раз венок...

Юлия вопросительно посмотрела на Романа, а тот сурово произнес:

— Радуйтесь, что ваши выходки с венками, снабженными похабными двусмысленными надписями, не вышли вам боком. Но сейчас, сдается мне, самое время засадить вам в глаз...

Роман был не на шутку разъярен, а Юлия, не желавшая скандала, точнее, скандала, который дядя Игорь и Игорек могли бы использовать потом в своих собственных корыстных целях, холодно заявила:

— Раз пришли, то мы вас не выгоним. Проходите. Однако если будете вести себя неподобающе, то мой муж...

— Спустит нас с лестницы? — глуповато хихикая, спросил ее бывший жених, Игорек.

— Сбросит из окна вниз. А мы на сорок втором этаже, юноша, — произнес, обнажая крепкие белые зубы, супруг. И Юлия не усомнилась, что это не было *пустое обещание*.

Оба Игоря, сопровождаемые своими вульгарными спутницами, прошли в зал и сразу же стали объектом общего внимания. Пока дядя Игорь лобызал старых друзей, а Игорек делал дамам сомнительные комплименты, Юлия произнесла, обращаясь к Роману:

— Спасибо тебе. А ты правда готов выбросить их в окно с сорок второго этажа?

— И не только в окно. В *форточку*, — пояснил муж.

Юлия, улыбаясь, взяла еще один бокал шампанского все у того же казавшегося ей знакомым официанта, а муж быстро произнес:

— Солнышко, это уже третий...

— Ты что, считаешь? — заявила громче, чем следовало, Юлия. — Да хоть *тридцать третий!*

Муж, протянув руку к бокалу, заявил:

— Давай я приготовлю тебе коктейль. Безалкогольный...

— С добавлением препарата для психов? — сказала Юлия, не отдавая ему бокал. — Нет, покорно благодарю!

Около них возник Игорек, явно прислушивавшийся к их перепалке.

— Что, скандал в благородном семействе, *Юлюсик?*

И этот называет ее так же! Тем же сюсюкающим имечком, как и Великий Белк. Похоже, сын от отца недалеко ушел. И как она могла всерьез когда-то считать эту рохлю и мямлю, причем явно *опасную* рохлю и мямлю, своим избранником?

— Отчего же? Мой муж готовит отличные коктейли и хочет приготовить сейчас для меня. *Безалкогольный.* Тебе, Игорек, тоже. Ведь ты, судя по всему, уже изрядно набрался?

Роман, воспользовавшись ее согласием, забрал у Юлии бокал с шампанским и удалился с ним на кухню. Игорек покраснел, так как проблема с алкоголем у него была еще в те времена, когда она числилась у него в невестах.

Сопровождавшая ее несостоявшегося супруга гренадерского роста брюнетка, хлопая накладными ресницами, затараторила:

— Ах, Игорек больше не пьет! Ну, или почти! Он ведет теперь исключительно здоровый образ жизни...

Кивнув на изрядный живот своего неудавшегося жениха, Юлия со смешком заметила:

— Ну да, это видно по его излишнему весу.

— Нет у меня никакого излишнего веса! Я не жирный! — завизжал вдруг, наливаясь багрянцем, Игорек, причем так дико, что все прекратили разговоры и уставились на него.

К ним поспешно придвинулся дядя Игорь вместе с баскетбольного роста блондинкой.

— Юлюсик, ты опять провоцируешь моего сына? Ты не изменилась с тех пор, как почти стала моей невесткой.

Юлюсик... Это ужасное обращение резало ей уши.

— Вы, дядя Игорь, тоже. Впрочем, у вас раньше был все-таки какой-никакой, но вкус. А сейчас он вам *окончательно* изменил!

Юлия выразительно посмотрела на блондинку и брюнетку, которые, покачивая огромными, явно силиконовыми бюстами, затянутыми в узкие-узкие лифы, захохотали, сочтя колкость Юлии отчего-то комплиментом.

При этом на бюсте брюнетки на толстенной золотой цепи, модели «лихих девяностых», закачалась огромных размеров буква «С», усыпанная блестящими камушками — только конечно же не бриллиантами, а наверняка стразами.

— О, да вы еще и на букву «эс»? — произнесла Юлия, принимая из рук подоспевшего (и явно не желавшего надолго оставлять ее в компании обоих Игорей) мужа коктейль.

Юлия улыбнулась, а брюнетка, нисколько не обидевшись (и, скорее всего, даже не поняв, что нужно обижаться), схватила ручками с невероятной длины накладными ногтями сверкавшую литеру и, поворачивая ее в разные стороны, томно заявила:

— Это подарок Игорюнчика. Золото двадцать четыре карата и брюликов на тридцать два карата. Стоит уйму деньжищ!

Юлия не стала разочаровывать бедняжку — и то, что это не золото двадцать четыре карата, и уж точно *не брюлики*.

— А почему «эс»? — спросила Юлия, странным образом испытывая к сопровождавшим обоих Игорей дамам симпатию.

— Потому что я — Стрелка! — гордо заявила та. А вот она — Белка. Поэтому у нее и буква «бэ». Правда, все пристают и спрашивают, не означает ли буква «бэ» что-то другое...

Девицы дружно захихикали.

Юлия окаменела, но не из-за более чем сомнительного, хотя радостно-откровенного, признания брюнетки.

— *Белка?* — выдавила она с трудом, переводя взгляд на блондинку, державшую в руках сверкавшую фальшивыми бриллиантами букву «Б».

— Ну да, мы же «Белка и Стрелка». Самый крутой сейчас дамский дуэт на российской эстраде. Что, разве вы нас не слышали?

И обе особы тотчас затянули попсовый, состоявший из пары-тройки глупых рефренов мотивчик, который Юлия в самом деле временами слышала на улице, в магазинах и по радио.

— Вы на поминках! — рявкнула на них возникшая из ниоткуда Вероника Ильинична. — И ведите себя подобающе!

Белка и Стрелка ойкнули, и Стрелка поддела пальчиком Игорька:

— Игорюнчик, а что же ты сказал, что мы идем на крутую вечеринку с коксом и садо-мазо-сексом? Или это здесь «легенда» такая — *поминки?*

Девицы прыснули, а Роман, прихватив обе половинки модного дамского дуэта под локоток, поволок их к двери.

— Эй ты, оставь наших девушек в покое! — заверещал Игорек, а дядя Игорь, посмотрев прищурившись на Юлию, заметил:

— Ты плохо выглядишь. Еще бы, такая трагедия... И мамашка, и папашка отдали богу душу. Ну, может, и не богу даже, а *черту*...

Юлия выплеснула ему в лицо остатки коктейля.

Дядя Игорь облизнул губы и, сверкая глазами, заявил:

— Я тебе не соболезную, Юлюсик, потому что твои папашка и мамашка получили то, что заслужили. Он меня надул, а она его на это подначивала. И наверняка тебе в голову вбила, что мой Игорек тебе, *нашей рублевской прынцессе*, не пара.

Мама в самом деле была настроена по отношению к Игорьку более критически, но рассталась Юлия с ним не из-за этого.

А потому что узнала, что он не меньше двух раз в месяц весело проводит время с девицами *со сниженной социальной ответственностью*, снимая для себя и своих дружков какую-то подозрительную сауну.

Юлия, не веря своим ушам, прошептала:
— Это вы... *Это вы их убили*, дядя Игорь?

Тот, выпучившись на нее, проронил:

— Ты что, сбрендила, Юлюсик? Твоя мамаша погибла в автокатастрофе, которую сама же и учинила. А папаня твой свернул ласты, так как был диабетиком. Надо было в детстве меньше пирожных лопать! Вот мне в следующем году шестьдесят, а я трех женщин за ночь удовлетворяю. По три раза! *И никаких болячек нет!*

Юлия пыталась понять, говорит ли дядя Игорь правду или нет. Похоже, он был ошарашен, услышав от нее, что она обвиняет его в смерти родителей.

Или просто умело играл свою роль?

Роль *Великого Белка*?

Но это не значит, что он не знал об истинной подоплеке их смертей — просто был изумлен, когда она бросила ему это в лицо.

Значит, дядя Игорь и есть... *Великий Белк?*

— Вы не ответили на мой вопрос, дядя Игорь, — продолжила Юлия. — Это *вы* их убили?

В этот момент к нему со спины приблизился Роман и, бесцеремонно схватив дядю Игоря за локоть, потащил его к выходу.

— Ты что, оборзел, щенок! На кого руку поднимаешь!

Дядя Игорь даже попытался ударить Романа в лицо, но тот, поймав его кулак, так скрутил его, что незваный гость заскулил:

— Отпусти, изверг! Юлюсик, скажи своему амбалу, чтобы он меня отпустил! Иначе хуже будет!

Юлия, склонившись перед дядей Игорем, дыхнула ему в лицо:

— Так да или нет?

— Ты дура, дура, дура! Их смерть сама по себе прибрала... А-а-а...

Роман поволок дядю Игоря к входной двери, а через несколько секунд вернувшись, поправил пиджак и произнес, обращаясь к застывшим, словно мраморные изваяния, гостям:

— Будем считать, что это была не предусмотренная регламентом поминок развлекательная программа. Однако она закончилась. Могу ли предложить кому-то коктейли собственной встряски?

Посыпались заказы — все знали, что коктейли Роман готовит офигительные. Крайне неприятный инцидент с обоими Игорями был исчерпан. Юлия ринулась к двери, распахнула ее, а вынырнувшая откуда-то сбоку Вероника Ильинична сказала:

— Ушли, ушли, не извольте беспокоиться, Юлия Васильевна. Я и охрану предупредила, чтобы они этих, прости господи, *охламонов* с их, прости господи, *потаскушками* сюда никогда больше не впускали. Это же надо до такого додуматься...

То, что дядя Игорь мог додуматься *и не до такого*, Юлия знала не понаслышке. Тот был крайне злопамятным, жестоким и алчным субъектом, который был готов пойти в случае необходимости на самые крайние меры.

И даже на убийство?

— А Белка со Стрелкой тоже ушли? — переспросила Юлия, и экономка энергично закивала:

— И эти, прости господи, *шлюшки* тоже. Нет, привести на поминки этих дряней! Это уму непостижимо...

Значит, ушли, хотя ей надо было переговорить со Стрелкой и Белкой. Точнее, только с одной Белкой...

Белкой...

Юлия не разделяла пуританские взгляды Вероники, однако сочла за благо не высказываться на этот счет. Девицы, несмотря на свои пролетарские ухватки, показались ей вполне адекватными, более того, далеко не плохими. То, что они спутались с обоими Игорями, вполне объяснимо: надо же как-то двигать карьеру и воплощать в жизнь собственные матримониальные планы. А дядя Игорь был в разводе, и Игорек до сих пор холост. *Разве плохая двойная партия?*

Конечно, не просто плохая, а *кошмарная.* Однако она хотела переговорить с Белкой не для того, чтобы предостеречь ее в отношении дяди Игоря и Игорька — в конце концов, девицы были взрослые, хваткие, наверняка не без царя в голове. Значит, сами разберутся. Не исключено, что, финансово потрепав дядю Игоря и Игорька, пошлют их туда, куда Макар и телят не гонял.

Было бы неплохо, если бы это все закончилось именно так.

Она хотела задать ей иной вопрос. Юлия, закрыв дверь и понимая, что момент упущен, задумалась над тем, что же она хотела узнать у блондинки с изумительным сценическим псевдонимом Белка.

Не знакома ли она с *Великим Белком?*

Наверное, и хорошо, что девицы ушли, потому что она их своими вопросами только напугала бы. В конце концов, разыскать этот дамский дуэт «Белка и Стрелка» не составит труда.

— А ты ловко ему в рожу коктейль выплеснула, — заявил Роман, появляясь с подносом, на котором стояли бокалы с разноцветными напитками. — Хочешь новый? — И, понизив голос, добавил: — Солнышко, я конечно же ничего в этот раз не добавлял. Клянусь своим школьным аттестатом!

Юлия, улыбаясь, рассеянно взяла стакан и прошла к гостям. После инцидента с дядей Игорем и Игорьком атмосфера, как это ни странно, разрядилась — теперь многие образовавшиеся группки смеялись, громко говорили, о чем-то спорили.

— Это не поминки, а какой-то *день рождения!* — заявила, поджимая губы, явно оскорбленная до глубины души Вероника Ильинична, а Юлия, поставив пустой стакан на поднос, подумала, что отец хотел бы, чтобы поминки по нему протекли именно в такой непринужденной атмосфере.

Наверное, он бы и то, что она плеснула дяде Игорю в лицо коктейль, одобрил. И даже пропетый не самыми плохими голосами и вживую, а не под фанеру, хит Белки и Стрелки.

Юлия прошла на второй этаж и, сняв туфли, прилегла на кровать. Неужели все это знак...

Судьбы? Высшей Силы? Зороастрийского гороскопа?

Или того, кто превыше всех и вся: *Великого Белка?*

Она имела в виду фактически прозвучавшее признание дяди Игоря. Да, такой мог вполне нанять киллеров, чтобы они устранили маму и отца. Прямой финансовой выгоды это бы дяде Игорю не принесло, однако он, может статься, из тех, который поедает блюдо под названием «месть» холодным.

Поедает так же, как Великий Белк *грозился сожрать ее?*

Но, с другой стороны, ведь с момента решения суда в последней инстанции прошло уже больше двух лет. Отчего только сейчас? Он бы мог натравить на родителей киллеров и намного раньше. Потому что дядя Игорь все-таки не из тех, кто долго ждет.

Поудобнее устроившись на кровати, Юлия стала перебирать имена прочих недругов отца — или тех, кто бы мог попасть в категорию таковых.

И быстро убедилась, что недруги у отца, конечно, были, как у любого крупного предпринимателя, с нуля построившего и железной рукой руководившего успешным бизнесом.

Но ни у кого из них не было веских причин убивать отца. И тем более маму.

Хотя, не исключено, что убить изначально планировалось только его, а мама была, так сказать, *случайной жертвой*: что называется — *лес рубят, щепки летят*.

Лес из дубов, в дуплах которых живут *белки...*
Великий Белк?

И когда при первом покушении погибла только мама, киллер довел заказ до конца — и убил уже и отца.

Юлия не знала, что и думать. Так признался ли дядя Игорь или нет? И если он и был убийцей, то был ли он одновременно и...

И *Великим Белком?*

Ведь он единственный, не считая Игорька, называл ее этим ужасным *Юлюсиком*.

Значит, она нашла убийцу родителей?

Ее неодолимо потянуло в сон, Юлия на мгновение — всего на мгновение, ведь внизу ждали гости! — закрыла глаза и...

Бункер

...И открыла их, чтобы убедиться — она в который раз находится в бункере. В этот раз все было намного проще. Юлия уверенно подошла к двери и *пожелала* себе, чтобы дверь была открыта.

Затем с уверенностью толкнула дверь — та раскрылась. Юлия вышла в коридор и посмотрела по сторонам. Квазимодо по-прежнему нигде не было. Интересно, *куда* он запропастился?

Юлия двинулась на кухню и увидела, что решетчатая дверь отсутствует. Однако в этот раз она ее не особо и занимала, ведь она уже знала, что располагается за ней. А встречаться с девочкой, никакой не *чертовой*, а несчастной и *всеми брошенной*, кроме нее самой, на этот раз не входило в Юлины планы.

Вместо этого Юлия остановилась около гладкой бетонной стены и притронулась к ее поверхности. Она в очередной раз убедилась, что сон очень, просто очень реалистичный.

Однако она знала, что находилась во сне.

Своем личном *кошмаре.*

Прижав к стене руку, Юлия закрыла глаза — на этот раз во сне — и пожелала себе, нет, приказала, чтобы появилась дверь.

Причем не решетчатая. А дверь, которая выводила бы из бункера. Выводила туда, в *другой* мир.

Потому что она не сомневалась: там, за пределами этого мрачного помещения, должен быть *другой* мир. И она хотела знать, *какой именно.*

В ладони закололо, и внезапно она ощутила какую-то иную поверхность, которая никак не походила на гладкий холодный бетон, — кожей она почувствовала, что прижимает руку к шершавой поверхности...

Поверхности *двери.*

Юлия быстро открыла глаза и увидела, что в стене на самом деле вдруг возникла дверь — обыкновенная, деревянная. Возликовав, Юлия попыталась схватиться за ручку, но дверь вдруг неожиданно исчезла, и Юлия снова уперлась в бетонную стену.

Озадаченно уставившись на стену, Юлия задумалась. Что же, она уже знала, что находится во сне, своем собственном кошмаре. Который, собственно, перестал быть кошмаром, потому что ничего страшного в этом сне, как она убедилась, уже и не было.

Потому что она не хотела, чтобы в нем *было страшно.*

Юлия снова закрыла глаза и на этот раз не просто пожелала, а *вообразила* себе дверь — темного дерева, с круглой золотистого цвета ручкой и без замочной скважины.

Ей не требовалась дверь с замком, ей нужна была дверь, которая безо всяких проблем откроется, *пропустив ее...*

Да, собственно, *куда?*

Этого Юлия не знала — но страстно хотела узнать. Потому что поняла: там, за пределами бункера, находится нечто, что приведет к разгадке всей этой тайны. Там будет мир, который объяснит ей, отчего она сама находится в бункере и почему вместе с ней пребывает Квазимодо, а также несчастная, никакая не чертова девочка по имени...

Юлия Белкина.

На этот раз она приложила к стене обе ладони, а в них не просто закололо, под ними вдруг сделалось жарко, да так, что Юлия едва инстинктивно не отдернула их от двери. Она ощутила кожей ее деревянную лакированную поверхность. И, не открывая глаз, уверенно опустила ладони — и наткнулась на ручку.

Как она и вообразила себе, круглую и металлическую.

Обхватив ее, Юлия повернула ручку, одновременно толкая дверь вперед. И открыла глаза.

Да, она стояла перед темной красивой дверью с блеклой желтой металлической ручкой, словно сделанной из полированного золота. Ручка беспроблемно повернулась, однако дверь отчего-то не желала открываться.

Она просто не сдвигалась ни на миллиметр.

Юлия вертела ее туда-сюда, не понимая, что происходит и почему у нее не выходит открыть дверь. Ту самую, которую она вызвала усилием воли, более чем успешно повелевая сновидением.

Отчего теперь она не могла *открыть дверь?*

Юлия закрыла глаза, ощущая рукой, что дверь не исчезла. Она снова открыла их и, по-прежнему вертя ручку, навалилась на дверь плечом и стала биться об нее.

Дверь не поддавалась. Юлия вдруг поняла, что она закрыта с другой стороны. И, вероятно, не при помощи замка, а если и даже при помощи замка, то у нее не было ни ключа, ни замочной скважины, чтобы его туда вставить.

Снова закрыв глаза, Юлия даже не пожелала, а буквально приказала, чтобы у двери появилась замочная скважина. Открыв их, она убедилась, что под круглой ручкой возникло соответствующее отверстие. Не хватало только *ключа.*

Повернувшись, Юлия направилась к мойке, туда, где висели показывавшие половину седьмого остановившиеся часы. Юлия снова закрыла глаза, протянула руку...

И наткнулась на гвоздик в стене. Открыв глаза, Юлия с удовлетворением увидела, что это уже знакомый ей ключ на *зеленой тесемочке.*

Вернувшись к двери, она быстрым жестом вставила ключ в замочную скважину и...

И убедилась, что он хоть и входит, однако не двигается ни в одну, ни в другую сторону. Но как такое может быть: это ведь было ее сновидение, и она была в нем хозяйкой, желая, чтобы все происходило в соответствии с ее требованиями.

И она страстно желала, нет, даже *приказывала,* чтобы ключ повернулся и дверь открылась. Но этого упорно *не происходило.*

Юлия закрыла глаза и, закусив губы, сосредоточила всю свою волю на том, чтобы замок повернулся. Она представила себе, как тот щелкает под нажимом поворачиваемого ею ключа и ей удается открыть дверь.

Ключ в самом деле внезапно провернулся, Юлия возликовала, толкнула дверь — но та прочно сидела на месте, не поддавшись, как и до этого, ни на миллиметр.

Словно ее с противоположной стороны удерживала какая-то сила — или она была заперта с другой стороны *на засов.*

Об этом Юлия не подумала, а, поймав себя на мысли, что это очень даже вероятно, пожелала, чтобы засов с другой стороны просто исчез. Но дверь не сдвигалась с места. Тогда, закрыв глаза, Юлия представила себе большой металлический засов и то, как он сам по себе, только под действием ее воли (ведь это был сон, *не более того!* Или *все-таки...*) медленно, но уверенно сдвигается с места и уходит в сторону, так, чтобы дверь была разблокирована.

Юлия вздрогнула, в самом деле услышав звук сдвигающегося засова — с *противоположной* стороны двери. Распахнув глаза, Юлия толкнула дверь, и в этот раз она наконец-то поддалась.

Она заметила все увеличивавшуюся щель под дверью и, навалившись на нее всем телом, надавила на нее. Дверь двигалась медленно и тяжело, как будто...

Как будто ей что-то препятствовало. Или с обратной стороны на нее тоже кто-то навалился.

И Юлия даже знала, кто именно. *Великий Белк.*

Однако она не боялась его, как раньше. Потому что если он был там, за дверью, то не хотел ее впускать в свой мир. Ибо, судя по всему, он был всемогущим и страшным, появляясь в ее мире. В мире ее сновидений. В *ее* персональном кошмаре.

Но не желал, чтобы Юлия попала в его мир. И женщина подумала о том, что, не исключено, открывает дверь в сновидения Великого Белка. В его персональный кошмар.

А раз так...

Юлия давила и давила на дверь, и вдруг из увеличивавшейся расщелины хлынул нестерпимо яркий свет. Юлия все равно продолжила давить, чувствуя, что ручка вдруг раскалилась, да и сама дверь сделалась нестерпимо горячей, буквально обжигающей кожу.

Юлия не сдавалась. Ей надо было попасть туда, в этот другой мир. *В мир Великого Белка.*

Однако дверь раскалилась до такой степени, что прислоняться к ней было невозможно. Юлия еще подумала, как дерево может раскаляться, словно железо, однако во сне могло быть все, что угодно.

Все, что угодно.

И с огромным сожалением, практически инстинктивно, выпустила из пальцев ручку, отскочив от двери, потому что не могла больше терпеть.

Дверь тотчас с легким хлопком закрылась, поток света из-под нее исчез. А вместе с этим и замочная скважина, в которой торчал ключ на зеленой тесемочке.

Юлия обернулась — над мойкой по-прежнему висели часы, стрелки которых замерли на половине седьмого. И никакого гвоздика, с которого она снимала ключ на зеленой тесемочке, там не было.

Юлия повернулась к двери — и поняла, что та тоже исчезла, и перед ней была гладкая бетонная стена. Она ринулась к ней, приложила ладони, снова вообразила, что в стене возникла дверь...

И услышала за собой знакомое сопение, а также почувствовала, что кто-то дотронулся до ее плеча.

Резко обернувшись, Юлия заметила Квазимодо, который с виноватой, *какой-то хитрой* улыбкой смотрел на нее исподлобья.

— Где ты был? — выпалила Юлия, а Квазимодо, окинув ее взглядом, уверенно заявил:

— Тут. А почему ты из камеры вышла?

Врет. Юлия не сомневалась, что врет. Она прекрасно знала, что Квазимодо в бункере не было — в течение, по крайней мере, двух ее последних сновидений. А затем он вдруг появился.

Только *откуда?* И, что важнее, *где* он все это время прятался?

— Потому что мне надоело там сидеть! — холодно возразила она. — Это ведь мой сон. А раз так, то я сама имею право определять, где я в нем нахожусь, *не так ли?*

Квазимодо на ее глазах как-то съежился и, топчась, явно не знал, что возразить.

— Ну, это... — выдавил он из себя, и Юлия вдруг поняла, что он никакой не грозный и не страшный, а жалкий и смешной.

И очень, очень *напуганный.* Только вот *чего* он боится? *Великого Белка?* Или того, что она пыталась только что *покинуть бункер?*

— Так где ты был? — требовательно повторила она свой вопрос, и Квазимодо, видимо, не решаясь ей врать, указал своей лапой в стену и пробормотал:

— Там, там...

Юлия вздрогнула и, всмотревшись в некрасивое массивное лицо своего тюремщика, заявила:

— Ты что, умеешь вызывать дверь? Или...

Или в бункере имелся еще один выход, о котором она пока что не имела представления.

Еще одна дверь наружу.

Квазимодо вдруг засуетился, сделавшись на редкость приторным:

— Может, покушать хочешь? Я тут живо тебе приготовлю... Потому что ты давно не ела... И пить, пить тоже...

Отскочив, он кинулся к мойке, а Юлия последовала за ним и, следя за тем, как Квазимодо прыгает с места на место, словно намеренно (нет, не словно, а наверняка *не без причины!*) повернувшись к ней спиной с горбом, твердо сказала:

— Не уводи разговор в сторону. Тут имеется еще одна *дверь?*

Что-то звякнуло, Квазимодо выпустил из рук стакан, который упал в мойку, однако не разбившись. Дернувшись и повернувшись к Юлии, часто-часто моргая, ее тюремщик засопел:

— *Дверь*, какая такая *дверь*?

Понимая, что он юлит и изображает из себя дурачка, хотя на самом деле был далеко не идиотом, Юлия произнесла:

— Думаю, деревянная, темная. С круглой ручкой цвета золота.

Квазимодо затрясся, словно желе, и Юлия поняла, что попала в цель. Значит, дверь не просто имеется, причем именно та, которую она только что описала, но и Квазимодо был прекрасно в курсе, где она.

— Нету тут никакой двери... — затараторил он, а Юлия, уставившись на жерло открытого холодильника, заметила, что он под завязку забит продуктами.

— А это откуда тогда здесь берется? — спросила она и, запустив руку, извлекла палку колбасы. — Оно что, здесь *само* появилось?

Забрав у нее колбасу, Квазимодо запихал ее обратно в холодильник и ответил:

— Ты же сама сказала, что это здесь все сон. А во сне и не такое бывает...

Опять врет. Юлия чувствовала это каждой порой своего тела. Врет, как пить дать.

— Бывает, — согласилась Юлия, — но ведь в нашем случае это иначе. *Ведь так?*

Квазимодо дернулся и снова повернулся к ней широкой спиной, делая вид, что занимается хозяйством.

Постучав согнутым пальцем по его горбу, Юлия сказала:

— Так ты покажешь мне, где она располагается?

Не поворачиваясь, Квазимодо глухим, *едва ли не плачущим* голосом ответил:

— Нету здесь никакой двери. А даже если бы и была, то я не стал бы тебе показывать... Я не могу...

Ага, *уже лучше!* Теперь он не отрицал наличие двери, и Юлия, взяв великана под локоток, отвела его, не чувствуя ни малейшего сопротивления, от мойки и, поставив в угол, строго сказала:

— Можешь. Я разрешаю тебе. Это же мой сон...

Квазимодо ошарашенно уставился на нее, потому что, вероятно, до нынешнего момента не задумывался о подобных вещах.

— Разрешаешь? — протянул он, а Юлия, кивнув головой, уверенно заявила:

— Да. Разрешаю. Так *где* она?

Потоптавшись, Квазимодо посмотрел на нее и, сопя, произнес:

— А ты не обманываешь меня? Потому что тебе туда нельзя... Ты должна быть здесь, и только здесь... Тебе ведь здесь *хорошо?*

Взглянув на него, Юлия произнесла:

— А кто сказал, *что* я должна быть здесь, и только здесь?

Квазимодо ничего не отвечал, но Юлия и так знала. *Великий Белк.* Потому что этот монстр, которого она, однако, уже не боялась, приказал держать ее здесь, в бункере, препятствуя тому, чтобы она покинула его.

Но Юлия вовсе не намеревалась исполнять приказания Великого Белка.

Так, как их браво выполнял недалекий Квазимодо.

— Никто! — ответил он, и Юлия опять поняла, что врет. Наверное, Квазимодо очень боялся Великого Белка, и неудивительно, ведь тот умел быть крайне неприятным и даже грозным.

Но только *не для нее.*

— Хорошо, — вздохнула Юлия, — я не настаиваю на том, чтобы ты говорил правду, дружок. Однако повторю в очередной раз свой вопрос: *где дверь?*

Квазимодо, по щекам которого в самом деле катились крупные, нереально крупные (а что во сне могло быть *реально?*) слезинки, пробормотал:

— Разве тебе здесь плохо? Я тебя что, плохо кормлю? Почему ты не хочешь здесь остаться?

Вопрос, несмотря на кажущийся примитивизм, поставил Юлию в тупик. В самом деле, *отчего*?

И почему она так стремится туда, в другой мир — в мир Великого Белка.

Потому что, не исключено, там поджидало ее что-то *совершенно иное.*

Ей внезапно сделалось страшно, и всю прежнюю уверенность как рукой сняло. Ибо это она сама себе вообразила, что там за дверью...

Да, *что* там?

Взглянув на Квазимодо, который сотрясался в рыданиях, Юлия вдруг поняла, что он в отличие от нее там бывал.

— Дело не в этом. Мне тут... *Неплохо.* В особенности после того, как ты положил мне в камеру матрас. Однако ты ведь знаешь, что там, за дверью?

Квазимодо только кивнул и зарыдал пуще прежнего. Внезапно Юлия увидела, как тот быстро, по-актерски, бросил на нее взгляд.

— Не уходи, прошу тебя, не уходи! Нам ведь тут так хорошо... Тебе тут ведь и так хорошо...

А что, если он ломал перед ней комедию? Юлия посмотрела на сотрясавшегося в рыданиях Квазимодо и строго произнесла:

— Раз ты там был, то и я хочу побывать там!

— Там все... все *не так*, как ты считаешь! Там опасно... Там очень и очень плохо... И там...

Квазимодо быстро осмотрелся по сторонам, словно опасаясь, что их могли подслушивать. И Юлия вдруг поняла — да, *могли*. Несмотря на то что это был *ее* сон.

Или *не ее?*

— И там *его* мир! — добавил он, и Юлия поняла — он, конечно, ведет речь о Великом Белке.

Тут она снова уловила хитрый взгляд Квазимодо. А что, если он, как и множество раз до этого, элементарно *врет*. И, накручивая ситуацию, отвращает ее от мысли отыскать дверь и открыть ее.

И в голову вдруг пришла шальная, совершенно невозможная идея: а что, если Квазимодо *и был Великим Белком?* По крайней мере, одной из его ипостасей?

Ведь, кто знает, у того могло быть множество разных личностей — *в одном теле.*

Юлия по-новому взглянула на все еще сотрясавшегося в рыданиях гиганта. Нет, он мог быть подручным Великого Белка, но он никак не мог быть сам Великим Белком.

Но почему, собственно?

— Так где дверь? — спросила Юлия требовательно, а Квазимодо, вдруг тотчас прекратив рыдать, как будто все эти стенания в самом деле были спектаклем, деловито схватил с мойки связку ключей и, поманив женщину волосатой лапой, произнес:

— Она там, там... Следуй за мной!

А затем вдруг повернулся к ней и схватил ее за плечо. И начал толкать, толкать, толкать. Юлия не понимала, что происходит, а Квазимодо толкал ее все сильнее и сильнее, одаривая странной дьявольской улыбкой, повторяя при этом быстро-быстро:

— Следуй за мной, следуй за мной, следуй за мной...

Вне бункера

...Юлия открыла глаза и поняла, кто-то энергично трясет ее за плечо — и что она находится на кровати в спальне их пентхауса. Склонившись над ней, около кровати замерла вездесущая Вероника Ильинична, более чем бесцеремонно тормошившая ее за плечо.

— Юлия Васильева, Юлия Васильевна, миленькая моя! Вы спите?

Более чем идиотский вопрос, обращенный к человеку, которого Вероника только что, прилагая немалые усилия, сама же и разбудила. *Словно...*

Словно неведомым образом знала, что Юлия видит во сне, и имела задание помешать ей последовать за

Квазимодо и оказаться перед тайной дверью, при помощи которой можно было покинуть бункер.

— Вы спите? — повторила экономка, а Юлия, сбрасывая с плеча ее костистую руку, недовольно заявила:

— Как видите, *теперь* уже нет.

Вероника, охая, стала приносить извинения, заявив, однако, что искала ее, так как беспокоилась. И, найдя Юлию в спальне, вдруг вообразила, что той сделалось плохо, поэтому и начала трясти.

Наблюдая за мимикой экономки, за ее ужимками и слушая несколько бессвязный поток слов, Юлия, как и в случае с Квазимодо во сне, вдруг поняла: *врет*.

— ...и еще Роман Глебович вас обыскался... Он и поручил мне вас найти... А то некоторые гости уже уходить намереваются, но перед этим желают с вами лично попрощаться, а если вы спите, я им скажу, что вам нездоровится и тогда...

Поднимаясь с кровати, Юлия несколько раздраженно оборвала Веронику:

— Я же сказала, что уже не сплю. Скажите Роману Глебовичу, что я подойду через пять минут. А теперь, будьте добры, оставьте меня одну!

Вероника, что-то бормоча, беспрекословно удалилась, Юлия зашла в ванную, поправила волосы, подвела ресницы и поправила неяркую помаду. Затем, смахнув с платья белые пылинки, снова поправила волосы и, оставшись довольной, вышла прочь.

Роман, поцеловав ее, произнес:

— Некоторые уже уходят и хотели с тобой попрощаться. Вероника сказала, что нашла тебя и разбудила. Солнышко, мне очень жаль — конечно же она не должна была будить тебя, но ты знаешь, какая Вероника настойчивая...

Юлия кивнула и посмотрела на отчитывавшую одного из официантов экономку. Лицо безропотно сносившего поучения официанта снова показалось ей знакомым, и Роман продолжил:

— Кстати, звонила жена Юрия Борисовича. Принесла извинения, что не пришли, однако у него ночью приключился обширный инфаркт, его увезли в больницу...

Юлия вздрогнула — Юрий Борисович был хороший знакомый отца, генерал МВД, с которым отец время от времени ездил на рыбалку и которого она хотела привлечь к поиску девочки по имени Юлия Белкина.

А также поведать ему историю про *истинную* подоплеку гибели родителей.

— Господи, надеюсь, все в порядке? — произнесла испуганно Юлия, а Роман вздохнул:

— Увы, кажется, *нет*. Судя по всему, он... он был при смерти и даже пережил клиническую смерть или что-то в этом роде. Знаешь, когда человек сообщает нечто подобное, то очень странно задавать вопросы и интересоваться, не умер ли и каковы шансы, что не умрет...

Юлия поежилась. Юрий Борисович был отличным человеком и высококлассным специалистом. И тут такое... Никто, даже хорошие люди и высококлассные специалисты, не застрахован от смерти — и все мы умрем, *рано или поздно*.

Странно, однако, что обширный инфаркт и клиническая смерть произошли накануне их встречи. Ведь Юлия хотела уединиться на поминках с генералом, рассказать о том, что узнала. И попросить помочь ей.

Помочь найти Великого Белка.

А генерал едва не умер.

— Я обязательно перезвоню, — произнесла она быстро, а Роман покачал головой:

— Кажется, его все еще оперируют... Что-то крайне серьезное. Во всяком случае, стоит подготовиться к худшему...

И *почему* все так вышло? Потому что в жизни часто, *гораздо чаще*, чем предусмотрено статистикой, бывают невероятные совпадения — как добрые, так и *кошмарные*.

Или потому что... Потому что кто-то приложил к этому руку?

Вернее, *лапу*. И она подумала о том, что лапа Великого Белка должна быть похожа на руку Вероники — из памяти не уходила ее костистая рука, трясущая за плечо.

Принимая повторно чьи-то заверения о том, что звонить можно *буквально* «в любое время», Юлия подумала о том, что никакой заказной киллер к болезни Юрия Борисовича причастен конечно же не был.

— Значит, прямо-таки в любое? Даже полтретьего ночи или *полседьмого утра?* — подумала Юлия и вдруг поняла, что произнесла эту фразу вслух. Да что с ней происходит? Она увидела изумленное, даже обиженное лицо кого-то из знакомых отца.

Почему она назвала именно это время — *полседьмого?* Все очень просто: это время показывали остановившиеся часы в бункере, на кухне Квазимодо.

Но почему вечера, а не *утра?*

Ну да, она ведь *отлично* знает, почему вечера, а не утра, но просто не хочет об этом вспомнить.

(Веселые бельчата, веселые бельчата, веселые бельчата...)

— Да, конечно, — последовал прервавший столь неприятные воспоминания ответ дамы, поджавшей губы. — Хоть в половину третьего, хоть без *десяти четыре*. Крепитесь, Юлюсик...

Юлюсик... Опять это сюсюкающее обращение, которое использовал дядя Игорь.

Нет, дядя Игорь не мог быть причастен к болезни Юрия Борисовича. Потому что он не имел понятия о том, что она хотела обратиться к генералу за помощью.

Пожимая чьи-то руки и автоматически кого-то целуя в щеку, Юлия вдруг поняла: никто, кроме нее самой, не имел об этом представления. Даже мужу она ничего об этом не говорила и на намекала. И даже вездесущая и всезнающая Вероника Ильинична была не в курсе.

Никто, *кроме нее самой*, об этом не знал.

— Юлюсик, милая моя, следите за собой... Потому что вы выглядите так хрупко, так болезненно. Вам надо отдохнуть, милая моя... Может, с мужем на курорт?

И отчего они, словно сговорившись, называют ее *Юлюсиком?*

Роман шепнул ей на ухо, выждав, пока те, кто предложил поехать ей на курорт, не удалились:

— Люди идиоты. Думают, что курорт, даже самый эксклюзивный, может помочь справиться с горем. — А затем добавил: — Хотя если ты можешь это себе представить... Мне многие сказали, что ты выглядишь... *не очень...* Солнышко, может, в самом деле бросить всю эту столичную канитель и уехать на месяц-другой как можно дальше. На острова, к океану... Только ты и я...

Он взял ее за руку, а Юлия подумала о том, что, даже если она и уедет, ее сны будут с ней *везде*.

Ее персональные кошмары не оставят ее нигде — даже на самом отдаленном и фешенебельном курорте, расположенном на другом конце света.

Потому что Великий Белк найдет ее и там.

Великий Белк!

Юлия вдруг поняла, что *только* Великий Белк был в курсе того, что она хотела обратиться к генералу Юрию Борисовичу. Потому что Великий Белк имеет доступ к ее снам — и, кто знает, к ее мыслям и желаниям.

И он вполне мог попытаться убить генерала.

— Юлюсик, хорошая моя, это было очень стильное мероприятие. Вы молодец, не падаете духом. Вы очень сильная женщина, Юлюсик!

— Не называйте меня *так!* — произнесла Юлия и вдруг поняла, что кричит. Гости уставились на нее, Роман нежно взял ее за талию и шепнул на ухо:

— Солнышко, может, тебе снова прилечь? Ты выглядишь утомленной...

Юлия, вырвавшись из его объятий, сказала на весь зал:

— Мне не нравится обращение «Юлюсик». Не нравится. Оно... Оно мне не нравится...

И смолкла, понимая, что все присутствующие, кто с ужасом, кто с недоумением, кто с осуждением взиравшие на нее, вдруг уверились, что имеют дело с неадекватной особой.

С *сумасшедшей*.

Роман проводил жену к креслу, усадил ее и, опустившись около нее на колени, взглянул в глаза и тихо спросил:

— Мне всех их выгнать?

Юлия слабо улыбнулась и ответила:

— Нет, не выгоняй. Они ведь пришли ради моего отца... Ради моих родителей...

И вдруг, поддавшись внезапному порыву, произнесла:

— Их ведь убили.

Роман, ничего не понимая, произнес:

— Кого их, солнышко? Ты хочешь сказать, *гостей*?

— Моих родителей! — отчеканила Юлия. — Сначала маму, потом папу. Их *убили*, понимаешь! *Убили*!

Что-то звякнуло — это один из официантов опрокинул бокал с шампанским на ковер. К нему тотчас подлетела, подобная фурии-мстительнице, Вероника.

И поняла, что снова кричит — ее слова наверняка услышали не только те, кто находился поблизости, но и многие гости, сидевшие или стоявшие поодаль.

Роман, взяв ладонь Юлии в свои руки, произнес, глядя в глаза жене:

— Что значит — *убили*?

— То и значит! — ответила Юлия упрямо. — Он убил их!

Роман, сжимая ее ладонь своими руками крепче, спросил:

— Солнышко, ты меня пугаешь. Кто *он*?

— Великий Белк! — ответила Юлия и вдруг начала плакать. То, что последовало за этим, она помнила плохо. *Снова провал в памяти*. Кажется, Роман взял инициативу в свои руки и быстро выпроводил гостей. Не допустил до нее совавшуюся с ненужными советами и «таблеточками от нервов» Веронику Ильиничну. Подхватив, на руках отнес жену на второй этаж, в спальню, где раздел ее, положил в кровать и накрыл легким одеялом.

— Думаешь, я сумасшедшая? — спросила Юлия его слабым голосом, а муж решительно ответил:

— Солнышко, мне *все равно!* Раз сумасшедшая, то буду любить сумасшедшую. Я где-то читал, что многие психиатры уверены — так называемых нормальных людей просто в природе не существует. Что у каждого, даже самого якобы нормального, есть какие-то специфические отклонения в психике.

— И главные психи сами психиатры! — заявила Юлия, а Роман, присев на кровать около нее, поцеловал ее в лоб и констатировал:

— Кажется, у тебя жар. Скажу Веронике, чтобы сделала тебе цветочный чай...

Раздался стук в дверь, и еще до того, как кто-то из них мог как-то на это среагировать, дверь раскрылась, и на пороге возникла Вероника — с подносом в руке, на котором стояла чашка.

Юлия вздрогнула: эта сценка уж слишком сильно походила на появление Квазимодо в ее камере с подносом, на котором стояли еда и питье.

Но не могла же Вероника каким-то *непостижимым образом* быть Квазимодо?

— Вы просто чудо, Вероника Ильинична, — произнес с благодарностью Роман, принимая поднос, а Юлия так не считала.

Если Вероника и была чудом, то *чудом-юдом.* Эдакий вездесущий ангел зла, который норовит все знать и сунуть во все дела, в особенности которые ее не касаются, свой длинный нос.

Нос у Вероники в самом деле был *длинноват.* Прямо как у сказочной ведьмы.

Или у ведьмы, которая работала на Великого Белка.

— И печенюшек я еще принесу... *Забыла!*
— Не надо! — крикнула Юлия, а Роман произнес:
— Большое спасибо, Вероника Ильинична, однако больше ничего не требуется. Вы очень добры. Думаю, вы можете идти домой. Юлии Васильевне требуется покой...

Экономку было не так-то просто выпроводить даже из супружеской спальни:

— Роман Глебович, да вы можете отдохнуть, а я посижу с Юлией Васильевной. Потому что вы наверняка тоже устали...

Муж на мгновение заколебался, потому что выглядел он, как отметила Юлия, в самом деле несколько устало, и, опасаясь того, как бы он не ухватился за эту идею, она быстро вставила:

— Нет, я хочу побыть одна! Точнее, чтобы ты остался, Рома...

Муж улыбнулся, а Вероника, кажется, недовольная ее решением, заметила:

— Чайку-то хоть выпейте. Он очень хороший, от него все хвори пройдут...

Уставившись на чашку, Юлия решила, что уж точно пить это *не станет*. Откуда она знает, что туда намешала Вероника.

Эта *ведьма*, которая поселилась в их доме.

— Роман Глебович, надо, чтобы вы поговорили с человеком из агентства. Один из официантов ковер испортил. Перевернул на него соусницу. Кто за чистку платить будет?

Роман вздохнул, снова поцеловал Юлию и нерешительно спросил:

— Ты не против, если я оставлю тебя на *весьма непродолжительное* время?

Юлия была против, однако поняла, что не может удерживать мужа все время около себя.

— Да, иди. И приготовь мне один из своих коктейлей. *Безалкогольных*... Тот, с апельсиновым и виноградным соком...

— Вам лучше чаек выпить! — заявила Вероника. — И я могу с Юлией Васильевной побыть, пока вы внизу...

— Нет, я хочу спать! Мне *никто* не нужен! — заявила Юлия, а Вероника, явно обидевшись, заявила, выходя вместе с Романом:

— Ну чаек вы хоть выпейте. Вам сразу лучше станет. Это старинный рецепт моей бабушки...

Которая, и Юлия в этом ничуть не сомневалась, так же, как и внучка, была ведьмой. Точнее, *Бабой-ягой*.

Едва дверь за Вероникой закрылась, Юлия скинула одеяло, желая встать, но дверь вдруг снова распахнулась, и экономка вкатилась в спальню.

— Ах, вы что, встать хотели, Юлия Васильевна? Нет, этого нельзя... И чаек, чаек...

— Разрешите мне самой решать, можно ли мне вставать или нет, — отрезала Юлия. — А теперь идите и выясните, кто будет платить за чистку ковра, на который официант опрокинул соусницу.

Вероника вышла, хлопнув дверью, а Юлия, подскочив к двери, повернула торчавший в замке ключ.

И подумала о двери, которую искала в бункере и которую ей в ее последнем сне соблаговолил показать Квазимодо. Только попасть туда она не смогла, потому что ее разбудила...

Вероника! Словно знала, что надо именно в этот момент начать трясти за плечо. Опять совпадение — или... Или *в самом деле* знала?

Но *как?* Не могла же она быть в курсе того, что Юлия в данную секунду видела во сне. Этого никто не может.

За исключением *Великого Белка*.

Размышляя об этих непонятных и внушающих вещах, Юлия вылила в раковину примыкавшей к спальне ванной комнаты приготовленный Вероникой чай.

И, ополаскивая чашку под струей воды, подумала о том, что если Вероника каким-то непостижимым образом связана с Великим Белком, то это значит, что Великий Белк обитает не только в ее снах, *но и в реальности*.

Мысль была одновременно *пугающая и завораживающая.*

И что Вероника и могла быть тем человеком, который причастен к гибели ее родителей. Точнее, который *их и убил!*

Потому что Вероника имела доступ и к родительскому автомобилю, и к особняку, в котором проживал овдовевший отец, и могла сделать все, что угодно, не вызывая подозрений и не боясь быть разоблаченной.

Все, что угодно: например, убить *сначала* маму, а *потом* и отца.

От неожиданности Юлия выпустила из рук чашку, и та с грохотом полетела на дно раковины, причем так неудачно, что у нее отбилась ручка.

Выключив воду, Юлия поставила чашку на край раковины и извлекла оттуда отколовшуюся ручку.

И подумала о круглой, золотисто-матовой ручке двери ванной, той самой, которую она искала в своем кошмаре.

И вдруг продумала о том, что это вовсе и не кошмар. А вдруг это *даже и не сон?*

Но как же так...

Юлия вздрогнула, потому что в дверь постучали. Она опрометью выбежала из ванной и подошла к двери спальни.

Ручка была точно *такая же*, круглая и золотистая, как и в ее сне. Юлия положила на нее руку и замерла. А что, если она откроет эту дверь — и это окажется та самая дверь, которую она искала.

Из ее кошмарного сна. Который не был кошмаром. И, не исключено, не был даже сном.

Юлия повернула ключ и рванула на себя дверь.

На пороге стояла Вероника, хитро — *прямо как Квазимодо!* — взглянувшая на нее и сказавшая:

— А *отчего* вы запираетесь, Юлия Васильевна? Я вот вам печенюшки принесла...

— Отдайте их официанту, перевернувшему соусницу! — заявила Юлия и захлопнула перед лицом изумленной Вероники Ильиничны дверь. И повернула ключ в замке.

Точнее, не перед лицом, а перед длинным носом — *носом ведьмы.*

Юлия вдруг вспомнила, где видела лицо официанта, казавшегося ей знакомым. Это было лицо человека в белом халате, с которым она столкнулась в клинике доктора Черных и который подал ей упавшие на пол туфли.

Да, это было *одно и то же* лицо.
Лицо Великого Белка?

Юлия спустилась по лестнице на первый этаж и прислушалась — оттуда доносился ровный гул пылесоса. Вероника занималась тем, чем занималась каждый божий день, за исключением выходных: она убиралась в пентхаусе.

Наблюдая за экономкой, стоявшей к ней спиной и не видевшей ее, Юлия думала о том, что ее вчерашнее предположение не лишено оснований — остаток прошедшей ночи она провела за размышлениями.

Вероника очень даже может быть причастна к гибели ее родителей. Точнее, не только быть причастной, но и являться *прямым организатором* и исполнителем двух убийств.

И вообще ей ведь уже приходила в голову мысль о том, что Великий Белк мог быть необязательно мужчиной, *но и женщиной.* Что означало: Вероника может быть не только помощницей Великого Белка, который непостижимым образом перебрался из сна в реальность, но и сама являться им.

— Что-то случилось? — раздался голос Романа, и Юлия, чувствуя, что краснеет, обернулась. Муж, стоявший на лестнице на пару ступенек выше ее, в изумлении наблюдал за тем, как его жена, согнувшись, пристально наблюдает за домомучительницей, рьяно пылесосившей диван.

— Нет, просто... туфля соскользнула... — соврала Юлия, присела на ступеньку и стала делать вид, что поправляет туфельку. Роман, обогнув ее, присел перед женой и, прикоснувшись к ее ноге, произнес:

— Солнышко, позволь мне. Может, тебе другие надеть, не на таком высоком каблучке?

Юлия ощутила себя Золушкой, которой в финале принц надевает хрустальную туфельку на ногу. Мужу было врать неприятно, даже тошно, однако она сделала это для того, чтобы...

Чтобы лишний раз не выглядеть в его глазах *умалишенной*.

Она вспомнила свой с ним разговор минувшей ночью. Ночью, в течение которой она не могла толком заснуть, а когда это вышло, не увидела ни единого сна.

Может, и видела, но не тот, который ей требовался. Она больше не могла попасть в бункер, хотя страстно желала это. Попасть, чтобы открыть дверь.

Она рассказала мужу о находке в кабинете отца и, когда Роман не поверил, показала ему прихваченное оттуда досье.

Муж внимательно прочитал его и, вздохнув, сказал:

— Солнышко, извини, я ведь считал... Считал, что это все твои фантазии..

— *Нездоровые* фантазии, ведь так? — сказала тогда Юлия. — Ладно, я бы сама на твоем месте точно то же подумала. Жена, медленно сходящая с ума из-за гибели родителей. Жена, страдающая кошмарами. Жена, которая твердит, что родителей убили...

— Их *в самом деле* убили! — заявил Роман, тряся досье. — По крайней мере, твою маму...

— Отца тоже, — отрезала Юлия. Роман, поколебавшись, сказал:

— Но это, солнышко, ведь в самом деле мог быть нелепый несчастный случай...

— *Мог.* Но не был, Рома! *Не был!* Или ты считаешь, что тот, кто убил маму, пощадил отца? Он ведь хотел убить их обоих. И сделал это в итоге...

Роман вдруг прижал ее к себе и пробормотал:

— Но этот некто ведь мог... Ведь мог получить задание убить *и тебя...*

Юлия усмехнулась:

— Тогда бы *уже убил!* У него была масса возможностей сделать это. А раз нет, следовательно, меня в списке нет...

Роман покачал головой и заявил:

— Предположим, солнышко, ты права! *Предположим!* Тогда мы имеем дело с двойным заказным убийством. Я предлагаю тотчас подключить правоохранительные органы...

— Нет! — резко ответила Юлия, а Роман опешил.

— Солнышко, но *почему?* Если это киллер, то наверняка профессионал, а если так, то надо также обратиться к профессионалам сыска...

— Я сказала, нет! — Юлия была непреклонна. — Я хочу сама провести расследование, без привлечения полиции и Следственного комитета.

— Но почему, солнышко? Ради бога, *почему?* — спросил муж, а Юлия замялась. Не могла же она ответить, что боится, что среди тех, кто займется расследованием, будет...

Будет человек *Великого Белка.*

Потому вместо этого сказала:

— Не хочу шумихи. Ведь официально ни смерть мамы, ни смерть отца не квалифицированы как смерти от деяния третьих лиц.

Звучало убедительно, и Роман понимающе кивнул. Юлия же утаила от него, что не хочет привлекать Органы, так как была уверена: совладать с Великим Белком сможет *только она сама.*

И была уверена: смерть родителей, а также кошмарный повторяющийся сон в бункере, а также девочка с зашитым ртом по имени Юлия Белкина были каким-то странным образом связаны друг с другом.

И только она сама могла узнать, каким именно. *И убить Великого Белка.*

Для этого же, и в этом Юлия не сомневалась, ей *в самом деле* требовалась помощь профессионала. Генерал Юрий Борисович по крайне странному стечению обстоятельств помочь ей ничем не мог. Юлия организовала посылку ему в больницу роскошного букета с пожеланиями скорейшего выздоровления и после короткого и напряженного разговора с его женой узнала, что генерал вернется в строй явно *не скоро.*

Не оставалось ничего иного, как обратиться к помощи профессионалов, но других. Тех, которые помогут ей распутать клубок тайн — и отыскать убийц родителей. Убийц несчастной девочки Юлии Белкиной.

И выведут ее на след Великого Белка.

Именно об этом Юлия и думала, сидя на ступеньке лестницы, и позволяя мужу надеть ей на ногу туфлю, и наблюдая за Вероникой.

Вне всяких сомнений, Вероника была идеальным шпионом. И, не исключено, *кровавой убийцей.*

— Ты готова? — спросил ее Роман, и Юлия, взглянув на мужа, подумала о том, что он, конечно, родной и близкий человек, но втягивать его во всю эту историю очень *опасно.*

Хотя она его, конечно, *уже* втянула — однако именно поэтому ей требовалась помощь профессионалов.

— Да, да, — заверила его Юлия и последовала по лестнице на первый этаж.

Вероника, заметив их, быстро выключила пылесос и приторным голосочком поинтересовалась:

— Ой, а куда это вы собрались? И без завтрака?

Роман стал что-то объяснять о неотложных бизнес-делах, хотя это не соответствовало действительности: после гибели родителей империя магазинов строительных материалов продолжала работать, как швейцарские часы, благо что Роман был гениальным менеджером и взял все управление на себя.

Юлия была ему крайне признательна — предпринимательской жилки у нее в отличие от отца не было, да и голова сейчас была занята иным.

Совершенно иным.

— Нет, вы *точно* уверены, что не хотите позавтракать? — вещала Вероника и, словно преданная собака, ринулась к Юлии.

Или собака бешеная, желающая укусить. Или даже *разорвать в клочья.*

Юлия даже инстинктивно отступила назад, что, кажется, осталось незамеченным экономкой, но не ускользнуло от проницательного взгляда мужа, слегка нахмурившего брови.

— Вам обязательно надо выпить что-то горячее, Юлия Васильевна! — настаивала Вероника, схватив женщину за руку.

Юлия испытала желание оттолкнуть домомучительницу, и в самом деле едва не сделала это.

— Спасибо, мы позавтракаем в офисе, — заметил Роман и оторвал от жены приставучую экономку.

— Вам ведь понравился чай по рецепту моей бабушки? — продолжала та засыпать Юлию вопросами. — Может, вам по-быстрому сделать?

Собрав всю волю в кулак, Юлия мило улыбнулась и ответила:

— Нет, благодарю. Мы и так опаздываем...

И, не дожидаясь очередной тирады экономки, быстро вышла в холл. Оказавшись в лифте, Юлия прислонилась к стенке, а Роман, нажимая кнопку, со смешком произнес:

— От нее не так-то просто отделаться...

Юлия кивнула, а потом вдруг произнесла:

— Давай ее все-таки уволим!

Муж воззрился на Юлию, и та внезапно ощутила, что даже Роман не понимает, что происходит у нее на душе.

Может, это было *и к лучшему?*

— Но, солнышко, зачем такие крайности? Конечно, Вероника — человек неуемный, однако без нее мы как без рук...

— Лучше без рук, чем с *такой* помощницей по хозяйству, — пробурчала Юлия. — Потому что она надзирательница, а мы заключенные в ее тюрьме...

Сказав это, она тотчас подумала о бункере в своем кошмаре и о тюремщике-Квазимодо.

— Прошу, Ромочка! Давай ее уволим как можно быстрее!

Двери лифта распахнулись. Роман взял жену под руку и молча повел к машине.

Когда они оказались в автомобиле, то Роман произнес:

— И все же, думаю, следует повременить... Хотя бы найдем сперва адекватную замену.

Юлия скрестила руки и заявила:

— Мне никто не нужен. Я не хочу, чтобы она ошивалась рядом и...

— *И?* — Муж внимательно посмотрел на нее, но Юлия решила не завершать своей фразы.

Вместо офиса они отправились в кафе, где Юлия, зная, что вездесущей Вероники под боком нет, с удовольствием позавтракала. Затем Роману позвонили на мобильный, и он, быстро поговорив, произнес:

— Что же, мы можем ехать...

Они отправились в Москва-Сити, однако не в головной офис их компании, а в соседнее здание. Там их встретил зализанный средних лет субъект в дорогом костюме, который приветствовал их с такой радостью, как будто весь смысл его жизни заключался в том, чтобы исполнять их желания.

— Прошу вас подняться со мной в конференц-зал. Вот, прошу, досье на четырех человек, которых мы подобрали, руководствуясь вашими желаниями...

Он подобострастно подал четыре разноцветные папки, и Роман передал их Юлии, даже в них не заглядывая.

Что же, это на самом деле была ее идея — нанять частного детектива. Такого, который бы мог заняться расследованием обстоятельств гибели ее родителей.

А заодно — это Юлия от Романа утаила — и поиском девочки Юлии Белкиной. Которая в итоге выведет ее на Великого Белка.

Поэтому-то Юлия и утаила, ибо звучало все уж слишком... *слишком сумасшедше.* И дело было не только в том, что она не хотела втягивать мужа во всю эту странную историю.

Точнее, *не только* в этом.

Но и в том, что, поведай она ему о Великом Белке и о том, что она уверена: монстр обитает не только в ее кошмарах, но и в реальности, — Роман явно проявит беспокойство. И не по причине возможной опасности со стороны Великого Белка, а из-за психического состояния своей жены.

В памяти Юлии всплыла фраза о том, что многие люди, страдающие психическими заболеваниями, обладают изворотливым умом, умело манипулируют окружающими, в первую очередь родными и близкими.

Родными и близкими. Например, собственным *мужем.* Но значит ли это, что она страдает психическим заболеванием?

Судя по тому, что некоторые светила психиатрии не исключали эту возможность, то...

— Прошу! — провозгласил сопровождавший их зализанный тип, указывая на распахнувшиеся двери лифта, и Юлия последовала по коридору.

Оттуда они попали в стильно обставленный конференц-зал, где им было предложено занять места во главе овального стола.

— Думаю, солнышко, мое присутствие излишне... — начал Роман, но Юлия ухватила его за локоть.

— Пожалуйста, останься! — попросила она, и супруг подчинился.

— Все в порядке? — спросил он тихо.

Юлия кивнула, хотя сама не знала, дала ли она правдивый ответ на его вопрос.

Все ли в порядке?

Какой ответ может дать человек, верящий в то, что кошмары из сна перекочевали в реальность и что ее родителей убил некий жуткий безликий монстр под названием *Великий Белк*.

Не просто убил: *съел*.

— Разрешу вам продемонстрировать недолгий клип о первом кандидате... — начал зализанный тип, и Юлия, лениво пролистывая досье, произнесла:

— Они все мужчины?

Тип, глава агентства по найму элитной прислуги, еще не успевший включить проектор, с удивлением уставился на нее:

— Ну, собственно, да...

— Мне нужна *женщина!* — заявила Юлия, и тип закашлялся. Роман учтиво произнес:

— Надеюсь, у вас имеются подходящие кандидатки?

Юлия положила руку поверх ладони Романа и незаметно пожала ее. Без него бы она ни за что не справилась, а он в считаные часы организовал встречу с частными сыщиками! Как быстро и четко!

— Может, вы все-таки посмотрите клип, пока я выйду и позвоню? — продолжил зализанный тип, и Юлия согласилась.

Кандидат был без изъяна, эдакий московский Джеймс Бонд, но Юлия с самого начала поняла: нет, такой ей *не требовался.*

Он сочтет ее избалованной богачкой, сумасбродной дамочкой, которая навоображала бог весть что. Да и она сама не сможет быть с ним откровенной.

Зализанный тип вернулся, принеся еще два резюме, на этот раз женщин — частных детективов. Юлия углубилась в одно, а другое просматривал Роман.

— Нет, эта не подойдет, у нее стаж слишком маленький, как я понимаю, к ней редко кто обращается, да и какая-то невзрачная, вряд ли вообще может с толком за дело взяться... — заметил муж, откладывая резюме на полированную поверхность стола.

Юлия подала ему ту папку, которую только что просмотрела.

— Думаю, вполне подойдет вот эта... — сказала она, а Роман, рассматривая фотографию молодой, крайне самоуверенной и привлекательной блондинки по имени Лариса, шутливо произнес:

— Не боишься нанимать такую? Обычно жены выбирают прислугу постарше и пострашнее, чтобы мужа бес не попутал...

— Мне нужна не прислуга, а *частный детектив!* — ответила Юлия, и муж, пробежав глазами досье, подтвердил:

— Да, отличный выбор. Думаю, ты полностью права...

Он подал другое резюме зализанному человеку и сказал:

— Тогда нам нужно организовать сегодня же встречу вот с этой кандидаткой...

Из папки выскользнула визитная карточка и, спланировав, упала на стол. Юлия окаменела — это была *точно такая же* визитная карточка детективного агентства «Золотая белка», которую она обнаружила в кабинете отца.

— Это что? — спросила она, не мигая, уставившись на визитку, а зализанный субъект, подхватив ее, произнес:

— Прошу прощения, из резюме выпала.

А потом тотчас переключился на Романа и начал отвечать на его вопрос:

— Думаю, что будет сложно, потому что у кандидатки крайне высокая загруженность. Сами видели ее послужной список, она — личность просто легендарная...

Пока он велеречиво расхваливал товар, Юлия взяла положенную им на стол папку с резюме отвергнутой кандидатки.

Роман был прав — девица была ни то ни се, с заурядным невыразительным лицом: такой можно было дать и двадцать четыре, и сорок девять. В отличие от ее конкурентки-блондинки перечень предыдущих «заказов» занимал едва пол-листа — у другой же было не меньше двенадцати листов *мелким* шрифтом.

Но Юлию занимало вовсе не это, а место работы этой особы, которую звали...

Юлией.

Юлия Иванова работала в детективном агентстве «Золотая белка», что и объясняло наличие в резюме визитной карточки этой фирмы. Зализанный тип, являвшийся своего рода посредником, презентовал им различных частных детективов, содержавшихся в базе данных.

И конечно же хотел склонить их к заключению контракта с наиболее дорогим вариантом — надменной блондинкой.

Юлия же уже приняла решение: ей требовалась ее тезка, Юлия из агентства «Золотая белка».

— Я хочу, чтобы вы организовали встречу с ней! *Сегодня же!* — произнесла она, и зализанный тип, повернувшись к ней, затараторил, не сбавляя темпа:

— Увы, как я только что объяснил вашему мужу, Лариса крайне занятый человек, она сейчас вообще находится не в Москве, а... А на задании в одной из стран ближнего зарубежья. Вернется только через три дня, однако если вы готовы оплатить премиум-договор, то есть шанс, что она сможет заняться вашим делом в начале следующей недели. Однако. Лариса...

— Мне не нужна Лариса. Мне нужна *Юлия*, — произнесла женщина и увидела безграничное изумление на лице зализанного типа. Было понятно — он намеренно подсовывал резюме супер-Ларисы вкупе с досье на невзрачную Юлию из какого-то захудалого, никому не известного агентства на окраине Москвы, чтобы еще сильнее подчеркнуть контраст и склонить состоятельных клиентов к заключению договора, по возможности, *премиум-договора*, предусматривавшего двойную оплату, именно с любимицей публики.

Трюк был старый, однако действенный. Роман на него попался. Юлия тоже — *почти что*.

— Вы хотите *ее*? — произнес в растерянности зализанный, который, естественно, хотел втюхать им сотрудничество с суперзвездой Ларисой.

Роман, не менее изумленно уставившись на жену, склонился к ее уху, шепнув:

— Солнышко, не советую. Давай возьмем эту Ларису. Черт с ними, с деньгами, они у нас есть. Она ведь суперпрофессионал...

Юлия понимала, что муж прав, однако какое-то чувство подсказывало ей, что...

Что она должна настоять на своем. И на кандидатке Юлии Ивановой из детективного агентства «Золотая белка».

— Я хочу именно ее. Думаю, что она может встретиться с нами немедленно, ведь так? — заявила Юлия, и Роман, вздохнув, попросил зализанного оставить их наедине.

Когда тот вышел, тактично прикрыв дверь в конференц-зал, муж произнес:

— Солнышко, почему, ради всего святого, эта невзрачная особа? Она же, судя по ее резюме, только пару лет работает по специальности. И никаких таких серьезных вещей делать просто не умеет. Не то что Лариса...

Юлия, скрестив руки, произнесла:

— Она нужна мне! Она, и никто другой!

Роман вздохнул:

— Хорошо, воля твоя, солнышко. Настаивать не буду, хотя считаю, что ты делаешь неправильный выбор. Но это ведь твое расследование... Но ответь на вопрос — *почему?*

Юлия раскрыла рот, а потом снова закрыла его. Как поступить? Наверное, надо сказать мужу о том, что она хочет нанять тезку из агентства «Золотая белка», потому что отец обращался к их помощи. Этот аргумент возымел бы воздействие на логически мыслящего Романа. Но дело было *и в другом*. Великого Белка могла поймать только Юлия из «Золотой белки».

— Потому что... — принялась объяснять Юлия, — потому что папа обращался к ним незадолго до смерти. В эту самую «Золотую белку». Может, даже к этой самой Юлии Ивановой...

Роман прижал ее к себе, поцеловал и сказал:

— Понимаю, однако все равно это не причина, чтобы отвергать Ларису. С этой, как ее, Ивановой могли бы побеседовать просто так. Заплатили бы ей, если надо, в конце концов. Может, в самом деле двух тогда нанять?

— Нет! — отрезала Юлия, чувствуя, что ее колотит. И отчего-то разумные аргументы мужа вызывают у нее такую реакцию. Он ведь полностью прав...

А в голове сам собой сложился и крутился, словно заезженная пластинка, идиотский стишок: *«Юля Иванова из «Белки золотой» поймает монстра-Белка — и я пойду домой...»*

— Ты уверена, солнышко? — спросил Роман, тревожно глядя на нее. — На тебе просто лица нет. Может, к врачу заедем?

— Никаких врачей! — закричала Юлия и, вдруг разрыдавшись, простонала: — Только она, и никто другой! Только она...

Встретиться с Юлией Ивановой в самом деле не составило никакого труда. Она прибыла в контору зализанного часом позднее — и оказалась молчаливой, явно себе на уме дамочкой.

Юлия позволила вести разговор с ней Роману, который, впрочем, не скрывая своей неприязни (в самом деле в суперсыщицу Ларису, *что ли*, втюрился?), задавал каверзные вопросы, делал едкие замечания и пытался уличить представительницу «Золотой белки» в некомпетентности.

После очередной такой эскапады сыщица, взглянув на Романа тяжелым взглядом, без тени улыбки произнесла:

— Как я правильно понимаю, Роман Глебович, речь идет о работе на *вашу жену.* Так что могу ли я попросить вас оставить нас наедине?

Роман застыл с раскрытым ртом, а Юлия слегка улыбнулась. Ну надо же, уела ее самоуверенного супруга.

— Юлия... гм... Юлия Дмитриевна... А не кажется ли вам, что в вашу компетенцию никак не входит просить меня оставить вас наедине с моей женой? — начал супруг, лицо которого приобрело неприязненное выражение, но Юлия, положив ему руку на плечо, сказала:

— Прошу тебя, Рома, оставь нас наедине с Юлей...

Супруг, у которого ходили желваки, а над переносицей возникла грозная складка, произнес:

— Солнышко, ты уверена, что...

— *Да!* — ответила Юлия, и муж, неловко поднявшись, даже не бросая взгляда на застывшую с непроницаемым лицом сыщицу, вышел прочь.

Когда он скрылся, та произнесла:

— *Солнышко!* Интересно, что мой муж зовет меня точно так же...

— Видимо, судьба всех тех, кого зовут Юлией! — улыбнулась Юлия, чувствуя, что сделала правильный выбор — под невзрачной личиной серой мышки в сыщице Юлии Ивановой скрывался, похоже, недюжинный характер и острый ум.

Это было то, *что ей требовалось.*

— Вы не хотели рассказывать об определенных вещах в присутствии супруга? — деловито произнесла сыщица. — Он вам *изменяет?*

— Роман? — спросила ошарашенно Юлия и, усмехнувшись, ответила: — Нет, и не в этом вовсе дело.

— А в чем тогда? — спросила, склоняя набок голову, сыщица, и Юлия, выдохнув, ответила:

— В *Великом Белке!*

Сыщица не стала пучить глаз, переспрашивать, изумленно хмуриться или непонимающе ухмыляться. Вместо этого, взглянув исподлобья на Юлию, только произнесла:

— Это ваш *враг?*

Чувствуя, что ее сердце принялось судорожно биться, Юлия кивнула. Сыщица, продолжая смотреть на нее не мигая, вновь спросила:

— Вы хотите, чтобы я его нашла?

Юлия снова кивнула, чувствуя, что у нее на глаза наворачиваются слезы. Сыщица вынула из сумки упаковку бумажных платков и подала их женщине.

— Судя по тому, что вы называете его не по имени, а этим... этим прозвищем, то вы не знаете, кто им является. Но *хотите* узнать?

Разрыдавшись, Юлия кивнула, а сыщица, и не думая ее успокаивать, выждала несколько секунд, пока Юлия не взяла себя в руки, и продолжила:

— Это связано с семьей? С бизнесом? С вашим мужем? С чем-то иным?

Подняв на сыщицу глаза, Юлия проронила:

— С моими родителями. Великий Белк... Он их *убил!*

На лице сыщицы не дрогнул ни единый мускул, а Юлия все ждала, что та как-то отреагирует. И, например, скажет, что сама работала на ее отца. Не выдержав, Юлия заявила:

— Мой отец к вам обращался... Василий Сергеевич Прохоров...

Сыщица, наконец-то моргнув, ответила:

— Говорить о прочих клиентах нашего агентства я не имею права. Однако позволю себе первый и последний раз нарушить это незыблемое правило и проинформировать вас, что такого клиента у меня не было...

Юлия шумно вздохнула, а сыщица продолжила:

— Что не исключает того, что на него работал кто-то из моих коллег. Я не могу обещать, однако посмотрю, что могу сделать. Так с чего вы взяли, что этот самый Великий Белк убил ваших родителей?

И тут Юлию словно прорвало — она говорила не меньше часа, и за это время в конференц-зал несколько раз заглядывал Роман, который, однако, тотчас исчезал, не решаясь войти.

Когда Юлия наконец закончила, то сиплым голосом спросила:

— Вы считаете, что я... что я *псих*?

Если бы сыщица стала уверять, что так не думает, то Юлия бы ей не поверила, потому что ее история звучала уж слишком дико. И даже Роман водил ее к психиатрам.

Вместо этого Юлия Иванова заметила:

— Я не обладаю достаточной квалификацией, чтобы судить о вашем психическом состоянии. На меня вы производите впечатление хоть и несколько дезориентированной и истеричной, однако вполне адекватной особы.

Юлия слабо улыбнулась. Интересно, что бы она сделала раньше с человеком, который бы в глаза сказал ей, что считает ее *дезориентированной и истеричной*?

А из уст сыщицы это звучало *почти как комплимент*.

— Но с чего же начать? — произнесла растерянно Юлия, а сыщица заметила:

— Мне нужен отчет о причинах аварии автомобиля вашей матушки. Сведения о вскрытии тела вашего отца я достану по своим каналам...

Юлю передернуло — сыщица была прямолинейна, однако это импонировало ей.

— А как же Великий Белк? — спросила Юлия, а сыщица заявила:

— Вы мыслите неверно. Не надо его искать. *Он сам найдет нас*.

Юлию снова передернуло, на этот раз от страха: вся спина у нее покрылась гусиной кожей.

— Он... меня... найдет... — выдавила она из себя, а сыщица поправила ее:

— Не вас, а *нас. Нас.* В этом-то и отличие. Потому что я теперь ответственна за вашу безопасность и за вашу жизнь. Кстати, могу ли я трактовать это так, что вы согласны нанять меня?

Юлия, рассмеявшись, выбежала в коридор, где Роман, сидя на ковровом покрытии, играл на своем мобильном. Завидев жену, он быстро поднялся и подозрительно произнес:

— Солнышко, ты плакала? *Отчего?* Она довела тебя до слез?

Смахнув слезы, Юлия заявила:

— Я ее беру! Она просто прелесть! И именно та, которая мне нужна...

Супруг, судя по его более чем скептическому выражению лица, эту точку зрения явно не разделял, однако не издал ни звука, когда Юлия подписала подсунутый зализанным типом договор.

Спускаясь вместе с двумя дамами на лифте, Роман вдруг произнес:

— Я стою между двух Юлий... Мне что, можно загадать желание? Например, пожелать вам успеха...

Сыщица, смерив его ледяным взглядом, отчеканила:

— Успех возникает не из-за чьих-то пожеланий, а путем кропотливой работы, холодной логики и счастливого случая. Первое и второе гарантировать могу, на третье я повлиять не в силах.

Они распрощались у входа в здание — сыщица заявила, что посетит Юлию в восемнадцать тридцать, и попросила подготовить отчет о причинах аварии Юлиной мамы.

Садясь в автомобиль, Юлия инстинктивно обернулась и только потом поняла, что сделала это, потому что кто-то пристально смотрел на нее. В соседнем здании она заметила облаченного в темный костюм клерка, который, поймав ее взгляд, немедленно отвернулся, поднеся к лицу бумажный стакан с кофе.

Несмотря на это, Юлия его узнала. Это был тот же самый тип, который вился около нее в клинике. И работал официантом на поминках отца.

— Солнышко, что с тобой? Тебе плохо?

Юлия на мгновение отвлеклась, успокаивая мужа, а когда снова посмотрела, то клерк исчез.

А был ли он там вообще?

Юлия поймала себя на мысли, что, не исключено, это была всего лишь галлюцинация. Или игра воображения.

Или проявление ее возможного психического заболевания.

— Вы *его* увидели? — раздался тихий голос сыщицы, и Юлия уставилась на тезку. Та, как и сама Юлия, смотрела на стеклянную стену соседнего здания, на холл, по которому сновали десятки облаченных в одинаковые темные костюмы молодых клерков.

Ей не требовалось объяснять, кого Юлия Иванова имела в виду. Его, *Великого Белка*.

— Думаете, *он* мог быть там? — спросила в ужасе Юлия, на что сыщица ответила:

— Не исключаю такой возможности. Плохо, что вы не рассказали мне о том, что вы сталкивались с ним и раньше...

— С чего вы взяли? — вспыхнула Юлия, а сыщица невозмутимо ответила:

— Узнать можно того, кого видели раньше. Значит, вы *его* видели. И это очень хорошо. Надо составить фоторобот, я с вами этим займусь.

Юлия шумно втянула воздух, а сыщица сказала:

— Хотя внешность наверняка поддельная. Но, с другой стороны, вам он является так, чтобы вы могли его узнать, а значит, он этого хочет. Вполне разумно — наводить своим присутствием страх.

Юлия вцепилась в руку Романа, который, морща лоб, спросил:

— Вы о чем? Кто этот он? За моей женой кто-то следит? Ну, отвечайте!

Сыщица сухо ответила:

— Повторюсь, Роман Глебович, я работаю на *вашу жену*, а не на вас, поэтому не вправе предоставлять вам какую бы то ни было информацию.

И, обратившись к Юлии, заметила:

— Хотя это может быть один из его людей. Специально получивший задание следовать за вами по пятам и действовать вам на нервы. Я этим займусь!

Быстро попрощавшись, она зашагала прочь. Роман хотел было ринуться за ней, явно желая получить объяснения, но Юлия ухватила его за ремешок и попросила:

— Рома, не надо...

Унять мужа было не так-то просто, и, сидя за рулем, он возбужденно говорил:

— Нет, что за баба!

Юлия улыбнулась:

— Думаю, та, что мне нужна. Или ты не согласен?

Роман, надолго замолчав, наконец-то произнес:

— Ладно, признаю, не исключено, что был не прав... *Не исключено*, солнышко! У этой тетки голова на плечах есть, этого не отнять. Но о ком вы шептались. *Кто* тебя преследует?

Юлия пожала плечами и соврала:

— Никто. Не исключено, это вообще плод моего воображения...

Муж больше вопросов не задавал, да и во время последовавшего в суши-ресторане обеда был молчалив. Получив несколько сообщений на мобильный, Роман сказал:

— Мне надо в офис, солнышко. На пару часов. Они без меня ничего решить не могут. Ты поедешь со мной?

Юлия отрицательно качнула головой — она была крайне рада, что делами их бизнеса занимался муж.

— Тогда я никуда не поеду! — заявил муж, а Юлия, потрепав его по темным волосам и проведя по небритой щеке, заметила:

— А кто миллионы, которые я потом растрачивать буду, зарабатывать станет? Нет уж, поезжай, раз они без тебя ничего решить не могут.

— А как же ты? — спросил Роман.

Юлия, сидевшая лицом к зеркальной стене, вдруг увидела на улице облаченного в темный костюм человека с бумажным стаканчиком кофе в руках. Юлия резко обернулась и убедилась, что пялится в спину прохожему — его лица она уже не видела. И поэтому не могла сказать, *он* это или нет.

— Это он? — закричал Роман и, не дожидаясь ответа, ринулся из ресторана на улицу, где, гигантскими прыжками подскочив к представителю «офисного планктона» в темном костюме, схватил его за плечо, да с такой силой, что тот выплеснул содержимое бумажного стаканчика себе на грудь, а затем стал трясти его, по-звериному рыча.

— Рома, это не он! Не он это! — кричала, подбегая к нему, Юлия, потому что человек действительно был *не он*.

Она с трудом оторвала скрюченные руки мужа от плеч дрожащего молодого клерка, который, пятясь и что-то шепча, был на грани обморока.

— Не он? — произнес муж, поворачивая к Юлии свое оскаленное лицо, и Юлия заплакала.

Господи, из-за ее фантазий она натравила Романа на совершенно не причастного ко всей катавасии человека.

«Офисный планктон», несколько придя в себя и осмелев, начал качать права, а Роман, тряхнув его за плечи, а затем резким жестом затянув на шее того забрызганный кофе галстук, да так, что «офисный планктон» посинел, учтиво произнес:

— Жена говорит, что вы не он. Приношу свои глубочайшие извинения. И пожелания больше не попадаться мне на глаза. Вот, возьмите на новый костюм, только покупайте в следующий раз не синтетический.

Он сунул в карман пиджака несчастного клерка ворох пятитысячных купюр.

— А это в качестве моральной компенсации и на ужин с девушкой. Если у вас, конечно, вообще есть девушка. Если нет, заведите. Ну, или *не девушку*, но обязательно заведите.

Он сунул еще несколько крупных купюр в другой его карман и, забрав из рук примолкшего и явно обалдевшего «офисного планктона» пустой бумажный стакан, обратился к Юлии:

— Думаю, нам надо вернуться, а то они глазеют и совещаются, не зная, что делать. Решили, что мы намереваемся смыться, не заплатив за обед. Как-то нехорошо...

Повернувшись, Роман показал «офисному планктону», который тотчас закачался от ужаса, кулак и дал совет:

— Не уходите из ресторана, не заплатив. Хорошего вам дня!

Они вернулись в ресторан, и Юлия не знала, что ей делать — корить мужа или восторгаться им.

— Так это *точно* не он? — поинтересовался Роман, и вдруг его лицо приняло жалостное выражение. — Солнышко, это ведь не твой... твой *брошенный поклонник*? — спросил он тихо, и Юлия, поцеловав мужа в лоб, торжественно поклялась:

— Не мой. Не брошенный. Не поклонник...

Муж повеселел, быстро доел оставшиеся роллы и заявил:

— Ну, тогда больше приставать не буду. Я подброшу тебя до дома, а сам поеду в офис.

Он так и сделал, высадив Юлию около небоскреба, в котором располагался их пентхаус. Юлия, осмотревшись и не обнаружив *его*, зашла в здание.

Она проследовала в лифт, тот тронулся вверх. Потом вдруг остановился на одном из промежуточных этажей. Двери распахнулись, но в кабину никто не зашел. То же повторилось снова через несколько секунд.

Юлия выглянула на этаже — никого. И вдруг выскочила из лифта — она не хотела рисковать. Вдруг он остановится в третий раз, и тогда в кабину к ней подсядет он...

Великий Белк.

Оставшиеся этажи она преодолела пешком. И, находясь на лестнице, вдруг услышала голос Вероники Ильиничны:

— Нет... С утра с мужем укатила... Говорю же, не знаю. Пыталась узнать, она ни в какую. Она же у нас такая цаца, еще бы, наследница миллионов, газет, пароходов!

Сказано это было саркастическим, даже уничижительным тоном, крайне непохожим на обычный сюсюкающий тон домработницы.

Стараясь не шуметь, Юлия подошла вплотную к приоткрытой двери и увидела в своего рода внутреннем дворике, в котором находились апельсиновые деревья и пальмочки в огромных квадратных кадках и шумел крошечный фонтанчик, стоявшую к ней спиной экономку, говорившую по телефону и курившую сигарету.

Так как ни сама Юлия, ни ее покойные родители, ни Роман не курили и не выносили запаха табачного дыма, то экономке приходилось курить во внутреннем дворике на этаже, где располагался пентхаус.

— Говорю же, не знаю. Она стала какая-то подозрительная, наша наследница. Кажется, на меня зуб точит. Почему, не могу сказать. Резко переменилась, стала какой-то нервной, прямо как реально жутко больная на голову...

Юлия закусила губу. Не хватало еще, чтобы Вероника обсуждала ее, свою хозяйку, со своими родственницами или подружками, запуская в оборот мерзкие сплетни.

Вот и славненько! Это ли не повод положить Веронике сейчас руку на плечо и сказать сладким голосом любимую фразу нового американского президента: «Вы уволены!» Даже Роман не сможет найти, что возразить.

— Да, пока их сегодня не было, я прочесала ее комнату. Нашла отчет о гибели ее матери...

Юлия замерла, чувствуя, что ее ноги сделались ватными.

— Его нам ведь как раз и не хватало, Игорь Игоревич, не так ли? Я все страницы на мобильный сфотографировала и уже отослала...

Игорь Игоревич — это сочетание имени и фамилии было ей отлично знакомо. Так звали ее несостоявшегося муженька Игорька — и его отца, дядю Игоря, папаня которого, уже давно покойный, — *о, как удивительно!* — звался тоже Игорем.

Следовательно, домомучительница говорила с одним из Игорей. И, тем самым, с...

Великим Белком?

В самый неподходящий момент у Юлии, у которой дрожали ноги, вдруг подвернулся каблук, и она стала оседать на пол, *издавая при этом шум.*

«Не советовал же Роман надевать туфли на каблуке, а я не послушалась его. Вот и расплата», — мелькнуло у нее в голове.

Вероника резво обернулась и, заметив ее, быстро засунула мобильный в карман передника.

— Ах, Юлия Васильевна, милочка! Я ведь не услышала, как лифт приехал... Наверняка хотите кушать? Обед давно готов! Я, увы, не знала, когда вы вернетесь, поэтому...

Юлия была не в состоянии выслушивать фальшивое сюсюканье Вероники. Подойдя к ней, она запустила руку в карман передника и извлекла оттуда мобильный.

— Кому вы обо мне докладывали? — спросила Юлия, пытаясь залезть в телефон, но тот был конечно же заблокирован. — Дяде Игорю? Игорьку?

Она сделала паузу, борясь с собой, чтобы не выпалить: «*Великому Белку?*»

Экономка, оказавшаяся проворной особой, вырвала у нее телефон и сказала иным тоном, сухо и злобно:

— Не ваше собачье дело.

Побледнев, Юлия попыталась вырвать у нее мобильный, но Вероника была намного сильнее. Отшвырнув руку Юлии, экономка прошипела ей в лицо:

— Деточка, не стоит тебе со мной бодаться. Иначе вырву глаза и отгрызу уши!

И она клацнула зубами перед лицом Юлии, инстинктивно отшатнувшейся от Вероники.

Вырву глаза... Юлия вспомнила несчастную безглазую девочку из своего кошмара.

— Вы ведь на *него* работаете? — закричала Юлия, тяжело дыша. — На *него*, говорите же?

Экономка, пихнув Юлию так, что та отлетела к кадке с пальмочкой, заявила:

— На *него.*

Кого она имела в виду? Дядю Игоря? Игорька? Кого-то третьего? Или... *Великого Белка?*

Юлия растерялась, так как не знала, что делать. Вероника Ильинична, продефилировав мимо нее, заявила:

— Я ухожу и, понятное дело, больше не вернусь. Никакой полиции и никакой ненужной инициативы. Потому что будет только хуже.

И, обернувшись, снова клацнула зубами.

Юлии было так страшно, что она дождалась, пока экономка не появится из двери, держа в руке объемную сумку. Стараясь унять панику, Юлия проверила дату рождения двух известных ей Игорей по зороастрийскому гороскопу.

Дядя Игорь оказался павлином. *Как точно!*

А вот ее несостоявшийся супруг Игорек. Он был *белкой!*

Значит... Значит, Великий Белк этот пошлый глупый рыхлый увалень?

Или она просто окончательно *сошла с ума?*

(Веселые бельчата, веселые бельчата, веселые бельчата...)

Домомучительница, продефилировав мимо нее, нагло заявила:

— Могли бы сейчас с вами рассчитаться, но понимаю. Не станете. Ладно, что с вас, сирых и убогих психов, взять. Ну, не поминайте лихом!

Одарив Юлию улыбкой, она вызвала лифт и уехала. Юлии потребовалось не меньше получаса, чтобы собраться с мыслями и подойти к дверям своего жилища. Вероника давно уже усвистала, и Юлия даже не была в состоянии попросить охранников задержать ее.

Но по какой причине?

Юлия долго боролась с собой, желая все же вызвать охрану и велеть им прочесать квартиру. Вдруг там кто-то поджидал ее? Например, впущенный Вероникой и притаившийся в самом неожиданном месте *Великий Белк...*

Наконец она вошла в квартиру и осторожно прислушалась. На мгновение ей показалось, что по второму этажу кто-то ходит, *шаркая ногами*, и Юлия пулей вылетела обратно в коридор.

Позвонив на пост охраны, она попросила охранников подняться к ней. Скоро появились два высоких накачанных типа, и Юлия, то краснея, то бледнея, попросила их зайти в квартиру и удостовериться, нет ли там *посторонних*.

— Посторонних? — переспросил один из охранников, но Юлия не стала объяснять, хотя, судя по выражению лица охранников, те не совсем понимали, что она имеет в виду. Однако, как от них того и требовала работа, они сделали то, что желала состоятельная владелица пентхауса.

Пока охранники прочесывали квартиру, Юлия уселась на кадушку с пальмочкой в зимнем саду и, вытащив телефон, увидела, что пришло сообщение от мужа.

«Все в порядке?» — спрашивал он, добавив смайлик в виде улыбающегося солнышка. Чувствуя, что на глаза в который раз за день навертываются слезы, Юлия быстро спрятала телефон.

Все ли в порядке? Похоже, что *нет...*

— В квартире никого нет, — доложил ей один из появившихся охранников. — Вам требуется помощь, Юлия Васильевна?

Не исключено, он был прав, и ей *в самом деле* требовалась помощь. Только совсем не такая, которую он наверняка имел в виду.

— *Точно* нет? — вырвалось у нее, и другой охранник, присоединившийся к первому, заметил:

— Быть может, вы позвоните мужу?

Юлия, сухо поблагодарив мужчин, подошла к двери. Они наверняка считают ее истеричной дамочкой, которая забивает голову невесть какими вещами. Она бы сама была крайне рада, если бы это было так.

Пройдя в квартиру, Юлия поняла, что по-прежнему ощущает тревогу. Но не верить охранникам не было нужды — хотя в каком-нибудь третьеразрядном фильме ужасов, которые так обожал Стас, серийный убийца, перехитрив всех и вся, притаился в самом невероятном месте и выпрыгнул бы *в самый неподходящий момент* (а какой момент для нападения серийного убийцы, собственно, *подходящий?*) прямо на главную героиню.

Юлия услышала тихий зуммер — это пришло еще одно сообщение от Романа. Отписав мужу, что «все в полном порядке», она поднялась по лестнице на второй этаж и с опаской приоткрыла дверь в спальню.

Никто не выскочил оттуда, никто не попытался ее схватить. Тяжело вздохнув, Юлия разделась и улеглась на кровать. Она чувствовала себя разбитой.

Она закрыла глаза, желая погрузиться в сон и попасть... *Попасть в свой кошмар.* Но, как она ни пыталась, заснуть не получилось.

Проворочавшись с боку на бок около часа, Юлия поднялась и, облачившись в халат, спустилась вниз. Вероника действительно приготовила роскошный обед, и Юлии доставило большое удовольствие вылить и выбросить все в унитаз.

Так-то оно лучше!

Внезапно чувствуя себя гораздо спокойнее, Юлия снова поднялась в спальню и взглянула на часы. Скоро должна была подъехать сыщица Иванова, да и Роман написал, что через часа два будет дома.

Женщина открыла ящик комода и извлекла оттуда папку с досье относительно причин аварии автомобиля мамы. Она обещала тезке вручить досье.

Внезапно, чувствуя неладное, Юлия раскрыла папку — и обомлела. Никакого досье в папке *не было.*

Бросившись на колени, Юлия стала рыться в комоде. Ведь еще утром все было на месте, а теперь исчезло...

Юлия выпрямилась, чувствуя, что ее колотит. Ну конечно же Вероника вела речь о том, что обнаружила досье и сфотографировала. А собирая свои манатки, прихватила его с собой.

Буквально застонав от злости, Юлия плюхнулась на кровать. Она отыскала в мобильном номер Вероники и позвонила ей — абонент конечно же был временно недоступен.

Или даже не временно, а теперь *навсегда.*

Да даже если бы Юлия и дозвонилась до нее — то что бы могла ей сказать? Попросить вернуть досье? *Иначе что?*

Кляня себя за то, что не сделала копию или не отсканировала досье, Юлия вытянулась на кровати, устало закрыла глаза...

Бункер

...И, открыв их, поняла, что снова находится в бункере. Уверенно подойдя к двери своей камеры, Юлия толкнула ее — и увидела стоявшего в коридоре Квазимодо. Тот, вздрогнув, уставился на нее и пророкотал:

— Но дверь же была заперта!

Юлия, посмотрев на его лапу, в которой Квазимодо сжимал связку ключей, заявила:

— Я умею проходить сквозь закрытые двери! *А ты?*

Квазимодо смешался, а женщина, подойдя к нему, сказала:

— Ты ведь хотел провести меня куда-то... *К нему!*

К нему, *Великому Белку.*

Веронике? Дяде Игорю? Игорьку? *Кому-то еще?*

Безымянному типу, который был то доктором, то официантом.

Квазимодо, отступив в страхе, заявил:

— Нет, тебе туда нельзя. Ты должна остаться здесь... *Должна!*

— Никому я ничего не должна! — ответила Юлия и, протянув руку, просто забрала у Квазимодо ключи, которые тот отдал не сопротивляясь.

— Так, где дверь? — спросила Юлия, и тюремщик произнес:

— Но тебе же так хорошо... Зачем тебе уходить отсюда?

Ударив Квазимодо ключами по животу, Юлия повторила вопрос:

— *Где дверь?*

Тот, обреченно смотря на нее, ткнул толстым пальцем в грудь Юлии и сказал:

— Прямо за тобой!

В удивлении обернувшись, Юлия вдруг поняла, что в самом деле стоит теперь перед дверью — но отнюдь не перед дверью камеры, из которой только что вышла, а перед той, черной, с черным же фонарем, в которой впервые столкнулась с *чертовой девочкой*.

С *несчастной* девочкой по имени Юлия Белкина.

Только у двери не было замочной скважины. Но это Юлию не смутило — она толкнула ее, и дверь поддалась. Она шагнула во тьму и услышала за спиной голос Квазимодо:

— Нет, не надо... Туда тебе не надо...

Юлия повернулась и закрыла за собой дверь. А потом на ощупь двинулась вперед. Странно, но то, чего она боялась раньше, теперь уже не наводило на нее страх. Подойдя к противоположной стене, она пошарила по ней рукой, задела некое подобие выключателя — часть стены плавно отошла в сторону, и в образовавшейся пустоте Юлия разглядела уводившую куда-то вниз лестницу.

Она начала спускаться по лестнице. Наконец миновала недлинный коридор, подошла к новой двери, которая была заперта (и выглядела *как дверь ее ванной*), — и вдруг заметила на стене гвоздик с висящим на ней ключом *на зеленой тесемочке*. Взяв его, она вставила его в скважину, без труда повернула. Дверь, скрипнув, отворилась. Юлия попала в комнату — в ту самую, которая была ей знакома.

На столе покоилось тело, прикрытое клеенкой. Юлия подошла к столу и, схватив клеенку рукой, резко сдернула ее.

И увидела свое собственное тело — с пустотами вместо глаз и закрытым ртом. Внезапно это тело вдруг дернулось и резко село, а затем протянуло к ней руки — словно моля о помощи.

Юлия отступила назад — не столько от страха, сколько от неожиданности.

Почему на столе находилось *ее собственное* тело?

Пятясь, она уперлась спиной в дверь — повернулась, рванула ее на себя и слишком поздно заметила, что из-под двери сочится нестерпимо яркий свет.

Рука была раскаленная, Юлия отпрыгнула в сторону — и увидела яркий сноп света, который бил в лицо. И оттуда, из этого света, прямо на нее шагнула темная фигура, ни лица, ни деталей фигуры которой она не могла рассмотреть. И в ушах у нее раздался голос:

— Юлюсик, ты ведь искала меня, желая познакомиться со мной лично? Что же, вот я и пришел. Я — *Великий Белк!*

И из света потянулась к ней волосатая когтистая лапа — лапа сказочного монстра.

Или монстра *вполне реального?*

В-Б, В-Б, В-Б. То есть...

Великий Белк? Или...

(Веселые бельчата, веселые бельчата, веселые бельчата...)

Господи, только не *это!* И когда же она наконец *проснется?..*

Вне бункера

...Крича и брыкаясь, Юлия резко вскочила — и поняла, что находится у себя в спальне. Взглянув на часы, она поняла, что спала не более пятнадцати минут.

Проснулась она оттого, что на мобильный пришло сообщение. Оно было отправлено с номера Вероники Ильиничны и гласило: *«Иди к черту, Юлюсик!»*

Ринувшись в ванную, она открыла кран холодной воды и стала судорожно умываться.

Что же, сыщица была права — ей вовсе не требовалось искать Великого Белка, он сам нашел ее.

По крайней мере, в ее кошмаре. Но, кто знает, быть может, *и в реальности?*

Выключив воду и вытирая лицо полотенцем, Юлия с сожалением подумала о том, что так и не смогла...

Не смогла встретиться лицом к лицу с *Великим Белком.* Точнее, она с ним и встретилась, однако лица так и не увидела.

И все из-за сообщения этой мерзавки Вероники. Юлия набрала номер экономки, однако голос ей сообщил, что такого номера *не существует.* Бросив мобильный на кровать, Юлия спустилась вниз — и услышала поворачивающийся в замке ключ. Холодея от внезапного ужаса, она вытащила из ящика длинный нож и, зажав его в руке, осторожно приблизилась к дверному проему.

Юлия заметила мужа, который держал в руках букет цветов, столь любимых ею желтых тюльпанов.

— Солнышко, вот и я! — произнес Роман, увидев ее. Но затем Юлия заметила, как муж нахмурился, — и поняла, что его смутил огромный нож в ее руке.

— Извини... Я вот по хозяйству... — пробормотала Юлия, осознав, что объяснение звучит жалко: она по хозяйству никогда ничего не делала. И быстро добавила: — То есть обед готовила...

Это звучало еще наивнее и недостовернее, потому что готовила всегда или Вероника, или Роман, но *никак* не она сама.

Роман подошел и поцеловал ее, а затем протянул цветы и одновременно забрал нож.

— А что, Вероника Ильинична ничего не приготовила? — произнес он, проходя на кухню и засовывая нож в дальний ящик.

— Ведьма вскочила на свою метлу и улетела! — заявила Юлия и поведала мужу о том, чему стала свидетельницей. Тот быстро схватил мобильный, желая связаться с полицией, но Юлия удержала его.

— Не надо. Я все равно до нее доберусь...

Раздался звонок домофона, и Юлия ринулась в холл. Это была сыщица Иванова, которая, едва зайдя в квартиру, заявила:

— У меня *отличные* новости!

Но, увидев выражение лица Юлии, произнесла:

— Ого, вижу, у вас что-то произошло...

Юлия рассказала ей о Веронике, сыщица, уже прошедшая на кухню и не отказавшаяся от предложенного Романом кофе, отчеканила:

— Собственно, я нечто подобное и предполагала. У вашего врага, которого вы предпочитаете называть

Великим Белком, наверняка имелся засланный к вам *домашний шпион...*

— Великая кто? — изумился Роман. — *Белка?*

Юлия, увлекая сыщицу в зал, сказала:

— Вы думаете, ее надо поймать и отобрать досье?

Та хмыкнула:

— Досье наверняка в руках того, на кого она работает.

Юлия отчего-то представила огромную волосатую когтистую лапу монстра, которая тянулась к ней.

В руках у Великого Белка.

— А на кого она работает? — произнес Роман, подходя к ним с подносом, на котором стояли чашки с кофе.

Сыщица вопросительно уставилась на Юлию, а та, поблагодарив мужа, сказала:

— У тебя наверняка много работы, Рома...

Она не хотела, чтобы муж услышал эту невероятную историю о Великом Белке. Одно дело — сыщица Иванова: с ней Юлия могла говорить спокойно, тем более что за это Иванова получала деньги.

А другое дело — собственный супруг.

— У меня на самом деле много работы, однако я охотно обо всем забуду, чтобы помочь тебе, солнышко... — произнес Роман, а сыщица, схватив чашку кофе и отпив из нее, перебила его:

— Помогать вашей жене буду *я*. А вас мы подключим в тот же момент, когда станет ясно, что требуется ваша помощь! Кстати, кофе вы делаете обалденный!

Роман вздохнул, поставил поднос на столик и удалился.

Смотря ему вслед, сыщица спросила:

— Вы уверены, что не хотите рассказать ему *все*?

В том числе *и о Великом Белке?* Юлия ничего не ответила, задав вместо этого вопрос:

— Вы сказали, что у вас отличные новости. Давайте рассказывайте!

Сыщица, посмотрев на нее, отхлебнула из чашки и сказала:

— Я нашла Юлию Белкину...

Юлия подскочила на диване и в возбуждении застрекотала:

— И что она сказала? Где она живет? Можно я поговорю с ней?

Сыщица, попивая кофе, наконец соизволила ответить:

— Увы, это невозможно. Потому что Юлия Белкина, одиннадцати лет, проживающая в Жулебине, бесследно исчезла около месяца назад, а если точнее, сорок один день тому назад!

Юлия вздрогнула — девочка пропала в тот же день, когда умер папа.

Когда был убит *Великим Белком*...

— Что значит *бесследно исчезла?* — спросила Юлия. — Ее кто-то похитил?

Сыщица кивнула и поставила пустую кофейную чашку на столик.

— Можно сказать и так. Следствия как такового не было, потому что семья этой Юлии Белкиной, увы, из разряда тех, что принято называть *неблагополучной*. Точнее, лучше вести речь о ней как об очень неблагополучной.

У Юлии засосало под ложечкой, а тезка из детективного агентства продолжила:

— Известно, что ребенок, родители которого толком не следили за ней, просто ушел играть — и не вернулся. Родители, ушедшие в запой, заметили пропажу чада только на третий день...

— И ее ведь не нашли, ни живой, ни...

Юлия не могла произнести этого слова: «ни мертвой». Потому что не сомневалась — бедная девочка, Юлия Белкина, была мертва.

И именно ее она видела в своем кошмаре.

— Господи, но как такое возможно? — забормотала она. — Но вы так и не сказали — ее ведь не нашли ни живой, ни... *ни мертвой?*

Сыщица медленно ответила:

— Не нашли. И вряд ли найдут. Потому что он не оставляет следов. Точнее, *почти* не оставляет...

Неужели она имела в виду Великого Белка?

Чуть не перевернув чашку с кофе, Юлия сипло произнесла:

— Кто — он? Великий... *Белк?*

Сыщица, смерив ее странным взглядом, заявила:

— У него нет имени, но, не исключено, его можно называть и так. Однако оперативники, с которыми я беседовала, предпочитают называть его *Черный человек.*

Чувствуя, что у нее поползли по телу мурашки, Юлия выдавила из себя:

— *Черный человек?*

Такой же черный, которого она видела в снопах света, ослепивших ее. Черный человек, он же *Великий Белк.*

Белк — Блэк — black....

— То, что вы сейчас узнаете, пока что неизвестно общественности. И не потому что власти что-то утаивают, а потому что никто не уверен, что этот Черный человек вообще существует...

Он существует. И настоящее ему имя — *Великий Белк.*

— Уже в течение нескольких лет по Москве и области исчезают дети. Причем исключительно девочки в возрасте от девяти до двенадцати лет. Причем исчезают бесследно — как вы верно отметили, их не находят ни живыми, ни мертвыми. Однако по истечении года с момента исчезновения родители обнаруживают у себя в почтовом ящике вот такие художества...

Сыщица протянула ей несколько снимков выполненных черным карандашом рисунков — и Юлия в ужасе отбросила их. Потому что на всех рисунках был один и тот же мотив: небольшая комната со столом, на котором покоится тело, с пустыми глазницами и зашитым ртом.

— Это *он* им присылает? — спросила в ужасе Юлия, а сыщица, забирая фотографии, ответила:

— По всей видимости, *он*. Ну, или его помощники, хотя обычно такие личности работают в одиночку...

— Такие личности? — переспросила Юлия, а сыщица пояснила:

— *Серийные убийцы.*

Рука Юлии дернулась, и она все-таки пролила себе на халат кофе. Однако она даже не заметила это, уставившись на лежавшие на столике фотографии ужасных рисунков.

— Вам нужна салфетка или что-то в этом роде... — начала сыщица, а Юлия закричала:

— Господи, он убивает детей, а вы говорите о таких мелочах!

Из кухни появился встревоженный Роман, который, подойдя к жене, положил ей руку на плечо и строго уставился на сыщицу:

— О чем вы тут ведете речь? Отчего моя жена *так* возбуждена?

Юлия, потрепав мужа по руке, сказала (стараясь, чтобы ее голос звучал как можно убедительнее и спокойнее):

— Все в полном порядке. Мы просто болтаем...

Муж, присев на корточки, взял ее руки в свои и сказал:

— Солнышко, *так* не болтают. Думаю, вам нужно прекратить разговоры на мрачные темы...

— Ты что, нас подслушиваешь? — закричала Юлия, отталкивая мужа.

Тот, не ожидавший от нее такого, уставился на жену, а Юлия постаралась взять себя в руки:

— Извини, просто... Просто мы говорили о важных вещах, а ты...

Вставая, Роман сухо заметил:

— А я вам помешал, солнышко. Что же, впредь делать этого не буду. Я специально приехал пораньше домой, хотя в офисе дел невпроворот. Так что поеду сейчас туда... Вернусь очень поздно!

Когда муж ушел, громко хлопнув дверью, сыщица заметила:

— Конечно, не мое дело, но с мужем вам лучше *так* не обращаться...

— Вот именно, *не ваше!* — вспылила Юлия и, взяв себя в руки, добавила: — Извините, но эти семейные неурядицы не имеют отношения к... к...

Она снова посмотрела на фотографии страшных рисунков. Сыщица, заметив взгляд Юлии, сгребла их и засунула в папку.

— Но почему полиция ничего не предприняла? — спросила Юлия, а сыщица ответила:

— Потому что это не улики. А только кошмарные рисунки, которые мог изготовить кто угодно — хоть сами родители, хоть соседи, хоть сами сбежавшие дети. Да и ничего другого никогда не находили. Правда, ходят невнятные слухи, из разряда городских легенд, что по Москве ездит черный человек, на черном фургоне, забирающий детей и поедающий их, но это все, конечно, сказки...

Юлия в ужасе вцепилась в сиденье. *Почему же сказки?* Не исключено — страшный сон. *Или кошмарная реальность...*

— Наше детективное агентство представляло интересы дедушки одного из исчезнувших детей — мы пытались найти ребенка, но безуспешно. Так что я в отличие от многих кое-что знаю об этой цепочке исчезновений от моих коллег. Факт остается фактом: дети бесследно исчезли.

Еще бы, ведь Великий Белк их просто *съел.*

— Вы думаете, он их убил? — спросила Юлия, и сыщица, склонив голову, произнесла:

— Думаю, да. Вы ведь *тоже* так думаете?

Юлия закрыла глаза, стараясь унять внезапную дрожь. Да, она тоже так думала. Нет, более того, она это точно знала.

Черный человек забрал всех детей, заставил их страдать — а затем лишил жизни. И Черный человек был им...

Великим Белком.

— Но зачем он делает это? — выкрикнула Юлия. — Зашивает рты и... вырывает им глаза...

Сыщица бесстрастно пожала плечами и ответила:

— Мотивы серийных убийц столь же многочисленны, как непостижимы нами, нормальными людьми. Да и последнее, о чем мне хочется рассуждать, так это о причинах убийств, совершенных этим извергом!

Судя по всему, ей все же не были безразличны деяния Черного человека, просто в силу своей профессии сыщица Иванова не выказывала своих чувств.

Юлия же, понимая, что вот-вот заплачет, извинилась и убежала на кухню. Там, оттирая забрызганный кофе халат, она глотала слезы и попыталась собраться с мыслями. Услышав мягкие шаги, она в ужасе обернулась и заметила сыщицу Иванову, проследовавшую за ней.

— Но почему я вижу их в своих кошмарах, *почему?* — простонала Юлия.

Сыщица, встав около нее, сказала:

— Этого я сказать не могу, однако мы со временем выясним и это. Я провела свое блицрасследование и наткнулась на кое-что занимательное...

— На что? — быстро спросила Юлия, а сыщица уклончиво ответила:

— Пока это одна из множества версий, не более. Ну что же, думаю, мне пора. На сегодня я планировала посещение родителей Юлии Белкиной...

Юлия, вцепившись в руку сыщицы, взмолилась:

— Прошу, возьмите меня с собой! Я хочу... Нет, я *должна* побывать там...

Сыщица, уставившись на нее, заметила:

— Не думаю, что это хорошая идея. Да и ваш муж это *явно не одобрит...*

— Не забывайте, вы работаете не на моего мужа, а на меня! — отчеканила Юлия, и ее тезка произнесла:

— Я прекрасно в курсе, на кого работаю, однако у меня свои методы, и я не считаю, что ваше появление у родителей пропавшей девочки...

Юлия, прервав ее, гневно заявила:

— Я поеду с вами и обещаю, что буду молчать. Представьте меня как свою напарницу, ассистентку или еще кого-то в этом духе. Но я... *должна*...

Сыщица, вперив в нее немигающий взгляд, промолвила:

— Ну что же, тогда собирайтесь. Даю вам десять минут. Извините, но время — деньги...

Юлии, обычно уделявшей своему туалету повышенное внимание, понадобилось семь минут, чтобы собраться и спуститься в гостиную, где ее ждала сыщица.

— Кстати, я хотела вам показать... Такой странный нож, который я нашла в дупле... — начала Юлия, раскрыла шкафчик, в который положила нож, однако не обнаружила его там.

И поняла: Вероника прихватила с собой и его.

Но почему, *почему?*

Когда они оказались в автомобиле Ивановой, серебристом «Мерседесе» старой модели, та, выруливая из подземного гаража, заявила:

— Кстати, я ведь не сидела сложа руки, потому что ваше дело меня заинтересовало. Очень заинтересовало. С таким странным я еще не сталкивалась.

Юлия, смотря вперед, на пустую суету вечернего мегаполиса, внимательно ее слушала.

— По своим каналам я раздобыла копию акта о вскрытии вашего отца. Прошу прощения, что говорю об этом столь обыденно, но это необходимые вещи...

Юлия молча кивнула. На мобильный пришло сообщение от мужа — несколько веселых рожиц, но женщина отключила телефон.

— Я показала его специалистам в нашем агентстве. И они не исключают того, что ваш отец в самом деле *был убит...*

Юлия снова молча кивнула — эта новость не была для нее, в сущности, новостью, она и так знала: Великий Белк убил маму и отца. А теперь желал во что бы то ни стало добраться и до нее.

— Не буду загружать вас медицинскими деталями — тот, кто убил вашего отца, разбирается в медицине и сделал это без помощи каких бы то ни было токсинов, так, что ни у кого не возникло сомнений в естественных причинах летального исхода. Однако в нашем агентстве привыкли не доверять таким вот таинственным смертям...

— Ничего, я пойму, — сказала Юлия. — Я ведь поступала на медицинский и отучилась там три курса, исключительно под нажимом родителей. Потом, правда, перевелась на химический факультет...

Раздался сигнал автомобильного клаксона, обычно столь сдержанная сыщица Иванова выругалась.

— Извините. Ненавижу лихачей.

Юлия ждала, чтобы сыщица продолжила тему убийства отца, но та произнесла:

— Я лучше сброшу вам на электронку отчет нашего эксперта, он будет готов к завтрашнему утру. Конечно, понимаю вашу ярость, когда вы узнали, что экономка украла досье о причинах автокатастрофы, в которой погибла ваша матушка, однако от моих коллег по агентству, которые в самом деле занимались экспертизой, мне удалось заполучить его копию...

Юлия кивнула. *Все сходилось...*

В-Б, В-Б, В-Б...

(Веселые бельчата, веселые бельчата, веселые бельчата...)

Сыщица, сворачивая на светофоре, заявила:

— Что же, я могу подтвердить их выводы: да, вашу матушку убили, причем это, как и в случае со смертью вашего отца, сделал кто-то весьма хитрый и разбирающийся в своем ремесле.

Юлия вздохнула и уставилась в окно, за которым тянулись бесконечные унылые многоэтажки спальных районов.

— Мне очень жаль, но вы ведь платите мне за правду, *не так ли?*

Юлия опять кивнула, а сыщица сказала:

— И, опять же, у меня имеется кое-какая версия относительно того, кто может стоять за смертью ваших родителей и как их смерть связана с Черным человеком, однако мы, кажется, подъезжаем...

Они подкатили к одной из высоток, сыщица включила мотор, а Юлия нетерпеливо спросила:

— Я хочу знать, что это за версия!

В этот момент в лобовое стекло «Мерседеса» ударился футбольный мяч, и дети с гоготом пронеслись мимо них.

— Вы узнаете о моих выводах первой, обещаю вам это, — проговорила Иванова. — Однако нам пора. Вы ведь не будете ждать меня в машине?

Юлия отправилась вместе с тезкой, поймав на себе взгляд крупного подростка в уродливых очках, с ногой в ортопедическом ботинке, облаченного в застиранный спортивный костюм, сидевшего на лавке и возившегося с мобильным телефоном.

На скрипучем лифте женщины поднялись на один из последних этажей, сыщица подошла к металлической двери, и Юлия в ужасе отступила.

Дверь была черная, а над ней, как в ее кошмаре, находилась замазанная черной краской лампочка.

Хорошо, что сыщица не видела выражения ее лица, потому что Юлия была на грани обморока. Но ее тезка из детективного агентства была занята тем, что сначала трезвонила, а потом стучала в дверь.

Наконец та открылась, и на пороге возникла сутулая женская фигурка в засаленном халате.

— Ну, чего? — произнесла она неприятным голосом, распространяя запах перегара, а потом попыталась захлопнуть дверь, но сыщица ловко втиснулась в проем и деловито произнесла:

— Вы — Марина Белкина?

Нечесаная особа в засаленном халате икнула и подозрительно сказала:

— Ну, предположим...

Сыщица напирала на нее, и Юлия проследовала в заваленную хламом комнату, некогда служившую гостиной, в которой стояли стол, заваленный пустыми бутылками, диван, а в углу телевизор.

— Вы — мать пропавшей Юлии Белкиной? — продолжала сыщица, а нечесаная особа заголосила:

— Моя кровиночка, моя деточка! Как же я ее люблю...

А потом, перестав подвывать, быстро спросила:

— Что, нашли ее? И где эта маленькая тварь все это время торчала?

Чувствуя небывалое отвращение к матери несчастной девочки, Юлия оставила сыщицу беседовать с ней, а сама прошла на кухню и попыталась раскрыть окно, чтобы глотнуть свежего воздуха.

Ее взгляд упал на неработающие часы с кукушкой, висевшие на грязных, непонятного цвета обоях.

Они показывали *половину седьмого.*

А на противоположной стороне, прямо над мойкой, практически такой же, какую она видела в своем личном кошмаре, виднелся желтый пыльный календарь — за 2012 год, с изображением огромной задорной *белки*, державшей в руках шишечку, и *издевательской* надписью «С Новым годом, с новым счастьем!». Понимая, что у нее голова идет кругом, Юлия выбежала прочь и ринулась по лестнице на улицу.

Ее сон не был уж таким и сном... И многое из него существовало *и в реальности.*

(В-Б, В-Б, В-Б... Веселые бельчата, веселые бельчата, веселые бельчата...)

И их повелитель — *Великий Белк!*

Господи, и почему она постоянно об *этом* думает?

Оказавшись на улице, она полной грудью сделала глубокий вздох, и к ее ногам покатился футбольный мяч. Юлия поддела его носком туфельки и вопросительно посмотрела на сидевшего на лавочке подростка с ортопедическим ботинком.

Гогочущие мальчишки забрали мяч, Юлия подошла к скамейке и спросила:

— Ты не возражаешь, если я присяду?

Тот, даже не соизволив взглянуть на нее, заметил:

— Вы ведь все равно сядете, если я даже *возражаю*, не так ли?

Юлия слегка улыбнулась и присела на скамейку. Ее взгляд остановился на большом ортопедическом ботинке.

— Я таким родился. Инвалидом, — заметил тот равнодушно, не отрывая голову от мобильного. — Все отчего-то считают, что я страстно желаю играть в футбол, но мне нравится сидеть на скамейке и пугать этих несчастных!

Он кивнул в сторону резвившихся с мячом детей.

— Они ведь считают меня монстром. И *боятся*.

Он усмехнулся и поправил очки. Юлия отвела взгляд, не зная, что и сказать, а подросток продолжил:

— Вы ведь тут из-за Юльки Белкиной?

Юлия вздрогнула, а подросток удовлетворенно заметил:

— Да, из-за нее. Хотите знать, откуда я знаю? Я номерок-то вашего «Мерседеса» быстро по базе данных пробил, да не простой, а *особой*. Потому что я, может, и несовершеннолетний, но не идиот. И эта тачка зарегистрирована за детективным агентством «Золотая белка». А кем у нас может интересоваться детективное агентство? Правильно, только исчезновением Юльки Белкиной!

Парень был явно с мозгами, и Юлия осторожно спросила:

— А ты знал ее... эту Юлю Белкину?

— Не-а. — Подросток снова копошился в мобильном. — Она ж маленькая... А мне взрослые женщины нравятся. Такие, как вы! И давно вы замужем?

Поймав взгляд нахального подростка на своем обручальном кольце, Юлия инстинктивно накрыла палец ладонью другой руки.

— А вы своего мужа сильно любите? — продолжил подросток. — Он вас в постели удовлетворяет? Потому что если нет...

Он захихикал, а Юлия спешно поднялась с лавочки. Не хватало ей еще вести беседы с сексуально неудовлетворенным школяром.

— Не хотите сказать? А зря! Потому что если скажете, то я вам о Юльке кое-что скажу... Например, о том, *как она исчезла...*

Юлия, не веря своим ушам, посмотрела на мерзкого подростка и бухнулась обратно на скамейку.

— Это ты ее убил? — спросила без обиняков она. — *Изнасиловал и убил?*

Подросток, осклабившись, заявил:

— А если даже и так...

Юлия окаменела, а тот покатился со смеху:

— Ну вы даете! Думаете, что если бы на самом деле изнасиловал и убил, то признался бы вам?

Юлия вынула мобильный и сказала:

— А что, если я позвоню в полицию и скажу, что ты только что признался мне в убийстве пропавшей девочки? Думаешь, тебе в следственном изоляторе хорошо придется?

Подросток побледнел и заявил:

— Эй, вы что, шуток не понимаете! Я же сказал, что мне взрослые тетки нравятся, как вы. Зачем мне эта малолетняя дура? Да и как я мог ее трахнуть и убить с моей-то ногой?

Юлия посмотрела на его ортопедический ботинок и поняла: *подросток был прав.* Вряд ли он смог совладать с девочкой, которая была хоть и моложе и слабее его, но гораздо более юркая и прыткая.

— Ты очень мерзкий тип, тебе это говорили? — спросила Юлия, не скрывая своего отвращения к юному собеседнику, а тот ответил:

— Да мать по сто раз на дню говорит. И отчим, этот козел, тоже. Ну, может, и мерзкий, но зато *очень наблюдательный...*

Сказав это, он примолк и принялся с деланым безразличием возиться с мобильным.

Юлия, чувствуя, что пульс у нее зашкаливает, достала из сумочки портмоне.

— Сколько ты хочешь? Вот, возьми десять тысяч...

Подросток, не отрываясь от мобильного, только фыркнул. Юлия вынула еще несколько бумажек и положила их на лавочку.

— А если я скажу, что расскажу вам то, что знаю, если вы со мной переспите? — спросил он нагло, и в этот момент из подъезда вышла сыщица Иванова.

Юлия бросилась к ней и, указывая на подростка, сказала:

— Он определенно *что-то* знает!

Сыщица, моментально оценив ситуацию, сказала:

— Хорошо. Подождите меня в машине...

— Но... — заикнулась было Юлия, но тезка из детективного агентства буквально засунула ей в руки ключи, и Юлии не оставалось ничего делать, как отправиться к автомобилю. Делала она это намеренно медленно, и до нее донесся суровый голос сыщицы, обращавшейся к притихшему подростку:

— Итак, молодой человек, занимаемся вымогательством? А знаешь, что тебе за это грозит...

Юлия поняла, что у ее тезки получится намного лучше найти общий язык с наглым подростком. И в самом деле — минут через пять из салона «Мерседеса» она увидела, как Иванова призывно машет рукой. Юлия выскочила и пулей понеслась к лавочке, на которой сидел съежившийся молодчик.

— Наш молодой друг согласился показать нам кое-какие снимки, сделанные им в день похищения Юлии

Белкиной, — провозгласила сыщица и кивнула. Подросток вздохнул, стал листать в телефоне фотографии. Сыщица протянула к мобильному руки, но подросток заявил:

— Эй, мы так не договаривались! Увидите только то, за что деньги уплачены!

Юлия уже обратила внимание на то, что купюры с лавочки исчезли, видимо, перекочевав в карман штанов подростка.

Тот, не выпуская мобильный из рук с длинными черными ногтями, показал женщинам снимок, на котором была запечатлена со спины девочка, стоявшая около небольшого черного фургона. А затем второй, в котором было видно, как девочка залезает в фургон — ей помогал кто-то находившийся там и кого не было видно, только кончики пальцев.

— И вот еще что! — заявил подросток и с гордостью показал еще одно фото, на котором была запечатлена задняя часть фургона с забрызганным грязью *номерным знаком*. Правда, подросток быстро убрал телефон, так что Юлия не то что запомнить, но даже разобрать номер не смогла, хотя регион был, кажется, столичный.

— Она туда залезла, и ее увезли! — сказал не без гордости подросток. — Это не здесь было, а там, там...

Он махнул рукой в направлении расположенной неподалеку стройки.

— Я там в леске люблю прогуляться...

— И поди, мерзкими вещами позаниматься, — вставила сыщица, на что тип расплылся в гадкой улыбке:

— Ну, не без этого...

— Ты парень умный, — продолжила Иванова, — так отчего же в полицию сразу не пошел? Отчего никому ничего не сказал?

Подросток ухмыльнулся и сказал:

— Потому что менты из здешнего отделения меня за то, что я в леске делаю, не раз уже к ногтю прижимали. Зачем мне им помогать? Ну, исчезла девчонка, и черт с ней...

Юлия испытала непреодолимое желание ударить подростка по лицу и заметила, как нахмурилась сыщица.

— Но ведь ее *можно было* еще спасти! — вырвалось у Юлии, а подросток оскалабился:

— Не думаю. Наверняка тот, кто похитил, ее изнасиловал, а потом убил. Обычно это происходит в первые шесть часов после похищений.

Он забубнил что-то отвратительное, а сыщица, щелкнув его по носу, сказала:

— Ну, рано или поздно менты и до тебя доберутся. Или я им дам наводку...

И, не слушая воплей подростка, направилась к автомобилю и быстро завела его. Юлия последовала за ней и, заметив ковыляющего к ним паренька, сказала:

— Если нужны деньги, то у меня есть. Мы же должны купить у него фотографии, в особенности ту, с номером...

Сыщица, выруливая прочь и оставляя позади орущего подростка, заявила:

— У меня фотографическая память, так что ничего платить не надо. В особенности этому юному дегенерату.

И добавила, взглянув на Юлию:

— Вы молодец. Это ведь вы его раскрутили. У вас имеется определенный детективный талант...

Юлия почувствовала, что рдеет от похвал суровой сыщицы, а та заметила:

— Мы узнали много важного. Везу вас домой, а мне предстоит бессонная ночь.

— Но я могу помочь... — начала Юлия, но ее тезка отрезала:

— Вас наверняка муж обыскался. Включите мобильный и напишите ему. Вы же его любите...

Смутившись, Юлия включила мобильный и увидела, что Роман за последние два часа прислал *одиннадцать* сообщений и шесть раз пытался до нее *дозвониться*.

— Вы думаете... Вы думаете, что это *Черный человек ее забрал?* — спросила Юлия, набрасывая мужу сообщение с массой веселых забавных рожиц.

Сыщица ответила:

— Я верю фактам, а они таковы, что девочку похитил некто на черном фургоне. И, не исключено, это на самом деле так называемый Черный человек.

Юлия подумала: «Он же Великий Белк».

(В-Б, В-Б, В-Б. Веселые бельчата, веселые бельчата, веселые бельчата...)

Тот, кто похищает и ест детей. Тот, кто убил ее родителей. И кто желает добраться до нее самой.

Чтобы сожрать живьем.

По лицу Романа было видно, что он был очень взволнован. Он даже караулил Юлию около дома и, когда сыщица высадила ее около шлагбаума, бросился к супруге:

— Солнышко, с тобой все в порядке? В какую историю втянула тебя эта возмутительная особа...

«Возмутительная особа» уже отбыла на своем «Мерседесе», и Юлия, успокаивая супруга, ответила:

— Она в самом деле суперпрофессионал, ты оказался полностью прав. Извини, что не заметила, как выключила телефон...

Это была ложь, однако Юлия не хотела огорчать мужа. Когда они оказались в квартире, Юлия поведала ему об исчезнувшем досье. Супруг, услышав это, рвался в бой, но Юлия остудила его пыл:

— Моя тезка сказала, что до нее еще дойдет очередь...

— Твоя тезка сказала! — произнес, прижимая и целуя Юлию, Роман. — Как мне кажется, это дурацкое расследование превратилось в твою идею фикс, солнышко. Может быть, пора *остановиться*...

— Нет! — ответила решительно Юлия. — Назови мне хотя бы одну причину, чтобы остановиться?

Муж, посмотрев на нее, тихо ответил:

— Потому что те, кто задает вопросы, рано или поздно получают на них ответы. Ты уверена... Ты, уверена, солнышко, что *хочешь этого?*

Юлия топнула ногой и заявила:

— Ну конечно же хочу, Рома! Я хочу найти Великого Белка и...

Она замерла, потому что поняла, что опять произнесла то, что произносить не следовало.

Муж, привлекая ее к себе, спросил:

— Я так и не понял, солнышко, что это за белка? И почему великая? Толстая, что ли? Ты имеешь в виду того бельчонка, которого ты... *которого ты переехала?*

(В-Б, В-Б, В-Б. Веселые бельчата, веселые бельчата, веселые бельчата...)

Юлия, высвободившись из его объятий и отгоняя *ненужные* мысли, ответила:

— Ну, это не так важно...

— Солнышко, думаю, это все-таки *очень важно.* Ты ведь что-то *скрываешь от меня,* солнышко?

Юлия, делая вид, что не слышит супруга, проследовала в спальню. Она долго стояла под теплым душем, постепенно уменьшая температуру, пока по ее телу не начали хлестать ледяные струи.

Насухо вытеревшись, Юлия спустилась вниз — Роман как раз готовил легкий ужин. Муж поцеловал ее, Юлия ощутила его руку у себя на ягодицах.

— Извини, не сейчас... Я плохо себя чувствую... — сказала Юлия, что было ложью: чувствовала она себя великолепно.

Однако она была сама не своя из-за открытий последних часов. Неужели... Неужели они напали на след *Великого Белка?*

(Веселые бельчата, веселые бельчата, веселые бельчата...)

Вернувшись в спальню, она обнаружила на мобильном послание от сыщицы Ивановой, гласившее: «Есть подвижки, причем большие. Заеду за вами завтра в семь утра».

Окрыленная подобной информацией, Юлия улеглась на кровать. Открылась дверь, в спальню зашел муж. Он прилег рядом с Юлией, его руки опять заскользили по ее телу.

— Я же сказала, что плохо себя чувствую! — вспылила Юлия, а Роман виновато произнес:

— Но, солнышко, ты все последние недели плохо себя чувствуешь...

Запахивая халат, Юлия сердито заявила:

— Значит, так оно и есть! И вообще я занята гораздо более важными делами...

На это муж обиделся:

— Какими такими, с позволения узнать, *более важными* делами, солнышко? Я понимаю, что тебе тяжело, но ведь я хочу тебе помочь...

— Ты хочешь заняться со мной сексом! — парировала Юлия ледяным тоном, и Роман, рывком поднимаясь с кровати, заявил:

— Не сексом, солнышко, а *любовью*. Любовью! Но если ты занята поиском какой-то там великой белки, то не буду тебе мешать. Я лягу в комнате для гостей!

И, сказав это, вышел, со стуком прикрыв за собой дверь. Юлия вздохнула — она опять совершенно беспричинно досадила мужу. Разозлила его. Отправила его несолоно хлебавши.

И все *почему?*

Юлия снова вздохнула, поднялась и отправилась в комнату для гостей. Муж лежал на софе, накрыв голову подушкой. Юлия присела около него, пощекотала его спину. Роман заворочался. Склонившись над ним, Юлия поцеловала супруга в торчавшее розовое ухо и стащила с головы мужа подушку.

— Вот и я...

— А как же твоя *великая белка?* — спросил недовольным тоном муж, однако Юлия почувствовала, что он ее давно простил.

— Великая белка *подождет!* — ответила Юлия и, скидывая халат, добавила: — А местечко для меня у тебя найдется?

Бункер

...Юлия в панике отступила и вдруг уперлась спиной во что-то металлическое и холодное. Обернувшись, она поняла, что это край стола — того самого, на котором лежало накрытое клеенкой тело — с пустыми глазницами и зашитым ртом.

Ее собственное тело.

Только на столе никого не было. Юлия посмотрела направо, затем налево, наконец, прямо. Тело бесследно исчезло. И даже пластиковая клеенка пропала — как будто...

Как будто там никогда ничего и не было!

Однако Юлия прекрасно помнила, что конечно же было. И вспомнила, от чего в ужасе отступила, пятясь обратно к столу. От открытой двери с бьющим из нее снопом света, из которой на нее надвигалась темная фигура.

Та самая фигура, что протягивала к ней волосатую когтистую лапу.

Это был *Великий Белк*, явившийся за ней, чтобы забрать ее. Убить, как он уже убил ее родителей. *И съесть.*

(В-Б, В-Б, В-Б. Веселые бельчата, веселые бельчата, веселые бельчата...)

Юлия резко повернулась обратно лицом к двери, потому что если и хотела столкнуться с опасностью, то не со спины, а лицом к лицу.

Точнее, лицом к морде — *морде монстра*.

И уставилась на гладкую бетонную стену. Никакой двери там не было и в помине, хотя она ведь там была!

Была!

Юлия прикоснулась руками к стене, даже ударила по ней, однако от этого ничего не изменилось. Она обвела взглядом подземную камеру и двинулась в обратный путь. Поднявшись по лестнице, она попала в темный бокс, выйдя из которого через приоткрытую дверь, снова оказалась в коридоре.

Там, нервно теребя связку ключей, ее поджидал Квазимодо.

— Ты жива! — заголосил он, бросаясь к ней и пытаясь неловко, по-медвежьи обнять.

— Как видишь, — уклоняясь от его объятий, ответила Юлия. — А ты что, *не ожидал?*

Квазимодо, переминаясь с ноги на ногу, сказал:

— Не надо туда больше ходить! Не надо! Оставайся здесь, ведь здесь так хорошо!

Он явно пытался заговорить ей зубы — *и явно что-то знал.* Придвинувшись к нему, Юлия ткнула ему в массивный живот указательным пальцем и спросила:

— Где он?

— *Кто?* — спросил глуповатым тоном Квазимодо, и Юлия в который раз убедилась, что горбун явно не идиот.

А, возможно, *очень и очень* хитрый.

(Веселые бельчата, веселые бельчата, веселые бельчата...)

— Я думаю, ты прекрасно знаешь, кого я имею в виду... — проронила Юлия и замолчала, смотря Квазимодо прямо в глаза.

Тот, не выдержав ее взгляда, отвел взор и пробормотал:

— Великий Белк... Великий Белк...

Юлия отобрала у него ключи, взяла тюремщика за ручищу и произнесла:

— А теперь проводи меня к нему.

— Нет! — простонал Квазимодо. — Нет, тебе нельзя к нему...

— Проводи меня к нему! — закричала Юлия и ударила связкой ключей Квазимодо по коленке. Наверное, ей не стоило вести себя так, однако она хотела, чтобы тюремщик наконец сделал то, что она от него требует.

— Больно! — поморщился тюремщик, а Юлия жестко сказала:

— И будет *еще больнее*, если ты не проводишь меня к нему, причем немедленно. Я ведь знаю, что ты с ним заодно...

— Нет, неправда! — заверещал Квазимодо, но Юлия не верила ни одному его единому слову.

— *Заодно!* — сказала она веско. — И, кроме того, в курсе, где он находится. Он ведь наблюдает за нами?

Квазимодо засопел, и Юлия ударила его связкой ключей, на этот раз *намного сильнее.*

— Ой, ты что дерешься! Мне же больно...

— Говори правду! — приказала Юлия. — Он за нами наблюдает?

Квазимодо кивнул. Юлия ощутила — нет, не страх, а *удовлетворение.* Что же, теперь она была готова к встрече с Великим Белком. Сейчас или никогда.

— Он *здесь?* — продолжила она, и Квазимодо снова кивнул.

— Тогда проводи меня к нему!

И, осмотревшись по сторонам, Юлия громко произнесла:

— Выходи, Великий Белк! Выходи, *подлый трус!*

(Веселые бельчата, веселые бельчата, веселые бельчата...)

Отчего-то она ожидала, что сейчас же раздастся утробное урчание, из темной камеры ударит сноп света, она снова увидит темную фигуру — и волосатую когтистую лапу, тянущуюся к ней.

Однако ничего не произошло. Юлия усмехнулась и добавила еще громче:

— Что же, в самом деле — подлый трус. Ну, не хочешь выходить, я сама тебя найду! Девять-десять, я иду искать. *Кто не спрятался, я не виновата!*

И, сжав лапу Квазимодо, приказала:

— Веди меня к нему. *Немедленно!*

Тот двинулся вперед, к кухне. Подойдя к мойке, он дотронулся до стрелок висевших на стене часов и перевел их с половины седьмого на двенадцать.

Раздался скрежет, и, обернувшись, Юлия заметила в стене невесть откуда появившуюся дверь. И на ней же гвоздик с ключом *на зеленой тесемочке.*

Обычную, деревянную дверь — и она вдруг поняла, что это дверь ее квартиры.

Квазимодо кивнул на дверь, и Юлия отпустила его руку. А затем взяла ключ на зеленой тесемочке, вставила его в замочную скважину, повернула, прикоснулась к ручке, надавила ее вниз и почувствовала, что та поддалась.

Дверь, скрипнув, приоткрылась, и Юлия шагнула в лившийся оттуда яркий свет...

Вне бункера

...Юлия зажмурилась, потому что в лицо ей бил яркий свет, даже закрыла лицо рукой, чтобы тот не слепил ее — и поняла, что ее кто-то тормошит.

— Юлия Васильевна! — раздался знакомый голос, и Юлия наконец открыла глаза. Она находилась на софе в комнате для гостей — где и заснула после упоительного марафона секса, нет, *любви* с мужем.

Приглядевшись, Юлия поняла, что над ней, зависнув, возвышается сыщица Иванова.

— Что вы тут делаете? — спросила ошарашенно Юлия. — И как вы сюда попали?

— Доброе утро! — ответила та недовольным тоном. — Не кажется ли вам, что слишком много вопросов? Попала я через центральный вход, как же иначе — в отличие от Человека-Паука я карабкаться по стенам не умею. А здесь я потому, что мы с вами договорились на семь утра. А уже почти *двадцать минут восьмого!*

Юлия резко поднялась, осматриваясь, и поняла, что безмятежно продрыхла, ни разу не проснувшись, всю ночь. Часы и в самом деле показывали 7:22.

— Извините... — сказала Юлия и заметила стоявшего в дверном проеме Романа — облаченного в деловой костюм и тщательно причесанного.

— Солнышко, я ничего не мог поделать, дама рвалась так, что ее даже команда спецназа остановить не могла бы... — произнес он виноватым тоном, а Юлия, вставая, ответила:

— Нет, все в порядке. Ты уже уходишь?

Роман кивнул:

— Контракты с Белоруссией летят к черту. Надо спасать ситуацию. Но, конечно, я останусь дома, если ты хочешь...

Юлия *не хотела,* поэтому, подойдя к мужу, поцеловала его в губы и прошептала:

— Было великолепно...

Тот, просияв, ответил:

— Я тоже так думаю! Завтрак я приготовил. Прошу тебя, перекуси перед тем, как вы поедете. А *куда* вы, собственно, поедете?

Юлия уставилась на свою тезку из детективного агентства, а та заявила:

— По одному адресу в Москве...

— А я думал — по одному адресу в *Рио-де-Жанейро!* — беззлобно съязвил муж и, чмокнув Юлию в щеку, сказал: — Только держи меня в курсе того, где вы находитесь, солнышко. И, если что, дай знать — я тотчас примчусь!

Он ушел, а Юлия сказала:

— Дайте мне десять минут, чтобы переодеться...

Сыщица хмыкнула:

— Теперь уже у вас и целый час есть, потому что везде все равно пробки. Подождем, пока поток не схлынет.

Юлия приняла душ и спустилась на кухню, где обнаружила сыщицу бесцеремонно жующей румяные сырники, которые Роман вообще-то сделал не для гостьи, а для жены.

Взяв бокал свежевыжатого сока, который муж приготовил ей, и, схватив с тарелки последний сырник, Юлия спросила:

— Так куда мы едем?

Сыщица, дожевав сырник, ответила:

— По адресу того, кому принадлежит *черный фургон*.

(Веселые бельчата, веселые бельчата, веселые бельчата...)

Юлия поставила бокал, положила сырник на тарелку и решительно заявила:

— *Едем.* Немедленно!

Сыщица пожала плечами:

— Нет, ждем. От нас он все равно никуда не уйдет. Тем более что я уже установила — по этому адресу в Печатниках располагаются складские помещения...

Юлия быстро опрокинула в себя сок, вновь взяла сырник, сжевала его и заявила:

— Я не могу больше ждать. Вдруг он... Вдруг он *как раз* терзает очередного ребенка?

Сыщица заявила:

— Не думаю. На этот счет у меня, как я вам уже говорила, имеется своя *многообещающая* теория. Так что заодно ее сейчас и проверим...

Под нажимом Юлии они все же выехали — и угодили в знатную пробку, которая рассосалась только ближе к десяти. Наконец по относительно свободным улицам «Мерседес» сыщицы довез их в Печатники.

Они остановились около высокого зеленого забора, за которым виднелись приземистые кирпичные здания. Подойдя к воротам, Юлии увидели вывеску: «ЗАКРЫТО». Причем, судя по всему, вывеска была старая и висела на заборе уже не первый год.

— И что нам теперь делать? — спросила Юлия, задрав голову и пытаясь сообразить, какая высота у забора — метра три *или все четыре?*

Сыщица произвела манипуляции с замком, а потом с силой начала отодвигать раздвижную дверь, издававшую невероятный скрежет.

— Помогите мне!

Юлия поспешила на помощь, и через образовавшуюся расщелину они протиснулись на территорию складского комплекса. Сыщица быстро сориентировалась и сказала:

— Ага, корпус В-Б находится, как я понимаю, в той стороне...

Юлия вздрогнула — корпус В-Б. *Великий Белк.* Как могло быть-то иначе...

(В-Б, В-Б, В-Б. Веселые бельчата, веселые бельчата, веселые бельчата...)

Женщины двинулись в указанном направлении и скоро подошли к невысокому зданию, на котором красовались искомые, некогда белые, а теперь серовато-желтые буквы «В-Б». Дорогу им преграждала массивная металлическая дверь с кодовым замком, над которым светилась крошечная красная лампочка. Юлия дотронулась до двери и приуныла — она, естественно, была заперта. На окнах здания, причем на всех, даже верхних этажей, виднелись хоть и ржавые, но явно крепкие решетки.

Сыщица, изучив замок, хмыкнула:

— Ничего особенного. Подождите меня, я сейчас вернусь...

Она прошествовала обратно к забору, а Юлия вдруг подумала: а что, если кто-то сейчас из здания выйдет?

Например, *Великий Белк?*

(В-Б, В-Б, В-Б. Веселые бельчата, веселые бельчата, веселые бельчата...)

Потому что придумано было неглупо: обустроить штаб-квартиру в якобы закрытом складском комплексе.

Сыщицы все не было и не было, и Юлия вдруг поняла — Великий Белк добрался и до нее. Заслышав шаги по гравию, она подпрыгнула от ужаса и перевела дух, заметив приближавшуюся к ней сыщицу Иванову с алюминиевым чемоданчиком в руках.

Положив чемоданчик на крыльцо, сыщица открыла его, и Юлия увидела разнообразные приборы, явно предназначенные для того, чтобы вскрывать чужие замки и проникать в чужие помещения.

Сыщица ловко, словно делала это не в первый раз (а наверняка ведь *не в первый!*), приладила к кодовому замку какой-то странный аппаратик, потом произвела манипуляции, и красная лампочка судорожно замигала.

— Молоток! Живее! — крикнула сыщица, и Юлия, выхватив из чемоданчика молоток, подала его взломщице. Тезка несколько раз ударила по замку, тот издал жалобный звук, дверь вдруг поддалась — а лампочка погасла.

— Останьтесь здесь! — приказала сыщица, проходя в темный коридор, но Юлия, выждав несколько секунд, двинулась вслед за ней.

Она заметила сыщицу, вскрывавшую металлическую дверь, и прошла вслед за ней в небольшой кабинет, в котором явно кто-то недавно находился: там не было ни пыли, ни грязи, в углу стоял старый ноутбук, на полу лежали большая металлическая коробка и сумка.

А рядом — керамический бокал с холодным кофе. На бокале была изображена...

Белка.

(Веселые бельчата, веселые бельчата, веселые бельчата...)

Юлия покачнулась, хватаясь за косяк, чем привлекла к себе внимание тезки.

— Я же просила вас остаться снаружи! — заявила сыщица, а Юлия парировала:

— А если *он* явится? Нет, лучше я с вами пойду...

Сыщица включила компьютер, и пока тот загружался, раскрыла сумку. Юлия заметила тускло поблескивавший набор инструментов — а ее тезка, запустив руку, извлекла из сумки длинный нож с изогнутым лезвием.

Точно такой же, какой она нашла в дупле.

— Это его логово! — закричала Юлия. — И это его... его рабочие инструменты...

Она осеклась, потому что ей и не хотелось думать о том, что при помощи этих *пыточных инструментов* делает с похищенными жертвами Черный человек.

Он же *Великий Белк*.

— Похоже на то, — заявила сыщица, кидая нож обратно в сумку и принимаясь за металлическую коробку.

Она сняла крышку, и Юлия попятилась. Потому что в коробке лежали *детские заколки* — старые, явно использованные.

Среди них Юлия заметила и знакомую заколку с веселой белочкой — ту самую, которую они с Романом нашли в лесополосе. И которую Роман там потерял.

Юлия выхватила заколку и покрутила в руках. Да, это была не просто похожая или идентичная, это была та же самая заколка.

Чувствуя, что у нее шумит в ушах, Юлия положила заколку обратно в коробку.

Это означало...

Это означало, что *Великий Белк*, не исключено, наблюдавший за их злоключениями в лесополосе, позднее вернулся туда, забрал заколку и перенес ее в свое логово!

(*Веселые бельчата, веселые бельчата, веселые бельчата...*)

— Сколько же их тут? — спросила Юлия в ужасе, высыпая заколки на землю. — Их тут десятки! А если он у каждой девочки-жертвы забирает по заколке, то это значит, что на его совести...

Она принялась считать, но перестала, потому что заметила сыщицу Иванову, заинтересованно рассматривавшую коробку, в которой находились заколки.

— Вы что-то обнаружили? — спросила ее Юлия, а сыщица, кивнув, показала ей на дно коробки, и Юлия прочитала, холодея от ужаса:

— Лагерь детского отдыха *«Веселые бельчата»*. Который в советские времена был пионерским лагерем...

Ну конечно, *как* она могла забыть. Хотя в последнее время она многое забыла или просто *хотела* забыть?

Заставила себя забыть?

Эти провалы в памяти... Она *хотела*, чтобы они у нее были?

Веселые бельчата, веселые бельчата, веселые бельчата. В-Б, В-Б, В-Б...

Юлия отчетливо застонала, закрыв лицо руками. Господи, ведь даже и здесь эта адская аббревиатура: *В-Б, В-Б, В-Б...*

Нет, не *веселые бельчата*. А...

А Великий Белк.

Юлия чувствовала, что в голове у нее шумит, и сквозь туман различила голос сыщицы:

— Этот пионерский, позднее летний, лагерь располагается в области, правда, его закрыли уже больше десяти лет назад. Но, судя по всему, он как объект еще существует...

— Я знаю, — прошептала Юлия. — Я много лет тому назад... Я была в этом лагере... Была... Была...

— Вы в нем были? — спросила явно изумленная сыщица. — Интересное, надо сказать, *совпадение*...

— Вы думаете... — начала Юлия, а сыщица сказала:

— Думаю, что у него имеется не одно логово, а как минимум *два*. Это, так сказать, перевалочная база и своего рода офис...

Юлия снова закрыла лицо руками — *офис Великого Белка...*

— Ноутбук мы прихватим с собой. Ребята-компьютерщики из моего агентства и не с таким справлялись.

— Это мы тоже возьмем с собой! — заявила Юлия, судорожно собирая рассыпанные по полу заколки, а сыщица промолвила:

— Да, захватим. Потому что их можно предъявить родителям исчезнувших девочек... Вы пока собирайтесь, я сейчас вернусь. Без меня никуда не выходить!

Ссыпая заколки в коробку, Юлия чувствовала, что ее трясет. Если Великий Белк коллекционировал заколки своих жертв, то он замучил никак не меньше двух десятков девочек. *Никак не меньше...*

Раздались шаги, в комнату вернулась сыщица Иванова.

— Подвального помещения здесь, как это ни странно, нет. Остальные помещения не закрыты. Значит, так оно и есть — здесь офис, а подлинное логово, то, в котором он держит жертв и измывается над ними...

Накрыв коробку крышкой, Юлия поднялась с колен и сказала:

— В пионерском лагере *«Веселые бельчата».*

Они мчались по МКАДу, а на небе была видна огромная, похожая на ползущее по небу брюхатое чудовище дождевая туча. Было невыносимо жарко, не помогали даже открытые окна, однако чувствовалось, что надвигалась сильная гроза.

(Веселые бельчата, веселые бельчата, веселые бельчата...)

Когда они съехали со МКАДа, Юлия проявила беспокойство и сказала:

— Это же... Это же ведь *там,* не так ли?

Она указала на лесополосу — ту самую лесополосу, где она похоронила бельчонка. Где они с Романом наткнулись на странную яму, словно приготовленную для кого-то могилу, и где она в дупле дуба обнаружила нож.

И всего в паре километров от того места, где погибла в автокатастрофе мама. Не погибла, а *была убита*.

Великим Белком.

— Да, там ведь в самом деле какие-то заброшенные здания! А дальше железная дорога... — вырвалось у Юлии, которая указывала на лесополосу, а сыщица, метнув на нее недоверчивый взгляд, сверилась со своим мобильным, по которому осуществляла навигацию.

— Вы что, здесь *уже были?*

Стушевавшись, Юлия кивнула, а потом быстро добавила:

— Ну да... Мы же здесь и нашли нож...

Кивнув, сыщица остановила автомобиль и сказала:

— Дальше пойдем пешком.

Они вышли из салона, и Юлия тревожно вздохнула. Ветер усилился, туча практически накрыла лесополосу, превращая день в ночь.

— Предлагаю переждать, — заявила сыщица, а Юлия крикнула:

— Нет, мы и так *слишком долго* ждали! Настало время встретиться с Великим Белком!

И, игнорируя обращенные к ней слова сыщицы Ивановой, бросилась в лесополосу. Ноги сами вывели ее на ту поляну, где они обнаружили похожую на могилу яму — только никакой ямы уже не было. Кто-то, аккуратно утрамбовав, *сровнял ее с землей* и даже набросал поверх веток.

— Подождите! — донесся до Юлии крик, и с неба упали первые тяжелые капли. Обернувшись, она заметила спешившую за ней сыщицу.

— Он заметает следы! — закричала, перекрикивая завывания ветра, Юлия. — Понимаете, он заметает следы. А это значит: *он боится!*

И устремилась дальше, к дубу, в дупле которого они нашли нож.

Она нашла нож. *Как будто знала, где искать.*

Знала?

А там, в глубине, виднелись здания — и старые воспоминания заставили Юлию содрогнуться. Воспоминания, от которых она хотела избавиться. И считала, что этот кошмар *прошел*.

Но, судя по всему, кошмар только начинался...

(В-Б, В-Б, В-Б. Веселые бельчата, веселые бельчата, веселые бельчата...)

Дождь хлынул ровной *бетонной* стеной, а Юлия неслась меж деревьев, желая одного: оказаться там, где она была уже давным-давно. Ей на мгновение показалось, что она заметила между деревьев черную фигуру, однако приказала себе не смотреть туда.

Хотя кошмар, если его не замечаешь, от этого вовсе не исчезает.

Часть забора обвисла, открывая проход на территорию лагеря. Юлия подбежала под навес первого попавшегося домика, на стене которого был нарисован огромный *веселый бельчонок*.

Наверное, такой же, как и тот, которого она переехала.

Того, которого она *убила*...

Младший братец *Великого Белка*.

Дверь домика была открыта. Юлия толкнула ее — и оказалась в помещении, в котором стояли две старые, со снятыми матрасными сетками, кровати.

Прикоснувшись к кровати, Юлия вдруг закрыла глаза. Да, это было здесь, именно здесь. В *этом* домике, на *этом* самом месте...

Тогда, много лет назад, в детском лагере «Веселые бельчата».

Она растерянно смотрит на то, как маленький мальчик, подавившись куском зеленого яблока, синеет у нее на глазах. Ребенок теряет сознание. Однако Юлия не сомневается в том, что он умрет. И что ей уже никто не сможет помочь...

Почему? Потому что никто *и не должен* ему помочь. Она так хотела, чтобы он выжил. Он, ее младший брат, Васечка. Тот, которого родители так любили. А ее нет.

Она хотела, чтобы он умер — и брат умер, подавившись куском яблока. И она знала, что могла ему помочь, — и даже была в курсе, что надо сделать. Потому что им только днем раньше вожатые показывали во время занятия, как спасти человека, поперхнувшегося едой.

А она не спасла. Потому что знала: Васечка, такой симпатичный, умненький и потешный, умрет, и родители снова полюбят ее, *и только ее.*

У них ведь не будет иного выбора, *не так ли?*

Так и произошло.

Все считали, что у нее шок, потому что она была вынуждена наблюдать за смертью младшего брата. А Юлия знала, что убила его. Потому что могла спасти. Потому что могла позвать помощь. Потому что...

Да, она убила. И Васечка умер.

Умер...

(В-Б, В-Б, В-Б. Веселые бельчата, веселые бельчата, веселые бельчата...)

— Так вот вы где! — закричала, врываясь в обветшалый домик, насквозь промокшая сыщица Иванова. Дождь походил на что-то сказочное, небывалое, как будто разверзлись хляби небесные, и на землю хлынули воды нового вселенского потопа.

— С вами все в порядке? — спросила сыщица, а Юлия, повернувшись к ней, сказала:

— Здесь я его убила.

Сыщица, выпучив глаза, переспросила:

— Вы *кого* убили?

Юлия спокойным тоном, *даже слишком спокойным*, пояснила:

— Своего младшего брата. Васечку. Знаете, родители по нему с ума сходили, в особенности мама, которая все время хотела мальчика. Вот я его и убила...

Сыщица, усевшись прямо на грязный пол домика, заявила:

— Час от часу не легче! И *зачем* вы мне это вдруг рассказываете?

— Повторяю — я его здесь убила! — проронила Юлия и указала на то самое место, где на полу восседала сыщица. Та, вскочив на ноги, заявила:

— Вы втравили меня в какую-то темную историю...

— Я знаю, — ответила Юлия. — Извините...

Они какое-то время молчали, а потом сыщица, выглянув из двери домика, сказала:

— Кажется, постепенно стихает. Ну что же, рада, что вы решили облегчить душу и признались в убийстве своего младшего брата, однако какое это имеет отношение ко всей этой истории. *Ведь имеет?*

Юлия медленно кивнула.

— Знаете, я ведь забыла... Точнее, думала, что забыла. Ну, то что я его убила. Эти вечные провалы в памяти, словно... Словно я не хотела помнить то, что мне неприятно. Да, я не позвала помощь. Стояла и наблюдала за его мучительной, хотя и быстрой смертью. Нет, я даже не испытывала радости или триумфа. Просто стояла и смотрела, ничего не ощущая...

Ничего...

И случилось это...

(В-Б, В-Б, В-Б. Веселые бельчата, веселые бельчата, веселые бельчата...)

В половине седьмого вечера!

Подойдя к Юлии, сыщица резко дернула ее за рукав и сказала:

— Итак, как понимаю, это место вам хорошо знакомо. Это большой комплекс. Где бы вы на месте... *На месте* Великого Белка устроили бы свое... свое логово...

Юлия закрыла глаза, и вдруг все стало на свои места. Распахнув веки, она заметила:

— Под кухней имеется подвал, похожий на лабиринт...

Ну конечно, *подвал!* Она же все старалась вспомнить, *на что* похож бункер из ее кошмара. Странно, что она недодумалась до этого раньше.

Не захотела додуматься.

— Где он? — спросила сыщица, и Юлия, выйдя на крыльцо (лило еще сильно, но уже не сплошной стеной, как десять минут назад), показала рукой в направлении комплекса зданий:

— Кажется, там...

Юлия, под ногами которой хрустело битое стекло, медленно спускалась вслед за сыщицей Ивановой по ступенькам. Они оказались около двери — *черной двери с черным фонарем.* Юлия вздрогнула, когда сыщица отворила ее.

Они оказались в небольшом коридоре, который привел их в...

(В-Б, В-Б, В-Б. Веселые бельчата, веселые бельчата, веселые бельчата...)

В бункер из ее кошмара. Юлия прислонилась к гладкой бетонной стене. Да, это тот самый бункер из ее кошмара...

— Это место? — спросила деловито тезка-сыщица, и Юлия медленно кивнула. Та прошлась по коридору, заглядывая в камеры и светя в них прихваченным фонариком.

— Странные пятна на стенах... Кажется, кровь... И здесь тоже! Господи, да тут в каждой камере кого-то разделывали!

Юлия замерла, не в силах ступить ни шагу, а потом заметила, как сыщица буквально выпрыгнула из одной из камер.

— Что там? — спросила она, а та — *с белым лицом* — выдавила из себя:

— Думаю, мы нашли Юлию Белкину... Что верно, то верно: это и есть логово Черного человека. Ну, или, как вы его называете, Великого Белка...

Юлия бросилась к камере, но сыщица преградила ей путь.

— Это далеко не самое приятное зрелище! — заявила она, а Юлия, стараясь прорваться в камеру, кричала:

— Нет же, отпустите меня, отпустите...

На мгновение обе женщины, тяжело дыша, смолкли, и до них донесся странный шум сверху. Юлия в ужасе вздрогнула, а сыщица, приложив к губам палец, быстро направилась по коридору обратно.

Юлию так и манила приоткрытая дверь камеры, в которой только что побывала сыщица, однако запал прошел — и она вдруг поняла, что ей там делать нечего.

Просто нечего.

Со стороны коридора донеслись громкие возбужденные голоса, и Юлия поспешила наверх. Она увидела Иванову, цепко державшую в руках высокую нескладную девицу, со странными прыщами вокруг рта, облаченную в *черный* дождевик с капюшоном. Юлия подумала, что это она ее видела до этого между деревьев.

Или *Великого Белка?*

— Отпустите меня! — закричала девица тонким голоском, с ее головы упал капюшон, и Юлия заметила, что девица была в нелепых при сильнейшем ливне солнцезащитных очках.

— Вы что тут делаете? — крикнула сыщица, а девица заявила:

— *Караулю Великого Белка!*

А затем быстрым жестом сняла очки, и Юлия отвела взгляд — вместо глаз у той были *черные глазницы*. Присмотревшись, она поняла, что вокруг рта у той были вовсе не прыщи, а застарелые шрамы, видимо, оттого, что когда-то рот у девицы *был зашит*.

— Он ведь вас похитил тоже? — спросила ошеломленная сыщица Иванова, беря девицу за руку. Та, цепко схватив ее за ладонь, надела очки и, криво усмехнувшись, сказала:

— Я была его первой жертвой... И единственной, кому повезло остаться в живых.

Юлия же в ужасе молчала, не в состоянии выдавить из себя ни слова.

(Веселые бельчата, веселые бельчата, веселые бельчата...)

— И зачем *он* вам нужен? — прервала ее сыщица, а девица, запустив руку в карман дождевика, вынула оттуда длинный нож — *с особым лезвием.*

— Чтобы убить ее!

— Убить его? — переспросила сыщица, а девица искривила покалеченный рот:

— Не его, а ее! Потому что Великий Белк — *женщина!*

Чувствуя, что ей внезапно делается плохо, Юлия осела на грязный пол. А сыщица Иванова, забрав у девицы нож, заявила:

— Как это — *женщина?* И откуда вы знаете, где его логово...

(Веселые бельчата, веселые бельчата, веселые бельчата...)

— Потому что она меня здесь держала и пытала! — заявила девица. — Но Великий Белк была тогда еще неопытной, поэтому хоть и замучила, но не до смерти... Я лишилась глаз, но я все равно помню, где она меня держала. И знаю, что она убивает и дальше. И прихожу сюда, чтобы отплатить ей за все те страдания, которые она причинила мне и всем другим!

— Получается, вы видели Великого Белка? — произнесла деловито сыщица. — Ну, до того, как он, то есть *она* лишила вас зрения...

— Конечно! — провозгласила девица. — Я ее видела. И слышала. Его голос я *никогда* не забуду! Никогда! И, кроме того, я знаю, как она выглядит. И ношу с собой портрет, который я сама нарисовала — по памяти, будучи уже слепой! Вот, смотрите! Это — Великий Белк.

— Скажите, а что за женщина... — начала Юлия, а девица вдруг затряслась и уронила вынутый ей из кармана дождевика запаянный в пластик листок, на котором черным карандашом было нарисовано лицо.

— Это его голос! *Его!* Великого Белка! — завизжала она, бросаясь обратно под все еще хлещущий дождь.

И указывая при этом на Юлию.

Сыщица Иванова ахнула и, дернувшись, уставилась на Юлию. Та же, не отрывая взгляда, смотрела на лежавший у нее перед ногами рисунок. Потому что она узнала ту, которая была изображена на листке.

Оттуда на нее взирало *ее собственное лицо.*

Бункер

...Юлия шагнула в свет — и вдруг поняла, что попала в ванную комнату собственной квартиры. Изумившись этому факту, она подошла к двери, которая должна была вести в ее с мужем спальню, открыла ее — и обнаружила гладкую бетонную стену, покрытую черными буквами.

В-Б, В-Б, В-Б...

Веселые бельчата. Ну, или в данном случае *веселая белочка...*

И этой *веселой белочкой* была она сама.

Да, была. Но *не знала* этого. *Не хотела* знать. *Решила* не знать.

В ванной ничего не было — только умывальник, над которым висело огромное зеркало. Юлия подошла к умывальнику, оперлась об него руками и посмотрела в зеркало.

Из крана вдруг хлынула... Нет, не вода, а *кровь...*

Но Юлия не обращала на это ни малейшего внимания.

Она ведь всегда боялась этого момента, потому что считала, что за спиной у нее вдруг вынырнет монстр.

Великий Белк.

Или она увидит, как зловеще шевелится занавеска для душа, потому что там прячется монстр.

Великий Белк.

Но все было гораздо проще, просто она не знала этого. Не хотела знать. Решила не знать.

Никакого монстра не было — этим монстром была она сама.

Юлия взглянула на себя в зеркало и увидела вместо своего лица листок с лицом, нарисованным первой жертвой Великого Белка.

Веселой белочки.

Юлия принялась колотить по зеркалу руками, однако не могла разбить его. А затем снова взглянула в него — и увидела то, что все эти годы *боялась* увидеть.

Не хотела увидеть.

Решила, что *не стоит* ей видеть.

Она увидела свое отражение.

В-Б... В-Б... В-Б...

Вне бункера

...Юлия открыла глаза, чувствуя, что вынырнула откуда-то из глубин кошмара на поверхность. В голове билась одна-единственная мысль: «Великий Белк — это я! Великий Белк — это я! Великий Белк — это я!»

А потом вдруг поняла: да нет же, все это был дурной сон, дикий кошмар, ночная фантасмагория, которая не имеет к реальности ни малейшего отношения.

Ни малейшего!

И внезапно поняла: нет, то, что имело место в бункере, — сон. А то, что случилось с ней в лагере «Веселые бельчата», следовательно...

Тоже сон?

Нет, это была *реальность*.

От осознания этой кошмарной мысли Юлия попыталась привстать с кровати и вдруг поняла, что не может встать.

Потому что ее тело было прикреплено к кровати эластичными, но крайне крепкими *ремнями*.

И находилась она вовсе не в собственной спальне, а в незнакомом месте: большой просторной комнате, с белыми стенами, розовыми занавесками, скрывавшими окно, и мягким приятным светом, падавшим откуда-то с утопленных в потолке невидимых светильников.

Юлия снова попыталась подняться с кровати, и когда это *тоже* не получилось, попыталась вытащить руки из-под опутывавших тело ремней — этого не получилось. Она беспомощно повернула голову и заметила в двух углах комнаты, по перпендикуляру, миниатюрные видеокамеры.

Итак, за ней *наблюдают*... Но *как* она сюда попала — и *где* она находится?

Юлия напряглась, стараясь вспомнить, что произошло с ней, после того...

После того как она увидела, что на листке с изображением Великого Белка нарисовано ее собственное лицо.

Кажется, она бросилась бежать — через территорию заброшенного детского лагеря «Веселые бельчата».

В-Б, В-Б, В-Б...

Дождь все еще лил достаточно сильный, она в мгновение ока промокла до нитки. Потом она оказалась в лесополосе, на поляне, где была яма...

Нет, не яма — могила. В таких вот ямах Великий Белк хоронил останки своих жертв.

В-Б, В-Б, В-Б...

Не Великий Белк — *она сама* хоронила...

Кажется, она стала под проливным дождем руками разрывать свежую яму, желая... желая добраться до того, что находилось там, в сырой земле.

Кажется, ее нагнала сыщица Иванова, и она бросилась на нее, оскалив зубы, потому что та задавала ей вопросы, а потом попыталась оттащить от края ямы, которую Юлия успела вырыть руками.

Кажется, потом появилась «Скорая», ей сделали инъекцию, затем еще одну, потом присоединили к капельнице.

Кажется, они куда-то поехали, но она все равно сопротивлялась и даже укусила санитара, так что ее пристегнули ремнями к каталке.

Кажется...

Юлия пошевелила конечностями и тяжело вздохнула — нет, не кажется, а именно так и было. И пора смотреть правде в глаза. *Она — убийца.*

Почти двадцать лет назад она убила своего младшего брата, Васеньку. Убила, хотя любила его. Убила, потому что родители любили его больше, чем ее. Или, во всяком случае, она так считала...

И пусть она убила его не своими собственными руками — она не задушила его, не проломила голову камнем, не отравила и не застрелила. Он элементарно подавился яблоком, а она, воспользовавшись внезапной возможностью отделаться от младшего брата, ставшим ей серьезным конкурентом, стояла рядом и наблюдала за тем, как он умер от удушья.

И только потом, удостоверившись, что он уже не дышит, позвала помощь, отлично зная, что ему уже никто не поможет.

Конечно, она знала, что *является убийцей*, однако старалась не думать об этом. А потом настало время, когда она даже забыла о нем.

Или думала, что *забыла.*

Поэтому-то и провалы в памяти — то, что неприятно, она предпочла изгнать из памяти.

В бункер...

В-Б, В-Б, В-Б...

Но, выходит, одним убийством не ограничилось. Выходит, что она...

Что она была убийцей множества детей... несчастных девочек... Так похожих на нее саму — в том возрасте, когда она совершила свое первое убийство.

Первое, но наверняка *не последнее...*

Юлия вздрогнула, услышав стук и тихие шаги. С трудом повернув голову, которая тоже была зафиксирована при помощи ремня, она заметила приблизившегося к ней со стороны двери, ей не видимой, человека.

Он был ей знаком — лысый тип в экстравагантных очках. Ну конечно же доктор... доктор, у которого она проходила сеанс сонотерапии...

Как же его звали?

Юлия поняла, что забыла. Как и забыла то, что является *убийцей*. Убийцей *детей*. *Серийной убийцей детей*.

— Доброе утро, Юлюсик! — услышала она голос эскулапа и вдруг вспомнила — звали его доктор Черных, Эдуард Андреевич...

— Только не Юлюсик! — простонала Юлия, потому что это ужасное обращение напоминало ей не только о дяде Игоре, конкуренте и кровном враге отца, но и о Великом Белке, который предпочитал называть ее именно так.

Хотя как мог Великий Белк называть ее именно *так* — она сама была Великим Белком?

— Великий Белк... — подумала Юлия и вдруг поняла, что произнесла это вслух.

Доктор Черных, внимательно взглянув на нее из-под очков, положил ей на лоб прохладную руку и сказал:

— Ага, значит, вы наконец-то пришли в себя и находитесь в кондиции, дабы мы могли с вами поговорить. У вас ведь имеются вопросы, Юлюсик?

— Только не Юлюсик! — крикнула она и вдруг внезапно вспомнила, кто всегда называл ее так — *Юлюсик*.

Это был ее младший брат Васютка. Да, он — *и только он* — называл ее именно так. А после его смерти... После того как она убила его, она возненавидела это обращение, потому что оно...

Потому что оно напоминало ей о Васютке и, таким образом, о совершенном ей преступлении.

— Ну хорошо, буду называть вас Юлечкой, — согласился доктор, и женщина слегка заерзала.

— Понимаю ваше желание освободиться от пут, однако должен сказать, что вы в последние дни доставили нам немало хлопот, потому как оказались на редкость *буйной* пациенткой, — продолжил доктор Черных. — Ах, вы не помните? Что же, может, оно для вас и к лучшему...

К Юлии приблизилась медсестра, та самая, миловидная, но чем-то неприятная, и склонилась над ней со шприцем. Юлия не хотела, чтобы ей делали инъекцию, даже закричала, однако доктор потрепал ее по щеке и сказал:

— Ну, ну, не надо так... Все будет хорошо. Ну, или почти все... Мы все желаем вам добра...

Отчего-то Юлия не верила ему — глядя в бесцветные глаза доктора, она вдруг поняла, что он ей не друг.

Но разве у Великого Белка могут быть друзья?

Медсестра выдернула иглу из вены, Юлия ощутила легкую сонливость и апатию, которые внезапно разлились по ее телу. Ее взгляд скользнул по медсестре, и Юлия вдруг закашлялась.

Вокруг шеи, на золотой цепочке, у медсестры покачивалась золотая же *белочка*, державшая в лапках шишку.

— Великий Белк... — проронила Юлия, а доктор Черных, задрав сначала ее правое, а потом левое веко, и, видимо, оставшись доволен, произнес:

— Что же, начинает действовать. Отвяжите ее...

Юлия увидела и почувствовала, как вошедшие статные медбратья отсоединили ремни, а потом помогли ей сесть в кресло, стоявшее около окна.

Они удалились, а доктор, остановившись около розовой занавески, из-под которой в комнату лился яркий солнечный свет, произнес:

— Ну что же, Юлечка, вы ведь хотите знать, что с вами случилось?

Юлия осторожно склонила голову. Хотела ли она знать? Знать, что является серийной убийцей детей.

Нет, *не хотела*.

— Что вы видите? — спросил доктор Черных, указывая на занавешенное окно.

Юлия попыталась сообразить и вдруг поняла, что ее мысли сделались вдруг неповоротливыми и вязкими.

— Окно... В рощу... *Дубовую*... С дуплами, в которых живут *белки*... — произнесла она, но в ее мозгу вспыхнула другая картинка — окно в домике с нарисованной на стенке белочкой. Там, где умер Васютка.

Где она его *убила*.

— Что же, окно... — произнес доктор Черных в задумчивости. — Ну да, верный ответ. Потому что оно расположено там, где обычно в домах располагаются окна. Оно имеет форму окна. Оно прикрыто оконной занавеской. Из него, в конце концов, льется солнечный свет. А что, если все это иллюзия?

Иллюзия?

— Даже не иллюзия, а игра воображения? Так сказать, обман органов чувств и мозга. Вашего мозга, Юлечка. Вот, смотрите...

Он отодвинул в сторону занавеску, и Юлия поняла: она прикрывала вовсе никакое не окно, а плоский, висевший на стене экран, из которого лился столь похожий на солнечный свет.

— Убедились в том, что ошиблись? И что сделали неправильные выводы на основании верных вообще-то посылов?

Юлия кивнула, а доктор, закрывая экран занавеской, добавил:

— У нас в палатах *особых* пациентов нет окон, *так надежнее*, Юлечка. А вы и есть *особый* пациент. И дело не в том, что ваш супруг предлагает мне целое состояние, дабы я вылечил вас... И сделал его прежним солнышком. Ведь на этом солнышке и раньше были пятна...

Доктор усмехнулся, а Юлия вяло подумала, что это так. И наконец произнесла:

— Давно я здесь?

— Около трех недель, — последовал ответ. — И сразу поясню, где вы: в подмосковном пансионате, являющемся частью моей клиники. Здесь содержатся только *особые* пациенты...

— Серийные убийцы? — спросила хрипло Юлия, и доктор Черных, склонившись, потрепал ее по руке.

— Ну почему сразу *серийные* убийцы, Юлечка! — Серийная убийца вы здесь только одна, потому что ваш случай стоит особняком. Вы — уникум. Да, здесь есть убийцы, но до ваших подвигов им далеко. Имеются садисты, извращенцы, наркоманы, алкоголики и те, кто является и тем, и другим, и третьим в одном лице...

Юлия подумала о том, что хотела бы оказаться на месте этих других пациентов. Но нет, ведь она — уникум.

Нет, она — Великий Белк.

— Скольких я убила? — спросила Юлия, и доктор поправил очки.

— Вы крайне прагматичны в своих вопросах, Юлечка. Однако я ведь не представитель полиции или Следственного комитета. Кстати, спешу вас обрадовать — никто по вашему следу не идет, потому что никто не знает, что вы являетесь убийцей.

Юлия вздрогнула, а доктор продолжил:

— Ну, *почти* никто... Я в курсе. Конечно же ваш не находящий себе места от горя супруг тоже. Ну, какая-то сыщица, но та будет держать язык за зубами, потому что ваш муж *крайне убедителен*, когда *более чем щедро* платит за молчание в иностранной валюте...

Доктор усмехнулся, а Юлия в непонимании уставилась на него. Черных пояснил:

— Ваш супруг по моему совету не стал обращаться в полицию. Потому что когда вас после вашего нервного срыва привезли к одну из городских больниц, то ваш супруг устроил так, чтобы вас практически сразу же перевели ко мне в клинику. Я обещал, что о вас здесь позаботятся по высшему разряду, и я сдержу свое слово!

Юлия закрыла глаза, чувствуя, что за ухом начинает свербить.

— Итак, любящий муж сделал так, чтобы о вашей второй сущности никто не узнал. О сущности, которая является серийным убийцей со странным именем *Великий Белк*. Именно вы, Юлечка, являетесь этим выдуманным монстром, которого сами же и боялись.

Головная боль усилилась, и Юлия закусила губу.

— Нам предстоят долгие годы совместных бесед, Юлюсик. Потому что ваш муж понимает: вы в безопасности только в том случае, если находитесь взаперти и под неусыпным присмотром. И я это гарантирую...

Великий Белк был пойман и заключен в клетку... *Замурован в дупле...*

— Но не только вы в безопасности, Юлечка, но и другие в безопасности от вас. Потому что ваш муж, хотя и любит вас до безумия, не может допустить, чтобы вы совершили новые убийства. Он все никак не хотел поверить в то, что вы и есть этот жестокий маньяк, которого вы сами окрестили Великим Белком и который в столице известен как разъезжающий на черном фургоне и похищающий детей *Черный человек*. И заодно посылающий родителям несчастных детей-жертв рисунки с изображениями страданий их чад. Вы ведь любите рисовать, Юлечка, *не так ли?*

Юлия открыла глаза и уставилась на доктора. Да, она была Великим Белком. Но она же была и *Черным человеком.* Потому что и тот, и другой были одним лицом.

Ею.

— Вы страдаете диссоциативным расстройством сознания, Юлюсик. Это я заподозрил уже тогда, когда вы пришли с вашим супругом на первую консультацию. Искусственное погружение в ваш так называемый кошмар только усилило мои подозрения. Поэтому я связался с вашим супругом и попытался склонить его к более масштабным обследованиям, однако он категорически отказался слушать любые намеки на то, что вы, Юлечка, страдаете тяжелым психическим заболеванием и что в вашем сознании живут две личности — милая, ранимая и тонкой душевной организации Юлия Трафилина и кровожадный, похищающий и убивающий девочек серийный маньяк Великий Белк.

Роман *категорически отказался* слушать? Конечно, он и представить себе не мог, что все, что пытался донести до его сведения доктор, это правда...

— Это объяснит и тот факт, Юлечка, что вы боялись сами себя, точнее, одна ваша ипостась, так сказать, ваше коренное «я» тряслось и опасалось вашего другого «я», так сказать, паразитарного, этого самого грозного и беспощадного Великого Белка. Случай редкий, но не единичный. Вот, в одной из клиник-конкурентов уже лет пять как содержится одна особа, в бытность известная детективщица, тоже страдающая раздвоением личности и устроившая *такое*[1]...

Юлия уставилась на занавешенное розовыми шторками окно. Окно, которое в действительности не было окном, а всего лишь иллюзией окна. Так и ее счастье было не счастьем, а иллюзией счастья.

А потом волосатая когтистая лапа Великого Белка грубо сорвала занавеску, и...

— Перевоплощаясь в Великого Белка, вы начисто забывали о вашем коренном «я». И, наоборот, будучи Юлей Трафилиной, вы были уверены, что Великий Белк, преследующий вас, это конечно же кто-то посторонний.

Доктор смолк, посмотрел на Юлию и произнес:

---

[1] См. роман Антона Леонтьева «Обратная сторона смерти», изд-во «Эксмо».

— По вашей реакции видно, что вам это неприятно слушать. Однако моя методика заключается в том, чтобы презентовать пациенту факты — и с этого *начать лечение!*

— Я не хочу никакого лечения! — заявила Юлия, а доктор потрепал ее по руке.

— Ничего другого не остается. Потому что я убедил вашего супруга в том, что нет нужды сдавать вас на руки правоохранительным органам. Грандиозного судебного процесса вам не пережить, а в государственных заведениях *соответствующего профиля* вы станете подопытным кроликом. А в моей клинике вы сможете жить долго и счастливо!

Долго? Вполне возможно. Но *счастливо ли?*

— Тем более пока вы находитесь на моем попечении, от вас не исходит угрозы. И Великий Белк, он же Черный человек, больше никому не принесет вреда...

— Мне можно увидеть Ромочку? — произнесла жалобно Юлия, и доктор со вздохом заметил:

— Он тоже рвется увидеть вас. Он вас конечно же видел, но вы были без сознания, под действием медикаментов. Он же хочет с вами поговорить. Однако я не считаю это хорошей идеей. Потому что, Юлечка, вы опасны, более того, вы *смертельно* опасны!

Юлия снова прикрыла глаза. Доктор прав — от нее исходила смертельная опасность.

— Это можно... вылечить? — спросила она тихо, и доктор вздохнул:

— О, касаемо этого в научном сообществе нет единого мнения. Я же уверен — да, можно. Однако я не могу обещать этого ни вам, ни вашему супругу, который готов ради вас, Юлечка, на все...

Юлия подумала, что идея увидеться с Романом была глупой. Она ему не нужна. Более того, она для него опасна.

Она, *Великий Белк.*

— Это процесс долгий, длящийся многие годы, иногда даже десятки лет. Ваш случай особо тяжелый, однако он меня крайне заинтересовал с медицинской точки зрения. Поэтому я берусь сделать попытку, я повторяю, *попытку* вылечить вас...

Юлия вздохнула. Даже если доктор и прав и он сумеет вылечить ее, избавив от второго «я», этого кровожадного Великого Белка, то...

То сможет ли она жить дальше, зная, что убила кучу людей. Детей... Собственного брата...

— Почему я... *такая?* — спросила Юлия, и доктор Черных ответил:

— Зрите в корень! Если мы узнаем причину, то найдем возможность для разработки верной терапии. Думаю, дело в вашем первом преступлении, Юлечка...

Васютка...

— Точнее, предпосылки были уже и ранее, однако первое убийство вашего младшего брата стало отправной точкой развития вашего второго, паразитарного, «я». Вашей злой ипостаси Великого Белка. Который, кстати, специализируется на убийстве девочек десяти-двенадцати лет — то есть удивительным, вернее, весьма *зловещим* образом, вашего коренного «я»! Ведь именно в этом возрасте вы и убили своего брата, не так ли? И ваше второе «я» наказывает ваше первое «я», истребляя его образ и подобие, за совершенное ужасное деяние!

Замкнутый круг... Одно убийство породило другие. Она как белка в колесе... как белка... Как веселая белочка. Как *Великий Белк.*

— Великий Белк, думаю, потому, что своего братика вы убили в летнем лагере «Веселые бельчата».

В-Б, В-Б, В-Б...

— Вы в своей второй ипостаси были крайне изобретательны, Юлюсик. Например, вы купили, причем уже достаточно давно, территорию летнего лагеря «Веселые бельчата», которая стала логовом Великого Белка. Помимо этого, у вас имелся, так сказать, офис в складских помещениях на территории Москвы. И черный фургон в гараже на другом конце города, на котором вы похищали девочек...

Юлия не хотела слушать, но заставляла себя делать это. Она все эти годы не желала знать правду — и вот настал час.

Час Великого Белка.

— Ваше второе «я» было изобретательно, но все же не до такой степени, чтобы полностью замести следы. Потому что всю эту странную нерентабельную недвижимость вы покупали на свои деньги, вернее, на деньги ваших родителей. И те, в свою очередь, *рано или поздно* должны были заинтересоваться вопросом, для чего их дочери территория летнего лагеря, на которой столь нелепо погиб их младший сын...

Юлия попыталась подняться из кресла, но не смогла — она была слишком слаба, и ноги не слушались ее.

— Мои родители... Что вы хотите сказать, что я...

Доктор погладил ее по щеке и произнес:

— Нет, не вы, Юлечка, точнее, не ваше коренное «я», а ваше второе, паразитарное, так называемый Великий Белк. Потому что ваши родители были родителями вашего коренного «я», но никак не родителями вашего паразитарного «я», того самого Великого Белка. Поэтому он мог убить их без зазрения совести. Вы понимаете, *что я хочу сказать?*

Юлия заплакала, и доктор Черных, не торопя ее, дал ей возможность навреветься всласть.

Хотя о чем она лила слезы: о том, что убила своих родителей — *сначала маму, а потом отца?* И пусть она сделала это, считая себя Великим Белком, но весь ужас в том, что, став снова Юлией, их дочкой, она искренне горевала об их смерти и даже пыталась найти убийц. И подозревала в этом кошмарном злодеянии кого угодно, но конечно же только не себя.

Не себя — *Великого Белка.*

— Понимаю, вам нужно время, чтобы осмыслить то, что произошло, Юлечка, однако у вас имеется бездна времени... — мягко заметил доктор Черных.

Время... Никакое время не заставит ее примириться с тем, что она... Что она убила собственных родителей.

А, помимо этого, два десятка или даже больше несчастных девчонок.

— Я... Я *не хочу* жить... — прошептала Юлия, а доктор Черных, подойдя к ней, заявил:

— Конечно, хотите! И не ваша вина, что паразитарное «я» временами подавляет ваше коренное «я». Мы уже успешно подавляем его при помощи разработанного мной курса медикаментозной терапии, однако наша цель не просто подавить его, а избавиться от него, изгнать этого паразита из вашего сознания, Юлечка!

Юлия снова заплакала, а доктор Черных произнес:

— Думаю, на сегодня достаточно. Вы ведь хотите излечиться?

Юлия, плача, ничего не ответила.

— Понимаю, вы задаете себе вопрос, зачем вам вообще нужно излечиться и какую вы после этого сможете вести жизнь. Но не забывайте, что имеется человек, который очень вас любит и готов пойти на все, дабы вы выздоровели!

— Зато *я* не хочу! — сказала сквозь слезы Юлия, а доктор подошел к двери.

— Ничего, за время нашей терапии вы наверняка измените свою точку зрения, Юлечка. А сейчас примите таблетки, а потом легкий завтрак. И, если будете хорошо вести себя, то сможете прогуляться по парку...

Когда он удалился, Юлия безропотно проглотила таблетки, совершенно без аппетита прожевала завтрак, а затем ее в кресле-каталке вывезли в парк.

Смотря на отцветающие розы и пламенеющие хризантемы, Юлия ни о чем не думала. Никакие мысли в голову не шли, да и о чем она могла, собственно, думать?

О том, что является одной из самых жестоких и кровожадных убийц в истории России и, вероятнее всего, мира?

Мощный медбрат провез кресло, в котором сидела Юлия, вокруг тихо плещущего фонтанчика. Когда они вернулись в здание клиники, то их ждал доктор Черных.

— Ваш супруг настаивает на встрече с вами. Однако на данном, раннем, этапе терапии я не считаю это хорошей идеей. Однако и отказать ему не могу. Вы увидитесь, однако говорить не сможете.

Юлию отвезли в небольшую затемненную комнату и оставили кресло около стены. Вспыхнул свет, и Юлия увидела, что это не стена, а прозрачная перегородка, за которой находился Роман.

Муж, завидев ее, припал к стеклу, пытался завладеть ее вниманием, протягивал к ней руки. Юлия, апатично сидевшая в кресле, думала о том, что ему не нужна такая жена.

Жена-убийца. Жена — *серийный маньяк*. Жена-*Великий Белк*.

Подошедший к ней доктор Черных произнес:

— Не будьте такой букой, Юлечка. Ваш муж ведь страдает почище вашего. И он вас не бросил, не отрекся, не сдал на руки полиции, а борется за вас и вашу любовь.

— Ему *нельзя* любить меня... — произнесла Юлия, а доктор сказал:

— Ну, улыбнитесь же супругу! И приложите руку к стеклу. Да, вот так, хорошо!

Юлия сделала так, как требовал доктор — в конце концов, у нее не было права мучить Романа сверх того, что она и так причинила ему. Пусть считает, что она рада его посещению. Что она хочет быть им любимой. Что она снова выздоровеет.

Что она *хочет* жить.

Когда ее привезли обратно в палату, доктор Черных, самолично проверив ее рефлексы, сказал:

— Думаю, сегодня можно обойтись без ремней. Сейчас дадут таблетки, а потом и обед. Вы ведь хотите кушать, Юлечка?

Юлия пожала плечами — ей было все равно. Теперь, после того как она узнала правду, ей было все равно.

И она стала думать о том, как быстрее и наименее проблематично покончить с собой.

И Великим Белком.

— А как же с бункером? — встрепенулась она вдруг. — Ну, с моими кошмарами... Это реальность или нет?

Юлия смешалась, потому что и сама уже не знала ответа на вопрос о том, что правда, а что нет.

Доктор Черных посмотрел на нее поверх очков и ответил:

— Ну, в какой-то мере — так же, как для вас, Юлюсик, точнее, для одного из ваших «я», реальностью являлось то это, то другое. Однако в рамках этих двух своих «я», коренного и паразитарного, вы жили и действовали, конечно, в этой одной существующей реальности...

Он обвел руками комнату.

— Ваши же сны, которые разыгрывались на территории летнего лагеря «Веселые бельчата», того самого места, где вы совершили свое первое убийство, послужившее отправной точкой формирования у вас паразитарной личности, были своего рода попыткой вашего коренного «я» дать вам сигнал — и завуалированно, путем множества намеков и образов, указать вам на тяжелую правду. На то, Юлечка, что вы — *убийца!*

Вошла медсестра, которая принесла таблетки. Юлия апатично кивнула. Что же, она убийца, на совести которой огромное количество загубленных людей. Детей. И помимо этого, собственные родители.

И, кажется, пришла пора совершить еще одно убийство и сделать то, что она хотела все это время: ликвидировать Великого Белка.

То есть себя.

Она посмотрела на разноцветные таблетки, покоившиеся в пластиковом стаканчике, что протянула ей медсестра. Вот бы знать, какие из них сильнодействующие, собрать как можно больше — и...

— Желаю вам доброй ночи! — произнес доктор, тем не менее внимательно следивший за тем, чтобы Юлия положила в рот таблетки, а затем проверивший, что она их проглотила. — А сейчас сестричка сделает вам еще укольчик. Так, для повышения тонуса... Увидимся завтра на следующем сеансе нашей терапии. Точнее, конечно же *вашей*, Юлечка. Вашей...

Доктор Черных удалился, оставив Юлию наедине с медсестрой. Следя, как та сноровисто подготавливает шприц для инъекции, Юлия снова поняла, что пялится на золотую цепочку с кулоном-белочкой.

Сестра, быстро продезинфицировав место для будущего укола, вдруг тихо, но отчетливо произнесла:

— Не доверяйте доктору. *Он морочит вам голову.*

— Что? — Юлия уставилась на медсестру, уверенная, что то, что она только что услышала, на самом деле было игрой ее больного воображения. Шуткой ее паразитарного «я». Жалкой попыткой Великого Белка снова завладеть ее душой.

Так и есть, медсестра ничего не говорила — она ведь не могла ничего сказать, в особенности *ничего подобного.* Юлия следила за тем, как медсестра склонилась над ее предплечьем, а затем до нее донесся тихий голос:

— Повторяю, он морочит вам голову. Таблетки принимайте по-прежнему, однако их вам дают, чтобы как можно быстрее превратить вас в «овощ». Эта же инъекция служит противоядием...

— Но почему... — начала Юлия и вдруг ощутила, как медсестра легонько ее шлепнула.

— Не говорите. Говорить буду только я. Потому что я стою так, чтобы они не видели моего лица.

Юлия почувствовала легкий укол иглы, а медсестра продолжила:

— Они же следят за пациентами при помощи камер. В особенности за новенькими, в особенности за *особыми*. Так что не дергайтесь и ничего не говорите, потому что общаться с пациентами персоналу строго запрещено...

Нет, это не было игрой ее воображения — медсестра *в самом деле* говорила с ней — и выдавала *поразительные* вещи.

— Но в любом случае вам тут долго задерживаться нельзя. С доктором в дискуссию не вступайте и не противоречьте. Однако его ведь не обдуришь — он тотчас по рефлексам поймет, что кто-то нейтрализует действия медикаментов. У нас в запасе день или максимум два...

— У *нас?* — выдохнула Юлия, не в состоянии не задать вопрос, а медсестра, вытащив иглу, ответила:

— Обо всем позднее. Теперь ложитесь и делайте вид, что быстро заснули. Иначе они тогда проявят беспокойство и поймут, что таблетки не подействовали. И, чего доброго, назначат вам что-то гораздо более убойное, отчего уже никакое противоядие не спасет. Завтра я буду снова в вечернюю смену, тогда и поговорим. Точнее, я с вами поговорю...

И, не прощаясь и даже не смотря в ее сторону, медсестра стремительно вышла из палаты. Тотчас появились дюжие медбратья, уложившие Юлию в кровать, однако, к счастью, не пристегнувшие ремни. Затем они вышли — и в палате погас свет. Правда, в одном из углов продолжала гореть неяркая лампа. Юлия, помня наказ медсестры, быстро закрыла глаза и, чувствуя, что ее сердце бьется как бешеное, сделала вид, что полностью расслабилась.

Что это было — *реальность* или *иллюзия?* Или снова проявление ее паразитарного «я», которое подсовывает ей фальшивые, существующие только в ее воображении, но принимаемые ею за реальные события мотивы.

Сделав вид, что она во сне поворачивается на бок, Юлия осторожно дотронулась до места инъекции. Нет, медсестра ей укол сделала — но вот говорила ли она при этом что-либо? В особенности те крамольные вещи, которые она услышала.

Или *решила*, что услышала.

Юлия продолжала размышлять, снова и снова прокручивая в голове то, что сказала ей медсестра с кулоном-белочкой. Это *случайность* — или именно один из тех *символов и знаков*, о которых вел речь доктор Черных?

Знак того, что медсестра или ее странные замечания всего лишь продукт ее паразитарного «я», более известного как Великий Белк.

Юлия попыталась сконцентрироваться, но поняла, что не в состоянии. Еще бы, ведь медсестра только что сообщила ей, что то, с чем она смирилась как с реальностью, неизбежной и кошмарной, на самом деле...

Иллюзия? Или, что намного хуже, *намеренный обман...*

Юлия перевернулась на другой бок и замерла в ужасе — если за ней наблюдают, то могут понять, что она не спит, а ворочается туда-сюда, и тогда...

Однако к ней в палату никто не прорвался, и по прошествии долгих минут Юлия осторожно вытащила из-под головы затекавшую руку.

Итак, она не должна доверять доктору... Он *морочит ей голову...*

А может, это не доктор морочит ей голову, а как раз *медсестра?* Потому что доктор обещал ее вылечить, а вот чего от нее хочет медсестра, непонятно...

И вообще и медсестра, и ее странные речи могут быть вполне реальны — только все это является частью уже начавшейся терапии. Терапии, направленной на то, чтобы избавить ее от паразитарного «я».

От Великого Белка.

Чувствуя, что ей хочется от безысходности реветь, Юлия снова перевернулась и, словно невзначай, накрылась одеялом с головой. Дав волю чувствам, она поняла, что окончательно запуталась.

Что *правда* — и что *ложь?* Что *реальность* — а что *воображение?*

И, что важнее всего, кто *Юлия* — и кто *Великий Белк?*

Она думала о тысяче вещей, в голову лезли самые невероятные теории, и Юлия сама не заметила, как в итоге провалилась в сон, черный и бездонный, как кроличья нора, ведущая к центру Земли.

Или как гнездо белки, из которого можно попасть прямиком в ад... Там, где ее поджидает Великий Белк...

Юлия очнулась, как будто кто-то перемкнул выключатель и время сна завершилось. В комнате царил приятный полумрак, а из «окна», которое в действительности было экраном, лился приглушенный солнечный свет.

Все вокруг было фальшивое, все было неправдой — *как и она сама?*

Юлия едва успела подняться с постели, как дверь раскрылась, и появилась незнакомая медсестра, с милой улыбкой провозгласившая:

— Доброе утро! Вот ваши таблеточки, а потом и завтрак...

Юлия с отвращением проглотила разноцветные пилюли, думая о том, что сказала та, *другая*, медсестра, с кулоном-белочкой. Эти таблетки нацелены на то, чтобы превратить ее в «овощ».

Не проглотить таблетки было невозможно — Юлия спрятала одну под язык, а другую за щеку, однако медсестра, осматривая ее ротовую полость, качнула головой:

— Вот вам водичка, сполосните рот...

Юлия повиновалась, чувствуя, как ненавистные таблетки, едва не застряв в гортани, проскользнули в желудок. Было бы занятно, если бы она подавилась и, подобно Васечке, умерла от удушья...

И о чем она только думает — как смерть может быть *занятной?* Хотя что взять с того, кто убил десятка два, если не три, человек, в основном детишек...

Подали завтрак, который Юлия проглотила без всякого желания. Затем появился доктор Черных, который начал проводить с ней *ментальные упражнения*, как он это именовал, хотя Юлия никак не могла понять, чего он от нее добивался. Впрочем, она ощущала в голове небывалую пустоту и какую-то непонятную, вселенскую лень — неужели это таблетки начали действовать и скоро она вообще *ничего* не будет чувствовать?

Юлия приказала себе взбодриться, но вдруг поняла, что ей все равно. И то, что с ней произошло, и то, что происходит сейчас, и то, что произойдет в будущем. А воркующий голос доктора Черных, заполнивший не только палату, но, казалось, и ее пустую черепную коробку, твердил и твердил:

— Ваше паразитарное «я», Юлечка, очень опасно. Вы — Великий Белк, Великий Белк, Великий Белк...

В-Б, В-Б, В-Б...

Юлия потеряла счет времени и не могла сказать, как долго продолжались эти ментальные упражнения, которые более походили на пытку. Может, полчаса, может, два часа, может, пять лет...

Доктор, потрепав ее по щеке, заявил, что она «явно прогрессирует», причем замечание было сделано каким-то издевательским тоном, а затем ей снова дали таблетки — после чего последовал обед.

Когда ее привезли в палату после вечерней прогулки в парке, то там ее поджидала знакомая медсестра — та самая, с кулоном-белочкой. Склонившись над Юлией, она, подготавливая ее предплечье к инъекции, тихо произнесла:

— Неважно выглядите. Реакции у вас заторможены. Ничего, сейчас введу вам антидот, должно полегчать...

И в самом деле — не прошло и минуты после того, как медсестра сделала ей инъекцию, как Юлия почувствовала себя намного лучшее, а голова заполнилась разнообразными мыслями, невесть откуда взявшимися.

— А теперь слушайте меня внимательно, — произнесла медсестра, укладывая ее в постель. — Сейчас я положу вам под подушку три таблетки. Примите их завтра сразу после завтрака. Просто засуньте в рот и, раскусив, проглотите.

— Что со мной будет? — спросила Юлия, а медсестра, взбивая подушку, ответила:

— Это второстепенно. Черных будет завтра с утра на заседании диссертационного совета, так что момент идеальный. И, что бы ни происходило, ничему не мешайте. Вам это понятно?

Юлия осторожно кивнула, и медсестра, не прощаясь, удалилась. Погас свет, а Юлия, запустив руку под подушку, в самом деле нащупала там три округлые таблетки.

Она снова думала о всевозможных вещах, так и не придя ни к какому решению. Ее занимал вопрос: *принимать эти таблетки или нет?*

Измученная Юлия заснула под утро и пришла в себя оттого, что медсестра, опять другая, тормошила ее за плечо.

— Подъем, соня! Вот таблеточки, а потом завтрак...

Юлия запустила руку под подушку — и в ужасе поняла, что таблеток там не было. Или они куда-то закатились — или их там не было изначально, являясь частью созданной ее больным мозгом ложной действительности.

И никакая медсестра ей *ничего не давала.*

— Ну, чего копошимся? Ведь завтрак такой хороший и питательный...

Медсестра сюсюкала с ней как с умалишенной. А ведь она *и была* умалишенной...

Рука Юлии наткнулась на горстку таблеток, которая переместилась на самый край простыни. Зажав их в кулаке, она проговорила:

— Мне надо... В туалет...

Медсестра, сбросив с нее одеяло, заявила:

— Но сначала таблеточки...

— Мне очень надо... Извините... — заканючила Юлия, чувствуя, что у нее на глаза наворачиваются слезы. Медсестра достаточно грубо помогла ей сесть в коляску и отвезла в ванную комнату.

— Нет, нет, помогать не надо, я сама-сама... — пролепетала Юлия, хватаясь за поручень около унитаза. Медсестра удалилась, оставив, однако, дверь настежь открытой.

Юлия быстро сунула в рот таблетки — однако рука от волнения сделалась влажной, одна из таблеток, немного размякнув, прилипла к ладони, а затем скатилась на кафельный пол.

Юлия в панике склонилась, пытаясь дотянуться до таблетки, и поняла, что это у нее элементарно *не выходит*. Слезы хлынули у нее из глаз, женщину трясло, она потянулась еще — и вдруг вылетела из кресла.

Зато ее рука ухватила таблетку, и Юлия, лежа на полу, запихнула все три в рот и, не жуя, проглотила.

Одна из таблеток прилипла к нёбу, пришлось отколупывать ее языком. Юлия закашлялась, вдруг подумав, что если сейчас подавится и умрет, то это будет...

Закономерно?

Но ей удалось проглотить наконец и последнюю таблетку, после чего Юлия попыталась подняться, но не смогла. Медсестра, заглянув в ванную, запричитала:

— И что это такое? Ну, живо поднимайтесь! Мне еще только переломов не хватало...

Она стала тянуть Юлию наверх, а та вдруг ощутила, что в голове у нее зашумело. А потом все потемнело, и Юлия услышала отдаленный голос медсестры:

— Господи, да у нее пульс нитевидный...

И подумала — а ведь это могло быть никакое и не противоядие, а *яд*. Впрочем, даже если это было и так, то она была готова умереть.

Потому что, умерев, она убьет *и Великого Белка.*

В себя Юлия пришла от сильной боли — и поняла, что кто-то — это был массивный медбрат — мнет ей грудную клетку. И вдруг до нее дошло: ее реанимировали. Юлия закашлялась, и раздался чей-то голос:

— Она пришла в себя...

Юлия ощутила, что ей делают какой-то укол — и увидела склонившуюся над ней медсестру, с груди которой свисала цепочка с кулоном-белочкой.

— Все в полном порядке! — сказала та, и Юлия не поняла, к кому она обращается — к тому, кто только что ее реанимировал, или к ней самой.

Раздалось завывание сирен, Юлия, лежавшая на каталке, стоявшей около крыльца, заметила, как, минуя высоченные ворота, к зданию клиники подъехала «Скорая помощь». Выскочивший молодцеватый врач ринулся к Юлии и заявил:

— Мы забираем ее с собой...

— Нет, надо дождаться доктора Черных, он сегодня на заседании диссертационного совета... — начал реанимировавший ее медбрат, но медсестра с кулоном-белочкой оборвала его:

— Пусть берут! Мы не можем рисковать жизнью пациентки. Нам тогда голову оторвут!

— Тогда я поеду с вами... — заявил медбрат, но медсестра парировала:

— Поеду *я*. Ты оставайся за главного. Я сама позвоню доктору Черных...

— Но... — начал медбрат, однако каталку, на которой покоилась Юлия, уже везли к «Скорой» и запихивали внутрь.

Завывая сиренами, «Скорая» практически тотчас сорвалась с места, а медсестра, склонившись над Юлией, стала подготавливать инъекцию.

Юлия с опаской спросила:

— Это что?

— То, что не позволит вашему сердцу остановиться! — заявила та. — Вы молодец, все сделали как нужно. Они поверили, что у вас клиническая смерть, и накачали вас медикаментами. Я, как могла, этому препятствовала, вводя глюкозу...

Юлия осторожно вздохнула, чувствуя внезапную боль в груди.

— Он, делая массаж сердца, наверняка вам ребро сломал. Ничего, срастется...

Судя по тому, как «Скорая» подпрыгивала на ухабах, они неслись по проселочной дороге. Затем поверхность сменилась на гладкую, и Юлия, уже чувствовавшая себя приемлемо, спросила:

— А *куда* мы едем?

Медсестра, посмотрев на нее, ответила:

— Там, где вам будет хорошо...

Отчего-то от этого ответа Юлии сделалось страшно.

— А *кто* вы? — поинтересовалась она снова, и медсестра, *поправив цепочку с кулоном-белочкой*, ответила:

— Скоро узнаете!

От этого Юлии сделалось еще страшней. И, вжавшись в каталку, она размышляла о том, правда ли то, что происходит сейчас с ней, или это...

Дурной сон? Игра воображения? Манифестация ее паразитарного «я»?

Или что-то еще, намного, *намного* хуже...

— И все же я хочу знать, куда мы едем! — произнесла Юлия требовательно. — Вы меня похитили...

В руках медсестры (или, кто знает, никакой *не медсестры*) мелькнул шприц, и Юлия, понимая, что ей снова хотят сделать инъекцию, попыталась сопротивляться. Медсестра достаточно грубо впечатала ее в каталку и сказала, засаживая иглу:

— Я же сказала, что все будет хорошо. А теперь отдохните, потому что нервные клиенты — самая худшая категория...

Юлия попыталась что-то возразить, однако в глазах стало слипаться, а потом она провалилась во тьму, как будто снова падала, падала, *падала* в дупло белки.

Кто-то неласково тормошил ее, и Юлия снова раскрыла глаза. Она отшатнулась, заметив еще одно знакомое лицо — нет, это была не медсестра с кулоном-белочкой, а тот самый тип, которого она видела сначала замаскированным под врача, в московской клинике доктора Черных, а позднее — под видом официанта у себя в квартире и клерка.

Теперь же, пристально, причем так, что Юлии сразу же стало не по себе, он смотрел на нее.

— Давайте я вам помогу... Ну, чего боитесь? Дайте мне руку!

Юлия протянула ему руку, и тип рывком поднял ее и, поддерживая, помог сесть в стоявшее на асфальте кресло-каталку.

Осмотревшись, Юлия поняла, что находится на территории загородного дома с высоченным забором.

«Скорая» стояла подле трехэтажного кирпичного дома, а около крыльца, о чем-то переговариваясь, стояли и курили медсестра с кулоном-белочкой и врач «Скорой».

Причем, наблюдая за ними, Юлия не сомневалась в том, что это не были ни медсестра и ни врач.

Но *кто* тогда? Посмотрев на затянутое облаками небо и чувствуя порывы ветра, она поняла, что вопрос надо было задать иной: «А *были ли вообще*?»

Юлия ощутила, как субъект, игравший то роль врача, то официанта, а теперь иную, пока что ей *не понятную* роль, покатил кресло-каталку в сторону дома.

Он ввез ее в небольшой холл, а оттуда они проследовали в скудно обставленный зал. Юлии бросились в глаза розовые занавески на окнах — точно такие же, какие были и в клинике доктора Черных.

А что, если все это происходит *в ее воображении?*

— Вы ведь наверняка хотите пить и есть, — заявил тип и куда-то исчез. Юлия обвела взором зал и попыталась привстать. Увы, получилось это плохо. Убежать она не могла — наверное, даже уползти сил не хватит. Да и куда ползти, если тип вот-вот вернется, а на дворе толпятся его сообщники.

Однако оказаться в руках невесть каких похитителей было еще *полбеды*. Хуже всего, однако, было то, что уползти от собственного кошмара — или паразитарного «я» — было абсолютно невозможно.

Появился тип с подносом, на котором находились бутерброд и бутылка воды — точно такая же, как и в ее...

Кошмаре? Жуткой реальности? Параллельной действительности?

— А яблоко у вас есть? — спросила Юлия, и тип снова исчез и вернулся с *большим зеленым яблоком* — точно таким, каким тогда подавился Васютка.

Совпадение — или *знак, посылаемый ей подсознанием,* которое и создает в ее больном мозгу эту крайне правдоподобную сцену?

— А *красное* у вас имеется? — спросила Юлия, и тип, усевшись на табуретку напротив нее, взглянул ей в глаза и сказал:

— Понимаю, что вы волнуетесь. И наверняка боитесь. И спрашиваете, кто мы такие и отчего вы здесь. Однако теперь все будет хорошо...

Юлия, чувствуя, что ее трясет от страха, ничего не ответила.

— Ну хорошо, получите вы свое красное! — заявил тип в сердцах, снова исчез и вернулся с *желтым* яблоком.

— Сорри, красные закончились. *Желтое* устроит?

Во сне бы, даже кошмарном, *не закончились*. Значит, это *реальность*. Схватив *желтое* яблоко, Юлия впилась в него зубами — и вдруг закашлялась, подавившись.

Значит, *игра воображения...*

Однако, судя по тому, с какой силой тип стал дубасить ее по спине, игрой воображения это не было.

Или же...

— Не хватало еще, чтобы и вы тоже подавились и умерли... — услышала Юлия его голос и от ужаса перестала кашлять.

— Откуда... Откуда вы знаете, что...

Она не завершила предложение, но это и не требовалось — тип, снова усевшись на табуретку напротив нее, сказал:

— Потому что я многое о вас знаю, Юля... Вы разрешите мне называть вас так?

Не Юлечка и, главное, не *Юлюсик...*

Держа в руке яблоко, она ничего не ответила, но тип, казалось, и не намеревался получить от нее ответа.

— Откуда... — повторила она, и мужчина, положив ей поверх руки свою ладонь, сказал:

— Меня нанял *ваш отец!*

Юлия подскочила в кресле, потому что ожидала всего, чего угодно, но только не такого.

Он в самом деле это сказал — или она *вообразила*, что сказал?

И, главное, вообразила, что *вообще находится здесь...*

— Я вам не верю! — крикнула Юлия и швырнула надкушенное яблоко в стену. То, оставив мокрый отпечаток, откатилось в сторону двери.

Ее отец, ее отец... тот, которого она убила... Это наверняка снова некий кошмар, наподобие подземелья с Квазимодо...

Знаки и символы, генерируемые ее подсознанием: *не больше и не меньше.*

— Юля, понимаю, что в последние недели и месяцы вам пришлось пережить то, от чего можно сойти с ума, но послушайте меня — я говорю *правду!*

«От чего можно сойти с ума» — но как можно сойти с ума, если *уже* сошла с ума?

Юлия оттолкнула руку типа. Он говорит правду... Все говорят ей правду... И что такое правда — не более чем *неразоблаченная ложь?*

А реальность — *непознанная фикция?*

— Как вас зовут? — спросила вдруг Юлия, и тип смутился. Интересно, смущаются ли галлюцинации? Или персонажи кошмарного сна?

— Это неважно... Ну, допустим, Роман...

Роман! Юлия была уверена, что этого типа звали как угодно, но только не так же, как ее мужа. И, подумав о своем супруге, она едва не заплакала от тоски.

— Так вот, Юля, мы вас вызволили, потому что нас нанял ваш отец!

Юлия не верила ни единому слову этого... этого *лже-*Романа.

— Я являюсь совладельцем детективного агентства «Золотая белка», и ваш отец, еще до своей смерти, нанял нас для проведения расследования причин гибели своей жены, то есть вашей матушки. А мне он доверил вести за вами негласное наблюдение и сделаться вашим телохранителем...

— Вы — коллега Юлии Ивановой? — быстро спросила Юлия, а лже-Роман моментально ответил:

— У нас нет сотрудницы с таким именем...

— Тогда вы не можете быть совладельцем детективного агентства «Золотая белка»! — закричала Юлия. — Вы самозванец, вы... вы... *моя выдумка...*

Лже-Роман, сверкнув глазами, поднялся с табуретки.

— Да если бы не мы и не мои люди, то вы бы так и остались в этой клинике и сгнили бы там заживо. Точнее, он бы в течение короткого времени сделал бы из вас ходячую мумию. Вернее, с учетом вашей ситуации, мумию *сидящую...*

Было заметно, что слова Юлии задели его за живое.

— *Он?* — спросила она, а лже-Роман, успокоившись, пояснил:

— Доктор Эдуард Андреевич Черных. Он известен тем, что содержит клинику, в которой из пациентов, конечно, не всех, а особых, делают «овощи». Этот Черных одиозная личность и явный прохвост. Мы с ним по одному делу иного клиента уже сталкивались. Совсем не удивлюсь, если у него на совести преступления *и посерьезнее...*

Рассматривая в упор лже-Романа, Юлия подумала, что он сам одиозная личность и явный прохвост. И что на его совести наверняка масса преступлений.

— Как может быть, что вы не знаете Иванову? — спросила она отрывисто. — Она же работает в вашем агентстве, ведь так? Или имеется два агентства с одинаковым названием — «Золотая....».

Слово «белка» она не смогла выговорить. Лже-Роман протянул ей бутылочку воды:

— Выпейте. По голосу слышно, что у вас в горле пересохло...

Юлия проигнорировала его руку, в которой была зажата бутылка воды. Кто знает, *что* в ней намешано...

— Все очень просто — эта особа самозванка и выдавала себя за работницу нашего агентства, ею на самом деле не являясь...

Утробно расхохотавшись, Юлия заявила:

— Я лично видела ее послужной список и резюме. И сама ее выбрала! И точно знаю, что она у вас работает. Если кто и самозванец — так это *вы!*

Лже-Роман, пройдясь по залу, поднял отброшенное Юлией яблоко, обтер рукавом рубашки и со смаком откусил от него.

— Это может означать только одно: эта особа заодно с... *с Черных!* Если исходить из того, конечно, что именно он является мозговым центром всей этой кошмарной истории.

Юлия уставилась на него и пробормотала:

— Вы стараетесь мне внушить, что доктор — преступник. Что Юлия Иванова самозванка и не работает в вашем агентстве. Хотя я понятия не имею, работаете ли в нем вы...

Лже-Роман, чертыхаясь, выскочил из комнаты, а Юлия заметила на столике оставленный им мобильный телефон. Еще до того, как она смогла подкатить на кресле к столику, тип вернулся и сунул ей под нос ламинированное удостоверение, на котором виднелась его фотография и надпись: *Детективное агентство «Золотая белка».*

— Ну да, в наше время такое состряпать за *десять минут на компьютере*, конечно, невероятно сложно, — сыронизировала Юлия, заметив, что тип прикрывает пальцами свои истинные имя и фамилию.

Спрятав удостоверение в карман рубашки, лже-Роман присел перед Юлией, взял ее крепко за руки и заявил:

— Повторяю: *нас нанял ваш отец*. Сначала чтобы установить причину аварии, в которой погибла ваша мама. Потом чтобы оберегать вас. Потому что он исходил из того, что вам может угрожать опасность. Потом он сам скончался, и мы раздумывали, что же теперь делать, ведь заказчик мертв. Однако он заплатил нам гонорар за полгода вперед. Можно было просто перестать работать...

Юлия скривилась. Точно, *мошенник!*

— ...Можно было вернуть наследнице, то есть вам, деньги. Или можно было продолжить выполнять ту работу, за которую нам было заранее заплачено. Так как шеф — это я, то мною было принято решение в пользу последнего варианта.

— И *почему же*, разрешите вас спросить? — Юлия с трудом высвободила руки из-под ладоней своего собеседника.

— Потому что я понял: после убийства ваших родителей следующая на очереди — *это вы!*

Юлия, усмехнувшись, заявила:

— Ну вы и горе-сыщик! Да, мои родители умерли, но их я убила! *Я!* А вы даже этого не раскусили...

Лже-Роман, снова опустившись на табуретку, заметил:

— *Ничего подобного!* Это вам ведь Черных рассказал?

Юлия медленно кивнула.

— А с чего вы взяли, что это *правда?* Он ведь целенаправленно подводил вас к мысли, что вы убили родителей. И что вы, как я понял, являетесь серийной убийцей. Хотя этому нет ни малейшего доказательства!

Юлия закричала:

— Это я! *Я!* Я видела все эти сны... Имеется несчастная жертва, моя первая жертва, которая нарисовала мой портрет... Я помню, что убивала...

Тип, будучи совершенно серьезным, сказал:

— Сны можно вызвать при помощи соответствующих медикаментов. Как и ложные воспоминания. А что касается свидетельницы... Она, как и эта ваша Иванова, может быть *обыкновенной подставой!* С целью вложить вам в голову, что убийца — *это вы!*

Юлия дико закричала. Лже-Роман бросился к ней, пытаясь как-то унять, но она молотила по его груди кулаками.

— Я убийца, я! Я это знаю, это так! Я убила этих детей, своих родителей, а вначале своего брата...

Осекшись, Юлия подозрительно взглянула на лже-Романа.

— Или вы будете плести, что и Васютку я не убила? И что у меня, быть может, младшего брата не было? И что мы тут находимся в 1659 году до нашей эры?

Она успокоилась так же внезапно, как и начала кричать. Обеспокоенные ее воплями, в зал влетели лжемедсестра с лжеврачом, однако лже-Роман жестом выпроводил их.

— В этом-то и заключается трагика и подлая методика тех, кто пичкал вас ложными воспоминаниями. Или *лишал* воспоминаний настоящих. Да, бесспорно, младший брат у вас был, и звали его Василий. И он в самом деле умер на ваших глазах, подавившись куском яблока в летнем лагере «Веселые бельчата». И...

Он запнулся, и Юлия завершила его мысль:

— И я убила его! *Убила!* И не говорите мне, что это ложное воспоминание. Я знаю, что убила его...

Лже-Роман, присев около нее, мягко заметил:

— Не думаю, что ложное, потому что... Потому что ваш отец, который мне доверял, однажды обронил озадачившую фразу, что вы казните себя за ужасный проступок в детстве и что он вас давно простил...

Юлия окаменела. Неужели отец *все знал* — возможно, не с самого начала, но со временем понял, что она убила Васютку...

Или этот тип нагло врал?

Если, конечно, этот тип *вообще* существовал и она *в самом деле* беседовала с ним невесть где.

— Я вам не верю! — заявила Юлия. — Мой отец *никогда* бы не стал говорить о таких вещах с посторонними...

— Повторяю, что он мне доверял, а после смерти вашей матушки, которая была убита, нуждался в человеке, которому мог бы доверить свои горести...

Но если так, почему отец *не обратился к ней?* Юлия впилась в подлокотники кресла-качалки.

Потому что между отцом и ней стоял убитый ею Васютка. Потому что если отец в самом деле знал, то... То вряд ли бы решился излить свое горе ей.

— *Успокоились?* Так вот, я думаю, что кто-то очень хитрый, зная о том, что вы совершили в детстве и что это гнетет вас, решил использовать это в своих целях. И, манипулируя чувством вины за ужасный в самом деле проступок, стал вкладывать вам в голову мысль о том, что вы совершили кучу иных убийств. Которые вы *не совершали!*

Юлия только усмехнулась. Ну да, конечно. И вообще она белая и пушистая.

— Я убила Васютку!

Лже-Роман снова схватил ее за руки.

— Убили... Или *не убили...* Вы же не голову ему проломили, а просто не вовремя позвали помощь... Это совершенно разные вещи! Это никакое не убийство...

— Я убила! Я хотела, чтобы он умер, и он умер. Я бы могла его спасти, но, видя, как он синеет у меня на глазах, поняла: надо подождать всего пару минут, и все разрешится само собой. *Идеальное убийство...*

Тип замолчал и тихо добавил:

— Мне очень жаль... Но даже если это так, то вы совершили его ребенком. А дети часто совершают ужасные вещи, последствия которых они не в состоянии просчитать. С точки зрения закона вы абсолютно чисты — вам ведь тогда и двенадцати не было.

— Я убийца! — закричала Юлия. — И убила потом родителей. И всех этих детей...

— Да не убивали вы своих родителей! — перебил ее тип, и Юлия вдруг похолодела от ужаса: а что, если он прав и ее родителей *убил...*

Убил именно этот тип, который сжимал, словно тисками, ее руки?

— Мне больно! — сказала Юлия, но лже-Роман давление не ослабил. — *Мне больно!*

Тот наконец отдернул свои грабли, и Юлия заметила, что на ее запястьях остались темно-синие пятна.

— Извините... Я не хотел... Мне очень жаль...

Взирая на бормочущего типа, Юлия поняла, что он может быть жестоким и даже безжалостным. А что, если он прав, потому что он уж слишком подозрительно и, главное, безосновательно настаивал на том, что родителей убила не она.

Потому что этот субъект прекрасно знал: их на самом деле убил *он сам*.

И не только родителей, но и несчастных детей?

Юлия, чувствуя, что ей не хватает воздуха, пришла к невероятной мысли: но если это так, то тогда... тогда Великий Белк — это вовсе не она сама, а...

А тип, заложницей которого она теперь стала.

Внезапно все стало на свои места. Юлия, чувствуя, что с ее плеч свалилась невероятная тяжесть, поняла — ей ни в коем случае нельзя дать понять этому типу, что она в курсе реального положения вещей.

Даже в том случае, если реальность была всего лишь *плодом ее воображения*.

— Извините, я не хотел, честное слово! — продолжал оправдываться лже-Роман, а Юлия, наблюдая за ним, не верила ни единому его слову.

Конечно, *хотел*. Более того, *мечтал*.

— Значит, вы просто решили продолжить выполнять заказ моего покойного отца, следовали за мной по пятам, а теперь и высвободили из лап доктора Черных? — спросила она, стараясь, чтобы ее голос звучал как можно более убедительно.

— Именно так и было, — кивнул с явным облегчением тип, и Юлия, полностью игнорируя его долгий рассказ, смотрела на него и думала об одном: все, в чем он пытается убедить ее, вранье.

От первого до последнего слова.

Интересно, он и есть Великий Белк? Юлия прикинула — молодой, крепкий, явно сильный мужчина. Такому похитить девочек — раз плюнуть.

Но не исключено, что он был всего лишь одним из членов команды исполнителей, работавших на своего босса, *истинного* Великого Белка — *доктора Черных*.

Ну, конечно — доктор Черных! *Элементарно, Ватсон...*

Она ведь пыталась понять, отчего *Белк.* И переставляла в своем кошмаре буквы. Белк, то есть блек — black. Она ведь думала даже в своем кошмаре о том, что это по-английски «черный».

Ну да, все просто — black, то бишь *«черный».* Или доктор *Черных.*

Он же *Черный человек.*

Она едва сдержалась, чтобы не расхохотаться в лицо о чем-то сосредоточенно вещающему лже-Роману.

Тот, снова схватив ее за руки, произнес:

— Вы поняли, о чем я говорю? Что никаких убийств детей не было вообще, и все это вкладывалось вам в голову, чтобы возложить ответственность за весь этот кошмар, на самом деле являющийся выдумкой, на вас...

— Конечно, конечно, — произнесла Юлия, дивясь тому, как у нее складно вышло. — Я все поняла. Это просто кошмар какой-то!

В комнату вошла лжемедсестра, и Юлию снова пронзила догадка. Ну да, девочек похищала женщина. Только не она сама. И не несчастная Вероника, которая была не более чем шпионом дяди Игоря.

А вот эта резвая особа. С *кулоном-белочкой.* Еще бы, ведь ее властелином был Великий Белк.

Именно она заманивала детей в фургон, именно она похищала и доставляла их...

Ну, или на пару с этой врушей Юлией Ивановой, которая — и в этом она ничуть не сомневалась — была еще одной соучастницей доктора Черных, лже-Романа и их подручных.

Все было в самом деле *очень просто.*

Юлия обвела взором комнату, в которой находилась. Не исключено, что вовсе не в летний лагерь «Веселые бельчата», который был специально оборудован так, со всем этим кошмарным реквизитом, и все для того, чтобы — *и в этом лже-Роман был прав* — привести ее мысли о том, что она...

Великий Белк.

— Извините, я сейчас вернусь... — сказал лже-Роман, уходя вместе с лжемедсестрой. А Юлия, проводив их взглядом, задумалась о том, что тогда выходит, что и ее бегство из клиники было всего лишь инсценировкой...

Но зачем?

И она расхохоталась — ну конечно, это часть так называемой *терапии*, о которой столь велеречиво вещал этот преступный эскулап. Только целью терапии было вовсе не лишить ее паразитарного «я», а, наоборот, *внушить* ей идею о наличии у нее этого паразитарного «я», а в лучшем случае в самом деле *спровоцировать* у нее появление этого самого паразитарного «я».

И тут ее взгляд упал на лежавший на столике мобильный. Юлия, чувствуя, что все волнение, которое только что буквально переполняло ее, улеглось, крутя руками колеса инвалидного кресла, приблизилась к столику и взяла мобильный.

Кому она могла позвонить? В полицию — но поверят ли ей? А если и поверят, то что ей сказать на вопрос о том, *где* она находится. Об этом она не имела ни малейшего понятия.

Юлия дотронулась до экрана мобильного — и увидела то, что, собственно, и ожидала увидеть. Ей требовалось ввести четырехзначный код.

Юлия положила мобильный обратно на столик. Что же, это лишний раз доказывает, что то, что сейчас с ней происходит, происходит *наяву*. Потому что во сне или в галлюцинации у нее бы непременно получилось разблокировать мобильный.

В настоящей жизни *такого не бывает*.

Юлия подумала, что, в сущности, она может обратиться только к одному человеку, который — и он доказал это — готов на все, чтобы спасти ее, потому что безгранично любит.

К своему мужу.

В голове всплыли цифры его мобильного — странно, она никогда не ставила перед собой задачи запоминать номер мужа, однако выходит, что если она, с учетом ее провалов в памяти, что и забыла, то многое, чуть ли не все, но только не это.

Все же человеческая память *крайне избирательна.*

Юлия откатилась в сторону, слыша громкие голоса своих очередных тюремщиков, что доносились до нее со двора. Она вздохнула, внезапно понимая, что выхода, наверное, нет.

И что Великий Белк, так или иначе, *настигнет* ее.

В этот момент ее взгляд упал на стенку шкафа, которая до этого времени была сокрыта от ее глаз, и Юлия увидела, что на пыльном выцветшем линолеуме находится древний дисковый телефонный аппарат — *ядовито-горчичного цвета.*

Ну естественно, не зря же Квазимодо распевал: «Великий Белк придет и всех нас *без горчицы* пожрет!»

Без горчицы!

Не веря в подобную удачу, Юлия подкатилась к шкафу, нагнулась — и без проблем сумела коснуться телефонного аппарата.

Она была уверена, что он отключен: так же как и во сне. А если и подключен, то не работает. А если подключен и работает, то по нему все равно нельзя позвонить...

Сама того не замечая, Юлия, размышляя о том, что у нее ничего не выйдет, набрала номер мобильного Романа.

Ах, ну да, если подключен, работает и можно позвонить, то абонент «временно недоступен»...

Раздался длинный гудок.

Не подойдет, не подойдет, *не подойдет...*

Звонок приняли на третьем гудке, и в трубке раздался голос мужа — резкий, обеспокоенный, какой-то *бесконечно усталый:*

— Слушаю!

Юлия попыталась что-то сказать, но в горле у нее возник спазм — то ли от волнения, то ли от переполнявших ее чувств. Видимо, она все еще не верила, что *такое* возможно и что *такое* возможно так просто, а потому не могла выдавить из себя ни слова.

— Слушаю вас! — повторил призывно муж, и Юлия вдруг поняла: он сейчас повесит трубку, и...

— Солнышко, это *ты?* — вдруг произнес муж, и Юлия, услышав его любимое к ней обращение, всхлипнула и, чувствуя, что по щекам струятся слезы, вдруг обрела дар речи.

— Рома, Ромочка... — рыдая, зашептала она. — Забери меня отсюда... Прошу тебя, *забери...*

Только вот нужна ли ему жена — серийная убийца? То, что она не была серийной убийцей и что Великим Белком был доктор Черных или кто-то из его банды, Роман ведь не знал.

И для него она находилась в клинике этого... Как он его тогда назвал? Воспоминание прикатило обратно с утроенной силой. Да, точно — *шарлатана!*

— Солнышко, что с тобой? — произнес муж, и Юлия зарыдала. Что ей делать — уверять, что она не Великий Белк? И это несмотря на то, что муж наверняка не поверит и сочтет бреднями сумасшедшей...

Бреднями сумасшедшей — как это точно в отношении нее...

Да и разговор мог в любой момент прекратиться — потому что этот лже-Роман, или кто-то из его подельников, мог просто зайти в комнату и...

— Солнышко, ты где? — спросил муж, и Юлия честно ответила:

— Не знаю...

И спешно добавила:

— Но не у доктора *Блэка...* То есть *Белка...* то есть *Черных,* я хотела сказать...

Как же все феноменально просто: *black — белк — Великий Белк — Черный человек.*

Более всего женщина опасалась, что муж захочет знать, почему она не в клинике доктора Черных.

И что ей тогда ему ответить? Что ее похитили — кто? Помощники того же самого Черных?

К счастью, муж, поклонник логики и четких действий, не стал задавать ей ненужных вопросов. Он вообще *не стал* задавать вопросов. А с огромной нежностью в голосе произнес:

— Солнышко, я обещаю тебе... Нет, я клянусь тебе, что все будет хорошо. Я *люблю* тебя больше всего на свете. И ты *нужна* мне больше всего на свете... И я *найду* тебя, если мне придется пройти все на свете...

Юлия зарыдала, запрещая себе делать это, так как нечего было расстраивать Романа (хотя куда уж больше расстраивать — жена у него оказалась серийной убийцей!), да и *они* могли услышать.

— Просто сделай так, — произнес Роман, — спрячь телефон, с которого звонишь, где-нибудь недалеко от того места, где ты находишься. И, что важнее всего, не завершая звонок. Так я смогу определить, где тебя искать, солнышко...

Юлия кивнула, потом слабо улыбнулась — она ведет себя как героиня дурацкого анекдота. Надо же *говорить*, а не кивать...

— Ромасенька, я в каком-то доме... Кажется, в области... Они меня тут держат... Телефон, с которого я звоню, городской... И поверь мне, я никого не убивала... Я это только сейчас поняла... Они это все подстроили... мне внушали... Они и папу с мамой убили... И Великий Белк тоже тут...

Она задохнулась, понимая, что с Великим Белком — перебор. А то муж еще решит, что *эта сумасшедшая* сбежала из клиники и, добравшись до телефона, трезвонит ему, рассказывает небылицы.

Однако Роман так не решил.

— Солнышко, я обещал — и я сделаю. Положи трубку так, чтобы они не могли найти ее. А сама спрячься. Если ты в доме, то лучше именно в доме. Но так, чтобы они думали, что ты сбежала. Пусть тебя ищут снаружи...

— Рома, я не убивала! — выдохнула Юлия, и вдруг поняла, что врет. Опять врет.

Убивала. Пусть и не отца и маму. Пусть и не этих несчастных девочек.

Она убила Васютку. А то, что внушал ей лже-Роман, то, что она не виновата, не имеет отношения к действительности...

К действительности, которая, как надеялась Юлия, *существовала.*

— Я знаю, — просто ответил муж. — Потому что ты мое солнышко и никого убить ты не могла. А теперь положи трубочку и спрячься. Я спасу тебя, *солнышко...*

Ей так не хотелось заканчивать разговор с мужем, но Юлия знала — пора. Она опустила трубку на пол, а сам аппарат задвинула под шкаф, откуда его находившиеся в комнате увидеть никак не могли.

Затем, подъехав к окну, Юлия приподнялась и ухватилась за ручку — и распахнула окно. В лицо ей ударил свежий прохладный воздух. Жаркое лето прошло, наступала осень.

Спустившись на руках из кресла и усевшись на пол, Юлия придвинула кресло как можно ближе к подоконнику — создавалось впечатление, что пленница, подкатившись к окну, раскрыла его, затем залезла на подоконник и скрылась из дома.

Именно это ей и требовалось.

А затем Юлия поползла в сторону двери. Ноги все еще не держали ее, слишком много времени она провела лежа, привязанная к кровати ремнями в клинике доктора Черных. То есть доктора Блэка. Белка...

Великого Белка.

Единственное, о чем Юлия молила... Да, *кого* она молила? Да *хоть кого!* Хоть Летающего Макаронного Монстра. Но только *не Великого Белка.*

Она молила о том, чтобы сейчас никто не вошел в комнату. И не встретился ей в коридоре.

Коридор был пуст, Юлия заметила настежь открытую входную дверь, а также стоявшие на крыльце фигуры ее тюремщиков, которые курили и о чем-то совещались. До нее донеслись обрывки фраз:

— ...с ней делать? Это ж крайне опасно! А если свидетели будут? Нет, нет, не пойдет...

Юлия поползла не к входной двери, что было бы чистым самоубийством, а в глубь коридора. Только вот где она могла бы спрятаться в этом доме?

В подвале?

В бункере?

Чувствуя, что никакая сила не заставит ее спуститься в бункер-подвал, Юлия вдруг заметила приоткрытую дверь, за которой виднелись выложенная потрескавшимся желтоватым кафелем стена и висевшее на крючке полосатое полотенце.

Ванная.

Она вползла в комнату, которая в самом деле оказалась ванной, и, не прикрывая за собой дверь, устремилась к краю ванны, отгороженной занавеской, на которой были изображены *веселые белочки с орешками в лапках...*

А кого она, собственно, ожидала увидеть в логове Великого Белка — котиков, мартышек или, быть может, *попугайчиков?*

Естественно, это должны быть *белочки.*

— *Великий Белк, умом ты мелк!* — произнесла Юлия и, потянувшись, ухватилась за край ванны, перевалилась через него и вползла, подобно змее, в сухую, далеко *не самую чистую* купель.

Странно, но в ее голове крутилась только одна-единственная мысль: «*Когда они в последний раз мыли ванну?*»

Затем Юлия осторожно, не издавая ненужного шума, задернула занавеску, которая конечно же зацепилась за что-то и застопорилась. Пришлось осторожно подняться и, в абсолютно идиотской позе, попытаться разъединить въехавшие друг в друга пластиковые кольца.

При этом Юлия на совершенно гладком и сухом месте вдруг поскользнулась — и, инстинктивно схватившись руками за занавеску с *веселыми белочками*, всем телом повисла на ней.

Это была месть Великого Белка.

Однако занавеска не порвалась, кольца не сломались, а металлическая штанга выдержала. Ощущая себя героиней фильма ужасов, которые так любил Стас (*Господи, как это было давно! И вообще правда ли?*), Юлия осторожно, крайне осторожно, сползла по занавеске вниз — и, чувствуя, что силы покинули ее, в изнеможении опустилась на дно ванны.

А затем, встрепенувшись, ибо из коридора раздались громкие голоса и кто-то отчаянно закричал «Она исчезла, блин!», Юлия дернула занавеску, не рассчитывая на то, что та сдвинется с места, но занавеска *без малейших проблем* дошла до конца штанги, полностью закрывая ванну.

Внимая крикам в коридоре и соседних комнатах, Юлия вжалась в дно ванны и, закрыв глаза, повторяла, словно молитву, идиотский, только что придуманный стишок, чувствуя, что у нее от страха зуб на зуб не попадает: «*Великий Белк, умом ты мелк, ты жесток и кровав, ты убиваешь для забав, ты ешь детей, ты ненавидишь всех людей. Ты не крут, ведь ты труп, ты очень мелк, Великий Белк, твой срок прошел, твой поезд ушел...*»

Пентхаус

— О, милая моя, ты выглядишь сногсшибательно! *С днем рождения!* — Юлия, открывая дверь пентхауса, увидела очередную группу гостей, заявившихся на ее тридцатилетие в предпоследний день ноября, как водится, с огромным букетом цветов и шикарным подарком.

Роман не отпускал жену ни на шаг (да и сама Юлия не хотела, чтобы муж надолго оставлял ее).

— Она ведь в самом деле выглядит сногсшибательно? — спросил Роман, явно гордясь своей женой и нежно целуя ее в щеку. И сам же ответил на этот вопрос: — Конечно же мое *солнышко*, как всегда, выглядит сногсшибательно...

Юлия, принимая подарки, подумала, что вряд ли выглядела сногсшибательно, когда Роман доставал ее со дна ванны в том страшном доме — скрюченную, застывшую в позе эмбриона, ждавшую помощь — и наконец-то дождавшуюся ее.

Те четыре с небольшим часа, которые потребовались, чтобы отыскать и забрать ее, показались Юлии вечностью.

Однако мужа она была готова ждать дольше любой вечности.

Она дождалась.

Он на руках вынес ее из ванной, и Юлия, мертвой хваткой вцепившись ему в шею, поняла, что счастлива, как никогда.

Все, что последовало за этим, уже не волновало ее. Роман и так рассказал ей все в подробностях. Доктора Черных обнаружили в его клинике — он, видимо, получив от своих сообщников весточку, отравился, приняв лошадиную дозу сильнейших медикаментов, которыми обычно накачивались его пациенты.

Пациенты, от которых родственники по тем или иным причинам желали избавиться — и которые по тем или иным причинам должны были остаться в живых.

Они и жили в клинике доктора Черных — превращенные им в «овощи». И Юлия знала — если бы не Роман, то ее ждала бы точно такая же участь.

Но это была только вершина айсберга. В тайной комнате, в которую имелся ход из кабинета доктора Черных, обнаружились пыточные инструменты, орудия убийств, одежда, а также заспиртованные части тел жертв Великого Белка. А также отчет об истинных причинах автокатастрофы, в которой погибла мама Юлии, а также планы особняка отца, что свидетельствовало о том, что его тоже убили.

Юлия не желала об этом больше ничего слышать, она даже не читала газет, которые показывал ей муж, публиковавших сенсационные разоблачения одно за другим. Она не выходила в Интернет и добровольно заперла смартфон в ящике стола.

Роману она сказала, что сыта по горло всей этой шумихой, и муж, который успешно ограждал их дом и ее саму от вездесущих журналистов, был с ней полностью солидарен.

Она знала, что опять врет. Она не хотела иметь мобильный, даже с новым номером, потому что...

Потому что доктор Черных, то есть *black*, он же *Великий Белк*, был мертв, и сомнений в этом не было ни малейших, но вот его подручные, в том числе лже-Роман, лжемедсестра, лжеврач и лже-Юлия Иванова бежали еще до прибытия на подмосковную дачу Романа.

Их до сих пор не нашли, хотя — Роман говорил с ответственными чинами в силовых структурах — искали.

Может, они были мертвы. Может, давно покинули Россию.

В-Б, В-Б, В-Б...

А может, ошивались где-то неподалеку, мечтая довести начатое их шефом до конца.

— Ну, ты и красавица! — услышала Юлия знакомый голос и подошла к входившему в дверь, опиравшемуся на трость пожилому мужчине, генералу Юрию Борисовичу, который все же сумел выкарабкаться после остановки сердца и последовавшей за этим клинической смерти, однако резко сдал.

Как и она сама, он победил Великого Белка.

Юлия расцеловалась с другом отца, приветствовала его жену, перекинулась с ними парой слов и, крайне довольная, что никто из гостей не завел речь о кошмарных событиях прошлых месяцев, спросила Романа:

— Это ведь ты запретил им говорить о... *о Великом... Белке...*

Муж, поцеловав Юлию, поправил затейливое изумрудное ожерелье, подаренное им ей утром и удивительно шедшее к ее черному платью, сказал:

— Ну, а что о нем говорить, солнышко? Все наконец-то осталось в прошлом! Все будущее принадлежит нам. Я ведь так тебя люблю...

Он снова ее поцеловал, а Юлия, заслышав новый звонок, отправилась в холл.

Муж был, естественно, прав, *однако...*

Однако это не меняло того, что она была убийцей. Пусть и не серийной. Пусть даже невольной...

Она не убивала родителей. Она не убивала несчастных девочек.

Однако она убила своего младшего брата Васютку. Это не была игра воображения. Или ложное воспоминание. Или деяния паразитарного «я».

Она сделала это осознанно и хладнокровно.

Юлия отказалась принимать лекарства и проходить курс лечения, и муж не настаивал. Она не хотела больше никаких *докторов* и никаких *клиник*.

Кошмары исчезли, ни разу не вернувшись, и это было отличным симптомом. Правда, она до сих пор не могла вспомнить многого, наверняка под влиянием сильных медикаментов, которыми ее пичкали в клинике доктора Черных, но Юлия не печалилась по этому поводу.

Ей не требовалось прошлое — Роман был прав: им принадлежало *все будущее.*

— ...Юлия Васильевна! — услышала она скрипучий голос и, обернувшись, заметила пожилого нотариуса, хорошего знакомого отца.

— Могу ли я поговорить с вами наедине? — спросил он, и Юлия, наморщив лоб, не смогла вспомнить, что приглашала его.

Впрочем, *не помнить* было не так уж плохо.

Отыскав Романа, с кем-то болтавшего, Юлия увлекла его за собой. Нотариус, который ждал их в кабинете, заметил:

— Я хотел бы поговорить *только* с вами...

Роман собрался было уйти, но Юлия удержала его за руку.

— Это мой муж. И если уж вы хотите что-то сказать мне, то говорите это в его присутствии. У меня от него нет тайн.

Впрочем, то, зачем заявился нотариус, по-стариковски делавший из того, что и так было понятно, тайну, было Юлии отлично известно.

Нотариус откашлялся и передал ей запечатанный сургучом пакет.

— Первая часть завещания ваших родителей была оглашена мной после неожиданной смерти их обоих... Вот и вторая часть... Прошу вас вскрыть!

Юлия вскрыла пакет, пробежала завещание глазами и, возвращая его нотариусу, сказала несколько раздражённо:

— И ради *этого* вы беспокоите меня в мой день рождения?

— В ваш *тридцатый* день рождения! — заявил обиженно нотариус. — Как вы уже знаете, о чем я поставил вас в известность при оглашении первой части завещания, по достижении тридцати лет вы входите в право владения трастовым фондом, основанным вашими родителями и аккумулирующим, грубо говоря, все их имущество, на текущий момент оценивающееся не менее чем в семьсот...

Юлия прервала старика:

— То, что мои родители мультимиллионеры и почти что долларовые миллиардеры, мне и так давно хорошо известно. Как и то, что я стану владелицей трастового фонда в тридцатый день рождения. Они давно обговорили со мной условия своего завещания...

Обговорили, ибо не предполагали, что так скоро умрут. Нет, не умрут — *будут убиты* Великим Белком.

В голове у Юлии вдруг невесть откуда закрутился идиотский, ею же выдуманный стишок: «Великий Белк, умом ты мелк...»

И почему она снова и снова думает об этом? Ведь все наконец-то закончилось!

Закончилось?

В-Б, В-Б, В-Б...

Пока не пойманы пособники доктора Черных, то... *То...*

Юлия схватилась за руку мужа, и Роман, нежно сжав ее, ровным голосом произнес, обращаясь к нотариусу:

— Отлично, благодарим вас с женой за ваши услуги! Разрешите пригласить вас по случаю тридцатилетия моего солнышка на бокал коллекционного портвейна. Ведь, предполагаю, шампанское вы не особо жалуете...

Старик, оттаивая, согласился, и Роман, подмигнув жене, покинул кабинет, увлекая за собой нотариуса.

Юлия взглянула на сиротливо лежавший на столе разорванный пакет со второй частью и так давно известного ей родительского завещания.

Она бы отдала все свои миллионы ради того, чтобы воскресить их.

А что бы она отдала, дабы воскресить *Васютку?*

— Вот ты где, именинница! — услышала Юлия подозрительно знакомый голос и увидела входящего в кабинет дядю Игоря.

Этого только ей не хватало!

За ним следовал его великовозрастный сынок, Игорек, а с ними были, как и в прошлый раз, две разбитные девицы, брюнетка и блондинка, участницы самого крутого (ну, может, и не *самого,* и далеко не *крутого*) дамского дуэта на российской эстраде.

Как они звались. Ах да, *«Белка и Стрелка»*...

— Что вы тут делаете? — произнесла растерянно Юлия, а дядя Игорь, протягивая ей изящно упакованный подарок, расплылся в змеиной улыбке:

— Ну разве я мог пропустить день рождения моей без пяти минут в прошлом невестки?

Небрежно швырнув, не желая распаковывать, подарок дяди Игоря на стол, Юлия холодно произнесла:

— Пришли, чтобы снова устроить скандал? Как вы вообще сюда проникли? Вас же запрещено сюда пускать...

Дядя Игорь, обнимая и целуя ее (избежать этого было нереально), ответил:

— Не родился еще такой человек, который бы мог помешать мне войти туда, куда я хочу войти...

Если он сумел, то и *другие* тоже смогут...

В-Б, В-Б, В-Б...

Девицы захихикали, и брюнетка, томно округляя губки, заявила:

— Как это сексуально, Игоряша, — *входить всюду, куда ты хочешь войти!*

Игоряша... Юлия усмехнулась и была вынуждена принять лобызания от своего некогда жениха и почти что мужа. И даже брюнетка (с той же, сверкавшей стразами, буквой «С»), и блондинка (со все той же не менее лучистой *и фальшивой* литерой «Б»), хихикая и чирикая, пожелали ей всего самого наилучшего, а потом неплохими голосами, правда, с кошмарным акцентом, пропели, пародируя легендарное выступление Мэрилин Монро на дне рождения президента Кеннеди, песенку-поздравлялку.

Юлия была даже тронута — ровно *девять* секунд. Или даже *восемь.*

— Ты ведь теперь законная наследница папиных и маминых миллионов, — оскалился дядя Игорь. — Пора и о делах поговорить. Продай мне *свой бизнес!*

Смерив холодным взглядом своего несостоявшегося свекра, Юлия ответила:

— *Не продам.* Потому что мы с Романом его разовьем и укрепим позиции. И *ваш перекупим!*

Дядя Игорь, видя, что Юлию не переубедить (да и вряд ли он всерьез вообще наделся на это), приобнял свою спутницу и сказал:

— Ну, тогда пойдем и икорки на дармовщинку поедим... Так же, Юлюсик, как я вскоре тебя вместе с твоим бизнесом *слопаю!*

Он расхохотался, а Юлия поморщилась. Опять это кошмарное обращение — Юлюсик. То же самое, которое она слышала из уст Великого Белка в своих кошмарах. И тот, кстати, тоже грозился ее *съесть...*

Шумная компания удалилась, и до Юлии, оставшейся в кабинете, долетел голос одной из дамочек дуэта «Белка и Стрелка»:

— Эй, Белкина, ты чего мой бокал-то схватила? У тебя теперь что, два?

Послышался взрыв глупого хохота, а Юлия похолодела.

Белкина...

Или она сказала — *Белка?* Ну да, дуэт же называется «Белка и Стрелка». Однако вряд ли имя одной из девиц на самом деле *Белка.* Это ее псевдоним, который в реальной жизни вряд ли используется.

А вот фамилия Белкина у нее *вполне могла быть.*

Поддавшись внезапному импульсу, Юлия вышла из кабинета и вернулась на первый этаж в зал, где гости пили, закусывали, веселились.

Завидев ее, дядя Игорь поднял вверх бокал и провозгласил:

— За нашу именинницу! *За Юлюсика!*

Все подхватили его глупый тост, и Юлия против своей воли оказалась чествуемой собравшимися — это было то, чего она менее всего хотела в тот момент.

Отыскав глазами блондинку со сверкавшей стразами огромной буквой «Б» на накачанной силиконом мощной груди, Юлия подошла к ней и, тронув за локоток, произнесла:

— Скажите, ваша настоящая фамилия *Белкина?*

Блондинка, уже навеселе, хлопая огромными накладными ресницами, ответила:

— Нет, я — Белка!

И она дотронулась до своей сверкавшей поддельными бриллиантами литеры.

— А Белкина — она!

И указала на брюнетку с буквой «С», то есть на Стрелку.

Юлия двинулась к брюнетке и буквально выковыряла ее из объятий своего бывшего женишка Игорька.

— Ревнуешь? — спросил тот самодовольно, а Юлия, оглядев его красную физиономию, более чем солидное брюшко и прогрессирующую лысину, честно ответила:

— *Ни капли.* Ты мне разрешишь поговорить со своей спутницей?

Она проследовала с девицей со сценическим псевдонимом Стрелка в кабинет и, прикрыв дверь, произнесла:

— Ваша фамилия ведь Белкина?

Стрелка, хихикнув (она, как и Белка, была *под мухой*), ответила:

— Ну да! Галина Белкина я. Поэтому было бы логично, чтобы Белкой в дуэте стала я, но ею стала Машка, а фамилия у нее знаете *какая?*

Юлия не знала и, собственно, *и знать не хотела.* В голове крутился странный вопрос, и она наконец решилась задать его:

— Скажите, а вы не родственница... *Юлии Белкиной...* Ну, той девочки, которая... которая пропала?

Физиономия эстрадной куртизанки вдруг скривилась, и Юлия увидела перед собой дрожащую несчастную молодую девицу.

— *Откуда вы знаете?* — прошептала она, бледнея, и Юлия тихо ответила:

— Просто когда я услышала вашу фамилию... Извините, я не хотела вмешиваться в семейные дела... Это ваша младшая сестра?

— Двоюродная, — поправила Стрелка, всхлипывая. — Вы что-то о ней знаете?

Юлия в недоумении посмотрела на нее и ответила:

— Ну, как и все мы. Ведь после того как разоблачили Великого Белка, ну, то есть доктора Черных, а также стало ясно, что это он убивал и похищал девочек...

Стрелка бухнулась в кресло и простонала:

— *Кого* разоблачили? *Какой* такой Великий Белк? *Что* за доктор Черных?

Юлия уставилась на нее и произнесла:

— Ну, разве вы не следили за всем этим расследованием? Ведь и газеты писали, и в Интернете наверняка полно информации...

— Что вы знаете о моей пропавшей двоюродной сестре? — закричала Белка. — А если ничего не знаете, то зачем морочите мне голову? Только из-за того, чтобы причинить мне боль, ведь я подружка вашего врага? Поэтому, стало быть? Ну вы и *монстр!*

Голова у Юлии шла кругом. Как это она ничего не знала?

— Вы что, на гастролях все время были и все пропустили? Но я ведь сама видела заголовки бульварной, и не только, кстати, прессы... Тела жертв нашли...

— *Какие* тела? — завопила Стрелка. — Юлечка как пропала, так и с концами. Вы что-то об этом знаете?

Юлия окаменела, ничего не понимая — как могло быть, что эта особа *была не в курсе* шумного скандала?

Та же, по-своему истолковав молчание Юлии, плеснула ей на платье шампанским и заявила:

— Ты — последняя тварь и мразь! Решила использовать эту конфиденциальную информацию против меня, чтобы досадить своему врагу! Ничего, они твой бизнес отберут и сожрут!

Сожрут, *как и обещал Великий Белк...*

Засим Стрелка горделиво удалилась, а Юлия, ничуть не переживая по поводу выплеснутого ей на платье шампанского, подошла к компьютеру и включила его. Выйдя в Интернет, она задала в поисковой машине разнообразные комбинации.

«Великий Белк». «Доктор Черных». «Серийный маньяк, убивавший девочек, покончил с собой».

По некоторым запросам Интернет вообще ничего не выплюнул, а по другим выдал информацию, которая не имела ни малейшего отношения к Великому Белку и доктору Черных.

И что ужаснее и невероятнее всего — на сайте клиники доктора Черных не было ни малейшей ссылки на то, что основатель и владелец клиники является серийным убийцей и мертв. Наоборот, два дня назад мертвый, вернее, вполне еще *живой* доктор Эдуард Андреевич Черных принял участие в открытии какого-то важного конгресса в Москве в качестве почетного гостя.

В-Б, В-Б, В-Б...

С сайта на Юлию взирало лицо доктора Черных — по всей видимости, более чем живого и невредимого.

— Солнышко, все в порядке? — услышала она голос мужа и увидела его самого — Роман заглянул в кабинет.

Ничего не было в порядке. Юлия открыла рот, чтобы поделиться с мужем невероятной вестью, однако через мгновение переменила решение.

Ведь информацию о том, что доктор Черных является Великим Белком, а также о том, что доктор умер и изобличен как серийный убийца детей, она получила...

От мужа.

Из газет, принесенных им. *Но любые газеты можно просто подделать и напечатать самому.* Из его долгих подробных рассказов. *Но любой рассказ может оказаться ложью.* Из его секретной информации, якобы предоставленной ему высокопоставленными «силовиками». *Но любая секретная информация может быть выдумкой.*

— Да, сейчас, — ответила Юлия ровным тоном и движением «мышки» свернула интернет-страницу. Муж, подойдя к ней, обнял ее и поцеловал, а затем словно невзначай спросил:

— А ты что за компьютером делаешь, солнышко? *В Интернет вышла?*

Юлия, чувствуя, что ей становится тяжело дышать, произнесла:

— Да нет, это уже неважно...

Еще как важно!

Юлия поднялась и посмотрела на мужа. Проще всего задать вопрос в лоб. Но...

Она боялась ответа.

— Ну пойдем же! — Роман увлек ее за собой. — Солнышко, гости тебя требуют...

Юлия вышла к гостям, механически улыбалась, делала вид, что внимает чьим-то словам, однако в мыслях была далеко-далеко.

А что, если все это иллюзия? И то, что она считает действительностью, вдруг окажется кошмаром или фантазиями паразитарного «я».

Посмотрев на наклюкавшихся Белку и Стрелку, Юлия поняла, что эти уж точно *не могут быть иллюзией.* Как и громко рассказывавший похабный анекдот дядя Игорь, и его сынок Игорек, беспардонно пристававший к чьей-то спутнице.

Юлия заметила Романа, беседовавшего с каким-то банкиром, муж, почувствовав ее взгляд, обернулся — и улыбнулся ей.

Юлия поняла, что *не в силах улыбнуться ему в ответ.*

— Юлечка, великолепный праздник, но, боюсь, нам уже пора... — услышала она голос и заметила перед собой жену генерала Юрия Борисовича. Тот, опираясь на трость, находился рядом.

— Вы можете оказать мне услугу? — спросила Юлия, когда они уже вышли в холл и остались одни.

— Для тебя все, что угодно! — ответил генерал, и Юлия сказала:

— Не могли бы вы по своим каналам проверить, имелся ли в Москве таинственный серийный убийца Черный человек, он же Великий Белк, похищавший девочек, вырывавший у них глаза и зашивавший им рты...

— Какой ужас! — охнула генеральша, а Юлия продолжила:

— И если да, то какое отношение имеет ко всему этому доктор Эдуард Андреевич Черных, владелец клиники «Сон в руку»?

Генерал, внимательно посмотрев на Юлию, спросил:

— Тебе нужна помощь?

Юлия отрицательно качнула головой:

— Только информация. Во всяком случае, *пока.* Не хочу быть бестактной — но реально ли к завтрашнему дню?

Генеральша запричитала, помогая мужу надеть пальто:

— Деточка, ведь Юрий Борисович только из больницы... Ему нужен покой...

— *Реально*, — ответил тот, не обращая ни малейшего внимания на стенания жены. — И, Юля, учти — мое предложение о помощи было сделано не просто так.

Юлия в этом не сомневалась. Поцеловав генерала в колючую щеку, Юлия закрыла за ним и его супругой входную дверь. Прислонившись к ней спиной, она лихорадочно размышляла.

Что все это значило?

Больше всего она опасалась окончания дня рождения. Нет, не потому что желала, чтобы праздник длился вечно, а потому что знала: гости уйдут и она останется один на один с Романом.

С мужем, которого безумно любила.

И который, кажется, *напропалую ей врал.*

...Однако ей повезло — еще до окончания праздника Роману позвонили: срывалась важная сделка, и в офисе требовалось его присутствие, несмотря на выходной день.

— Солнышко, ты не в обиде, если я..: — начал он, и Юлия с легкостью отпустила его:

— Конечно, Рома.

Муж покинул вечеринку, а дядя Игорь, наблюдавший за тем, как Роман уходит, подплыл к Юлии и издевательски заметил:

— Что, проблемы с вашим распрекрасным бизнесом? И это *только начало*, Юлюсик!

Юлия вспомнила слова Романа о том, что гости получили инструкции не говорить с ней обо всей ужасной истории. Но если кто и был заинтересован, чтобы не соблюдать это и навредить ей, так это дядя Игорь. Поэтому Юлия без обиняков спросила его:

— И как вам этот скандал с Великим Белком, то есть Черным человеком? И тем, что он, то есть доктор Черных, едва меня не убил? И всеми его несчастными жертвами?

Дядя Игорь, изумленно выпучившись на нее, произнес:

— Юлюсик, ты *о чем?* Ты что, *перепила?* Какой Черный человек, какая белка? Первый раз слышу, что тебя кто-то чуть не убил. Какой там *доктор?*

Юлия поняла — и этот ничего не слышал. *Но как же так...*

— Это был тест на сообразительность, — заявила Юлия. — И вы его *провалили*, дядя Игорь.

Оставив обескураженного дядю Игоря, Юлия прошагала к Стрелке и, бесцеремонно взяв ее за руку, спросила:

— Мне нужно знать — мать вашей двоюродной сестры Юлии Белкиной живет в Жулебине? Это... Это такая малоприятная женщина, страдающая алкогольной зависимостью?

Стрелка, вырвав у нее из пальцев руку, ответила:

— Да ты сто пудов больная, ей-богу! Чего пристала, нравится душевную рану бередить? Но если так, то нечего нести ахинею. Моя тетка, кстати, классный педагог, вообще не пьет. И живут они в Марьине!

— Спасибо! — заявила Юлия и прошла на кухню. Облокотившись на барную стойку, она все думала и думала.

Она что, *сошла с ума?* Или сошла с ума уже давно — и все это ей *мерещится?* И она снова угодила в центр генерируемого ее больным мозгом кошмара?

Или же...

Роман вернулся поздно ночью, и Юлия, испытывавшая страх перед этим моментом, лежала под одеялом, напряженно думая и делая вид, что давно спит. Муж поцеловал ее, а потом вышел из спальни.

Через несколько минут Юлия на цыпочках выскользнула из спальни, присела на лестнице — и увидела, что муж находился на первом этаже, сидел на софе, копошась в своем мобильном.

Она вернулась в постель и накрылась с головой одеялом. Нет, это не может быть правдой, *не может...*

Бункер

...Юлия шагнула от двери, за которой что-то ярко светилось, и наткнулась спиной на стол. Обернувшись, она увидела, что на нем лежит тело, прикрытое клеенкой. Юлия сдернула клеенку и увидела девочку.

Только безо всяких повреждений наподобие выдернутых глаз и зашитого рта. Просто глаза у нее были распахнуты и виднелись зрачки удивительно темного, *почти черного* цвета. А рот был залеплен пластырем со странным рисунком, похожим на перетянутые нити.

Девочка была такая красивая и беззащитная...

И мертвая.

Она перевела взор на дверь, из-под которой били лучи света, подошла к ней и взялась за раскаленную ручку. А затем бесстрашно распахнула дверь.

Ей навстречу шагнула черная фигура, протягивавшая к ней волосатую когтистую лапу.

— Юлюсик... Юлюсик... Я пришел за тобой...

— Знаю! — ответила Юлия, схватила монстра за лапу и с силой дернула на себя. Свет немедленно погас, раздался стон — и, обернувшись, она увидела, что тот, кто только что стоял в дверях, уже находился около стола с мертвой девочкой, склонившись над ней и зажав в руке нож.

Это был не монстр, а человек. Он поднял лицо — и Юлия увидела, что это напряженное лицо ее мужа Романа.

Вне бункера

...Раскрыв глаза, Юлия увидела перед собой лицо мужа и вдруг испугалась, что кошмар стал реальностью. Муж, склонившийся перед ней, поцеловал ее и произнес:

— Солнышко, извини, но мне опять надо в офис. Твой дядя Игорь объявил нам войну, поэтому вчера и приперся, чтобы насладиться зрелищем затишья перед бурей. Ты ведь сегодня дома?

Юлия, поняв, что уже утро, кивнула, и муж, снова поцеловав ее, исчез.

Женщина, отбросив одеяло, прыгнула под душ, потом быстро оделась и бегом скатилась по лестнице. Так и не притронувшись к приготовленному Романом завтраку (потому что кто знает, *что* он намешал ей в еду!), Юлия спустилась в подземный гараж. Двухместный «Порше» был на месте, Романа забрали на авто из его фирмы.

Нет, не из его, а из *ее!* Ведь владелица всего она, а он — всего лишь ее муж, который прибрал к рукам управление и бизнесом ее родителей.

Родители, которые умерли, вернее, *были убиты*, оставив все ей. И муж, который получит все, что она унаследовала от родителей, а это почти *миллиардное состояние, если...*

Если она будет признана невменяемой. Или лучше всего — *умрет!*

Выезжая на улицы столицы, Юлия думала о том, почему она еще жива. *Почему?* Ведь он получил все, что хотел...

Она встала на красном сигнале светофора.

Нет, *не все.* Ну да, как же это просто: ведь по завещанию родителей все имущество записано на трастовый фонд, и управление им она получит, вне зависимости от даты их кончины, *в день своего тридцатилетия.* А до этого она будет получать солидный стабильный доход, однако у нее не будет возможности распоряжаться основным гигантским капиталом.

Вчера ей исполнилось тридцать.

И теперь, выходило, мужу она *больше* не требовалась?

Вне пентхауса

В последний день осени с неба косо летел мелкий колючий снег, было очень зябко и неуютно, дул пронизывающий ветер. Подойдя к знакомой многоэтажке, Юлия воспользовалась тем, что в подъезд входила субтильная старушенция в беретке и с авоськой, и проскользнула вовнутрь.

— Вы к кому, девушка? — раздался ей вслед дребезжащий голос, а Юлия, взбегая по ступенькам, ничего не ответила, потому что сама не знала *к кому.*

Вот и та дверь — черная, с черной лампочкой. Юлия надавила на кнопку звонка, однако ей никто не открыл. Она принялась стучать кулаком, но никто не отозвался.

Со скрипом распахнулись двери лифта, на этаже появилась все та же любопытная старушенция в беретке и с авоськой.

— Так вы к кому? — повторила она требовательно, а Юлия ответила:

— Здесь ведь Белкины живут?

Старушенция, пожевав морщинистыми губами, ответила:

— Никакие не Белкины. Не живут и не жили. У нас людей с такой фамилией вообще в доме нет. Я тут всех наперечет знаю. А вы кто такая?

Действительно, *кто?*

— Точно не живут? — переспросила Юлия, и старушенция заявила:

— Девушка, я же вам русским языком сказала! Могу, кстати, и по-немецки, потому что раньше в школе его преподавала. Нет тут никаких Белкиных! Раньше там жили Гончаренко, однако после того, как Лина Евсеевна от рака умерла, а было это восемь лет назад, квартиру продали. Владельцы затем постоянно менялись, и хозяева все какие-то малоприятные попадались. А в последний раз в прошлом году продали, по слухам, какой-то фирме. Но тут никто не появлялся... Хотя вот недавно...

Юлия сжала кулаки.

— ...недавно тут фильм снимали. *Приличный!* Сериал, который скоро по «Первому» пойдет, как режиссер сказал. Такой приятный красивый молодой человек с модной ныне щетиной и удивительными синими глазами...

Роман!

— Поэтому тут на время съемок «поселили» семейство каких-то алкашей. Правда, никаких нам неудобств не было. Они все за один день сняли и были таковы...

— Спасибо вам! — крикнула Юлия и бросилась вниз по лестнице. Оказавшись на улице, она заметила тащившихся на занятия школяров, которые, однако, не упустили возможности и толпились около «Порше». *«Порше» Романа.*

Нет конечно же *ее* «Порше». Как и все то, чем он сейчас пользовался.

И желал заполучить в свою единоличную собственность. *После ее смерти.*

— Это ваш? — спросил восторженно один из мальчишек, и Юлия кивнула. А потом спросила:

— Скажите, а у вас тут в квартале живет такой чудный подросток с ортопедическим ботинком? Такой, малоприятный, в очках, на скамейке вечно сидит...

— Нет у нас такого! — заявили ребята в один голос, а какой-то мальчик добавил:

— А, ну был летом такой, но это фильм снимали. Сериал. Так что это артист тут торчал. Режиссер сказал, что скоро по телику покажут...

— А сколько такая тачка стоит? — спросил один из детей, и Юлия поняла, что не знает.

А вот Роман наверняка бы назвал цену с точностью до трех рублей. Или даже *до двух*.

Завибрировал мобильный — ей звонил генерал Юрий Борисович.

— Юля, я выполнил твою просьбу. Не так было и сложно. Нет, ни о каком таком маньяке никто ничего не слышал. Клиника доктора Черных имеется, она и в самом деле замешана в каких-то темных делишках, но расследование не ведется. Что такое Великий Белк, никто не знает. А Черный человек — это персонаж московской городской легенды, монстр, разъезжающий на черном же фургоне и похищающий детей. Но это конечно же выдумки...

Да, это было верное слово — *выдумки*. Как и все, что презентовал ей Роман.

Собеседование с целью нанять частного детектива в офисе в Москва-Сити. Сыщица Юлия Иванова, которую он, намекая на ее непригодность, ловко навязал ей, подсунув визитку несуществующего детективного агентства. Рисунки Великого Белка, к которым она конечно же не имела ни малейшего отношения. Затем визит с сыщицей Юлией Ивановой сюда, к родителям девочки Юли Белкиной. Разговор с неприятным подростком-соседом, который показал им фото с номером фургона. Визит в офис Великого Белка и, наконец, как апофеоз, поездка в летний лагерь «Веселые бельчата».

Тот самый, где она... где она *убила* Васютку.

А в этом лагере — обнаружение казематов Великого Белка, в которых тот терзал и убивал свои жертвы, и разговор с очень кстати подвернувшейся, якобы уцелевшей, безглазой (а на самом деле носившей создававшие нужный жуткий эффект особые контактные линзы) первой жертвой маньяка.

Маньяка, роль которой Романом была отведена ей самой...

А затем заключение в клинику доктора Черных. Медсестра-доброхот, помогающая ей бежать. Дом где-то в области. И в итоге триумфальное спасение собственным мужем.

Дети упорхнули, Юлия уселась в салон «Порше» и включила отопление.

Нет, кошмар был не в ее снах, а *наяву*. И этот кошмар устроил ей собственный муж, который — и теперь ей становились понятны причины этой подлой игры — желал завладеть ее огромным состоянием и бизнесом.

Состоянием и бизнесом ее родителей, которые были ликвидированы — наверняка тоже Романом. Сначала мама, а потом и отец, когда не получилось их убить одновременно. В особняк отца имела доступ она сама — *и Роман*.

Отец что-то заподозрил и нанял детективов из агентства «Золотая белка»... Нет же, этого агентства не существовало! Или все же *существовало?* Ведь был этот лже-Роман со своей командой, но они, как и все прочие, были всего лишь статистами в пьесе ужаса, написанной и режиссированной одним человеком.

Ее собственным супругом.

Да, чего не сделаешь ради *миллиарда* в свободно конвертируемой валюте.

Юлия положила на руль локти и улеглась на них лицом. Нет, плакать не хотелось, потому что ее обуяла злость.

Тот, кому она доверяла больше всего, оказался самым мерзким предателем, *Великим Белком.*

Но какое отношение имеет к этому история с трупами детей, которых, выходило, не было? *Или они все же были?* Эта история о Великом Белке была нужна Роману, чтобы втемяшить ей уверенность в том, что убийца — она.

Свести ее с ума. Признать невменяемой. Заполучить управление трастовым фондом. А затем убить ее.

Съесть.

Однако Юлия теперь знала: пропавшая и, видимо, мертвая девочка по имени Юлия Белкина, двоюродная сестра Стрелки, имелась на самом деле. Не в россказнях Романа. Не в ее кошмарах. И не в ее видениях.

Она существовала *на самом деле.*

И это не была случайность. Да, она в реальности, а вовсе не в своем кошмаре, видела стол с покоившимся на нем мертвым телом.

Только *где?* И *когда?*

Юлия попыталась вспомнить, но не могла. Что же, неудивительно, если учесть то, что Роман все эти месяцы подмешивал ей в еду, в том числе в соки, какие-то сильнодействующие препараты. Этим-то, а не ее *мнимой* психической болезнью, и объясняются ее провалы в памяти.

Она ведь сама видела это — *но попалась на его уловку.*

Она застукала его *с поличным* — и не сделала выводов!

Юлия поняла, что более всего ненавидит саму себя. Свою глупость. Свою ослепленность. Свою любовь к этому...

Монстру.

Или, если быть точнее, *Великому Белку.*

И почему, собственно, Великий Белк? Она не понимала этого, но хотела узнать. Сказать ей мог бы сам Роман.

Вот бы узнать, где было логово подлинного Великого Белка.

Юлия закрыла глаза — и...

Бункер

...Она подходит к двери, причем двери, как две капли воды похожей на ту, которая являлась дверью ее тюремной камеры. Причем в руках ключ на зеленой тесемочке. Она и сама не знала, откуда он у нее взялся. Она открывает дверь и попадает в бетонную комнату без окон. Только в отличие от этой посреди той комнаты возвышался стол. И на нем что-то покоилось — что-то, накрытое клеенкой. Она приближается к столу, дотрагивается до клеенки, та начинает сползать с того, что покоится на столе, и ужас, небывалый леденящий ужас, охватывает ее, причем еще до того, как ее взгляду предстает то, что лежит на столе. Наконец, клеенка сползает полностью и, отступая в испуге назад, она видит, что на столе покоится...

Вне бункера

...Юлия оторвала голову от руля, оглушенная резким непрекращающимся гудком. И поняла, что это она, заснув, нажала на клаксон. Убрав руки с руля, Юлия повернула ключ зажигания.

На столе покоилась мертвая девочка. Только не та, которая в ее кошмарах была *чертовой девочкой*, а несчастная жертва убийства. Без выдранных глаз и зашитого рта.

Просто со смотревшими вверх черными глазами и странным пластырем на губах.

И около нее стоял убийца — ее муж Роман с ножом в руке.

В блестящей поверхности ножа с той самой ручкой, пробкового дерева, с темным металлическим ободком, отразилось вдруг: *Белг*.

Она прочла слово наоборот: *Глеб*. Но почему Глеб? Ведь мужа зовут Роман...

Или...

Юлия вдруг вспомнила не только то, что это было, но и *где это было*.

Ну конечно, это же элементарно, мой дорогой Ватсон. Точнее, *мой милый Великий Белк...*

...Миновав пост охраны, Юлия подъехала к их особняку — тому, который им на свадьбу подарили родители. Ее родители. Потому что у Романа их не было — якобы умерли.

Может, *даже и не врал.* Он мог их сам и *убить*.

И после того, как тогда, еще летом, Роман обнаружил ее без сознания в ванной, у нее и начались кошмары.

Наверняка не в ванной. А в подвале. Точнее, его личном *бункере.* Где она потеряла сознание, застав его в тайной комнате, *логове Великого Белка,* около тела девочки.

Реальной, похищенной и убитой им девочки. Ведь все свидетельствовало о том, что ее синеглазый, стильно небритый муж был опытным преступником, наверняка совершавшим убийства и до женитьбы на чрезвычайно богатой наследнице.

И, как выясняется, *после* тоже.

Юлия приблизилась к особняку, в котором уже не была много месяцев. Все началось именно там. Она не помнила, как она заполучила ключи от тайного хода. И где он был вообще. Может, что-то заподозрила. Или, скорее всего, как жена Синей Бороды случайно наткнулась на *секретную дверь*.

И решила узнать, *что же за ней таится*. И узнала — там поджидал ее *Великий Белк*.

Открыв дверь особняка (благо ключи были у нее в портмоне), Юлия прошла внутрь.

Юлия боялась более всего, что обнаружит мужа в особняке. Однако убедилась, что она была в нем одна.

Не совсем.

Ибо в холодильнике находились свежие продукты, а в ванной на первом этаже лежала, небрежно брошенная в угол, клеенка с бурыми пятнами.

Пятнами крови.

Похоже, Великий Белк чувствовал себя в особняке в полной безопасности. Юлия подошла к двери, которая вела на нижний уровень.

Там ведь по настоянию мужа была оборудована его мастерская — он любил туда наведываться, в особенности ночью, и...

Снимать стресс, как он утверждал и чему она безоговорочно верила?

Или — *убивать похищенных детей?*

И ведь Роман очень плотно опекал строительство особняка, уволив одного из архитекторов и наняв другого.

Который, не исключено, и соорудил ему втайне ото всех логово.

Логово Великого Белка.

Юлия зашагала по лестнице, не испытывая ни малейшего страха. Похоже, их семейная пара была очень даже гармоничной: муж — альфонс, аферист и *убийца*. И жена — пусть не аферистка, но тоже убийца.

Потому что она все же *убила* Васютку.

Но разве ее детское убийство, совершенное в запале, можно было сравнить со взрослым убийством Романа?

Точнее, наверняка с его *многочисленными* взрослыми убийствами?

Юлия вошла в мастерскую мужа. Ничего подозрительного, никакого стола посередине комнаты, никаких кровавых разводов.

Но она *не могла* ошибаться!

Юлия вздрогнула, завидев на стене часы — *остановившиеся* часы. Они показывали *половину седьмого.*

Юлия подошла к часам, перевела стрелки на двенадцать, точно так же, как сделала это в своем сне.

Который был всего лишь искаженным отображением реальности.

И одна из привинченных к стене полок, скрипнув, вдруг приоткрылась, оказавшись отличной замаскированной дверью.

Юлия, которой вдруг сделалось страшно, толкнула стенку-дверь — и увидела ступеньки лестницы, которые уже видела в своем кошмаре.

Она осторожно спустилась по лестнице вниз, нащупала на стене выключатель, щелкнула им — и заметила дверной проем, над которым загорелся мрачный *черный фонарь*.

Дверь, в замке которой торчал ключ *на зеленой тесемке*. Юлия раскрыла дверь и прошла в квадратную комнату, посередине которой виднелся металлический стол. Под потолком загудела, мигая, неисправная неоновая лампа.

Юлия прикоснулась к его поверхности. Да, это тот стол, который она видела в своих кошмарных снах.

И тот, который она видела наяву.

Юлия заметила в стене кран с прикрепленным к нему шлангом — для чего? Тут ведь нечего было поливать...

И поняла, вздрагивая от ужасающей догадки, что при помощи шланга очень удобно *смывать со стола следы крови*.

Ее взгляд уперся в небольшое черное сливное отверстие в полу прямо под столом. Юлия прислонилась к бетонной стене.

Вот оно, истинное логово *Великого Белка*. В углу она заметила разношенные малиновые тапочки — с вышитой на них хитрой белкой. Тапочки Великого Белка, в которых он разделывал свои жертвы. Эта жуткая деталь была не выдумкой и не плодом воспаленного воображения, а виньеткой реального кошмара, которую она, тогда случайно заметив, уже не могла забыть.

Несмотря на то что Роман прикладывал *все для этого усилия*, пичкая ее сильными медикаментами.

Тапочки были в застарелых темных пятнах. *Кровь*. Юлию затошнило.

Юлии вдруг показалось, что она услышала тихие шаги. По законам жанра дешевых фильмов ужасов, столь любимых ее первым другом Стасом, после обнаружения главной героиней логова маньяка самому монстру надлежало явиться из темноты и, с ревом заведя свою прикрепленную к культе бензопилу, начать охоту.

Она знала, что одна, но все равно позорно бежала наверх. И только покинув подвал и сумев отдышаться, Юлия немного успокоилась. В особняке никого не было — *кроме нее*.

И ауры *Великого Белка*.

Телефон снова запищал, принимая сообщения — Роман прислал ей за время ее нахождения в подвале, где не было приема, сразу несколько. Последнее, что хотела Юлия, так это принимать его абсолютно фальшивые заверения в любви.

Если он кого и любил, так только себя. Свою, без сомнения, больную психику.

Ну, и ее *почти миллиард в конвертируемой валюте*.

Юлия ринулась в кабинет мужа — он не любил, чтобы она заходила туда, мотивируя это тем, что это мешает ему концентрироваться.

На чем, *извините*? На разработке плана нового преступления — или *ее собственного убийства*?

Юлия желала найти хоть какие-то улики, однако была уверена, что муж держал их в другом месте.

В дупле дуба?

Ее взгляд скользнул по книжной полке, и вдруг ее осенила догадка. Она подошла к полке и вытянула с нее томик «Повестей Белкина», стоявший на самом видном месте.

Юлия раскрыла книгу — и поняла, что никакая это не книга. А *шкатулка в виде книги*, в которой хранилось семь, восемь, нет, *девять* разнообразных паспортов, в том числе один гражданина Литвы и один гражданина Белоруссии. Остальные были российского образца, в том числе сразу два заграничных, на разные имена.

Но с фото мужа.

Юлия просмотрела их все, и вдруг в ее руках оказался тот, что лежал на самом дне. Это был паспорт самый старый, еще с гербом СССР.

Наверняка единственный из имевшихся *настоящий.*

Юлия взяла его в руки, не без трепета развернула — и заметила черно-белую фотографию мужа-подростка. Когда-то он был милым тинейджером.

А затем стал милым парнем. И по совместительству *преступником и убийцей.*

Такое, наверное, бывает чаще, чем *хотелось бы.*

Юлия ахнула, увидев, как на самом деле звали ее мужа. То, что его нынешняя фамилия — не его, она и так уже поняла. Но у него было другое имя.

Родившийся на Урале муж носил имя *Глеб Витальевич Великий.*

Прямо не имя, а настоящий театральный псевдоним, но в этом-то и заключалась опасность: имя и фамилия слишком запоминающиеся. И муж должен был *сменить их.*

И тут Юлия во весь голос засмеялась. Господи, доктора Черных она считала Великим Белком, потому что он был черный, то есть black. То есть Черный человек. Но ведь Черного человека не существовало.

А вот Великий Белк был *вполне реален.*

А все было намного проще. Ибо был это не Великий Белк, а Великий Белг. Но «г» оглушалась, вот и получалась белка-мутант.

Белг, то есть если прочесть, как во сне, наоборот...
Глеб.

Великий Глеб, он же *Глеб Великий.*

Он же в настоящее время Роман Глебович (настоящее *имя* превратил в фальшивое *отчество!*) Трафилин.

Ее законный муж и убийца.

Юлия быстро отыскала в Интернете сайт, на котором можно было по дате рождения установить, под каким знаком зороастрийского гороскопа рожден человек.

Роман Трафилин с его поддельной датой рождения был ежом.

А вот Глеб Великий с *его* подлинной датой рождения...

Юлия расхохоталась. Что же, иного результата она и не ожидала.

Он был *белкой.*

Точнее, *Великим Белком.*

Юлия, прихватив книгу-коробку с паспортами, которые служили неопровержимыми доказательствами преступных махинаций Романа (вернее, *Глеба*...), вышла из особняка.

Делать ей здесь было нечего.

Оказавшись в автомобиле, она позвонила мужу с прихваченного из квартиры и снова активированного мобильного.

Да, пусть он не Роман, а *Глеб*, но он ведь ее муж.

Или нет?

— Ты мне нужен, — буквально приказала она, заслышав голос супруга, — причем немедленно. Я в особняке. Нашем особняке. Приезжай. Надо поговорить.

И отключила мобильный. Юлия знала, что муж, бросив все неотложные дела, тотчас примчится.

Она все это время хотела убить Великого Белка. То бишь, конечно, Великого Белга. Или, попросту говоря, *Глеба Великого.*

Того, кто убил ее родителей. Чуть не убил — и наверняка собирался в самом ближайшем будущем — ее саму.

И, по крайней мере, еще девочку Юлю Белкину.

По крайней мере...

Хотя Юлия не сомневалась, что на самом деле он убил чертову кучу людей.

Она должна остановить его — раз и навсегда.

Эта мысль грела душу, и Юлия повеселела. Дожидаясь супруга, она включила радио и услышала знакомый велеречивый бас околополитического комментатора и демагогического иллюзиониста-агитатора Бэклововского.

— ...и никогда не стоит забывать, что все, что нас окружает, иллюзия, в особенности же то, что кажется нам единственно верной, незыблемой правдой.

Юлия криво усмехнулась. Да, он был прав, *ой как прав!*

Наконец сверкнули фары, и во двор особняка вполз «БМВ» фирмы. *Ее* фирмы. Юлия не выходила из автомобиля, дождавшись, пока супруг, прибывший, *естественно*, один, спешно не подбежит к ней.

— Солнышко, ты меня так напугала... В чем дело...

— Садись! — приказала Юлия, поворачивая ключ зажигания. — Садись, *Глеб!*

Муж плюхнулся около нее, и она тотчас рванула с места, не дав ему пристегнуться.

— Солнышко, ты что! Не гони так! — закричал супруг, а Юлия, чуть притормозив, проезжая мимо поста охраны, уверенно вырулила на шоссе.

Наступил вечер, последний осенний день завершался, и тьма постепенно брала власть над Землей.

В-Б, В-Б, В-Б...

— Так в чем дело... — повторил муж и замолчал. Юлия заметила, что он пялится на лежавшую под лобовым стеклом шкатулку в виде томика «Повестей Белкина».

— Откуда это у тебя? — произнес супруг изменившимся тоном, хватая шкатулку. И убедился, что она пуста. Паспорта Юлия, ожидая приезда мужа и вернувшись в особняк, оставила на видном месте — так, чтобы их сразу же нашли те, кто рано или поздно появится в особняке после...

После их смерти.

— Из твоего кабинета, *Глеб*, — произнесла Юлия. Муж наконец понял, что она уже второй раз обратилась к нему, используя его подлинное имя, и в салоне воцарилось молчание.

Гробовое молчание.

Сыпал мелкий снег, трасса была обледеневшей. Но Юлия все увеличивала и увеличивала скорость, бесцеремонно заставляя шедших впереди водителей пропустить ее.

А затем послышался голос мужа — вкрадчивый и одновременно *жуткий*:

— Значит, ты знаешь... В тайной комнате тоже *опять* была?

— Да, Глеб. Или ты предпочитаешь, чтобы я называла тебя Великий Белк? Конечно же *Белг*, но, извини, в русском языке звонкие согласные оглушаются. Это и ввело меня с самого начала в заблуждение, хотя мой друг Квазимодо пытался донести до меня страшную истину...

— Какой, к чертовой бабке, Квазимодо? Не гони! — приказал муж. — Не гони, я тебе сказал!

— Иначе *что*, Глеб? Иначе ты меня *убьешь?*

Юлия все увеличивала и увеличивала скорость, чувствуя, что их начинает заносить.

— Дура! Что ты хочешь? Ты же не хочешь угробить нас...

Супруг осекся. Юлия усмехнулась, не глядя на Романа, то есть Глеба.

— Хочешь! — завизжал муж. — Тварь, ты меня убить хочешь...

— Ого, *тварь?* Больше не *солнышко?* О времена, о нравы, мой милый *Белг*. То есть Глеб. И что касается твоего вопроса: да, хочу. Ты же тоже хочешь меня убить!

Муж пытался перехватить у нее руль, но Юлия, оттолкнув его, сказала:

— Тогда слетим с трассы прямо сейчас. Не лезь, *Белг!*

Муж, ощетинившись, оставил попытки, а Юлия заметила:

— Не куксись. Ты же хотел, чтобы я умерла, я и умру. Просто не одна, а вместе с тобой, *Белг*. Понимаю, в твои преступные планы входило, угробив моих родителей, укокошить и меня, а потом, сорвав гигантский куш, наслаждаться праздной жизнью без пяти минут долларового миллиардера. Но этому не бывать, *Белг*!

— Прекрати меня так называть, тварь! — заорал муж, и Юлия ощутила, что ей на щеку попали брызги его слюней. Интересно, они *ядовитые?*

Ее бы не удивило, *если бы так и было.*

— Давай договоримся... — предложил вдруг обожавший логику муж. — Я исчезну из твоей жизни — навсегда. Прямо сегодня и безо всего. И, клянусь всем святым, никогда больше в жизни...

Юлия прервала его, слыша, как отчаянно сигналят ей другие водители. Она все увеличивала скорость.

— Всем святым, *Белг?* Извини, но что для тебя все святое? Чужой почти миллиард? Труп несчастной девочки? Кстати, ведь ты поэтому решил сделать из меня сумасшедшую?

Муж заорал (и Юлия снова ощутила брызги его слюней):

— Ты приперлась в самый неподходящий момент! Ну да, у меня есть *хобби*. Мне время от время нужно снять стресс...

— И убивать похищенных девочек этому очень помогает, если я правильно понимаю? — осведомилась с брезгливостью Юлия. — А какие у тебя еще хобби — *убивать своих богатых жен?*

— Это не хобби, солнышко, а *работа!* — заявил Роман, он же Глеб, он же Белг. — Ты — мой шедевр. Еще бы, я женился на дочери крупного бизнесмена. Надо было убрать сначала твоих родаков, потом тебя и... И карнавал жизни мог бы начаться!

Карнавал *смерти.*

— А девчонки... Ну, нужна мне отдушина... Я же не садист и не маньяк какой... Так, побалуюсь с ними, но отпускать их потом страшно, потому что могут заложить. Приходится убирать...

Он говорил о кошмарных вещах как о чем-то обыденном. И Юлия поняла — для Великого Белка, то есть, конечно, Белга, это в самом деле были *обыденные* вещи.

Тяжелая работа, так сказать. Или направленное на релаксацию *хобби*.

— Ты заявилась тогда, когда не надо. А потом ты еще и сбежала ведь! С моим ножом! На котором были *мои* отпечатки пальцев и *моя* ДНК. Который ты где-то спрятала, а ведь это была улика. Убить тебя я не мог, потому что ты еще была полновластной владелицей траста, значит, надо было сделать так, чтобы ты поверила: все, что ты видела в подвале, это твои кошмары. Ну, я через доктора Черных, с которым у нас много общих дел, стал кормить тебя таблетками. От них у тебя отшибло память, но я не мог рисковать. Но и убить тебя не мог, солнышко, во всяком случае, *пока что* не мог. А тут представилась возможность внушить тебе, что это ты всех убивала! И своих родителей, и девчонок. Почему с выдернутыми глазами и зашитым ртом, сказать не могу, это все выкрутасы твоего воображения — или действие медикаментов. Они хоть и лишили тебя части воспоминаний, но что-то прорывалось. Я так струхнул, когда ты вывела меня к поляне, где я закопал несколько жертв, в том числе и последнюю. А ты привела меня туда, потому что она находилась около этого чертового летнего лагеря, где ты убила своего братца, солнышко. И, удрав тогда от меня, спрятала в дупле дуба похищенный нож, который бы мог меня уличить. А потом, уже не помня об этом под действием медикаментов, *сама же* привела меня туда — и сама же нашла нож! Спасибо тебе за это!

— Не за что... — проронила Юлия. *Выехать на встречку?*

Нет, почему вместе с ними должны погибнуть невинные люди.

— Да не несись же ты так, мое идиотское солнышко! Мы свои люди, договоримся! Чтобы окончательно тебя запутать и уверить в том, что ты и есть этот самый Великий Белк, убивающий детей, я и изобрел всю эту катавасию с актерами, как по нотам разыгрывавшими роли сыщицы, пьяной мамаши похищенной девочки, мерзкого похотливого подростка-свидетеля... Классно ведь придумано, солнышко? Да не гони же ты так!

Юлия решилась — они только что проскочили место, на котором погибла мама. На котором она была убита.

Великим Белком. То есть Белгом. Проще говоря — ее мужем *Глебом.*

Неподалеку был летний лагерь «Веселые бельчата». А еще в нескольких километрах — *железнодорожный переезд...*

Если врезаться в товарняк, то все случится быстро и наверняка. И водитель локомотива наверняка спасется...

— Тварь! Останови! Куда ты прешь... Останови...

Вдруг фары выхватили на дороге какую-то тень: Юлия поняла, что это белка.

И она инстинктивно свернула. Она не могла убить еще одного *бельчонка.*

Не могла.

Муж, воспользовавшись неразберихой, вдруг резко перехватил руль и, открыв нажатием кнопки окно со стороны Юлии, стал выталкивать ее наружу.

Юлия впилась ему в руку, муж заорал, а автомобиль, несколько раз повернувшись вокруг своей оси, замер в нескольких метрах от начинавшейся лесополосы.

Там, где располагался летний лагерь «Веселые бельчата». Там, где она убила Васютку. Там, где похоронили сбитого ею бельчонка. Там, где Великий Белк хоронил свои жертвы.

Роман, он же Глеб, вытащил ключи зажигания. А затем, страшно скалясь, произнес:

— Ты облегчила мне работу, солнышко. Сама привезла к месту, где я на днях хотел закопать новую жертву. А теперь закопаю *тебя!*

Юлия выскочила наружу и бросилась бежать. Только *куда?*

С одной стороны — темная громада лесополосы. С другой — проезжая часть. Вроде бы логично было идти к дороге, но ее тянуло в лесополосу.

Юлия присмотрелась — и поняла, что мужа в салоне «Порше» больше не было. Он притаился где-то неподалеку, в темноте, готовясь напасть на нее.

И убить.

Великий Белк держит свои обещания.

— Солнышко! — раздался вдруг его голос, и Роман, он же Глеб, бросился на Юлию, повалил ее на мерзлую землю и стал душить. Юлия, как могла, сопротивлялась, однако силы быстро покидали ее.

Значит, Великий Белк сейчас *сожрет* ее и...

В-Б, В-Б, В-Б...

...Раздался выстрел. Муж отпустил ее и, дико воя, метнулся куда-то в сторону. Послышался еще один. В лицо Юлии ударил свет фар, потом кто-то подал ей руку.

Она ухватилась за нее, благодарная тем, кто в самый последний момент пришел ей на помощь, и взглянула в лицо своего спасителя.

Это был лже-Роман.

— *Нет!* — закричала Юлия, а лже-Роман быстро произнес:

— Все в порядке! Я на вашей стороне! И по-прежнему выполняю заказ вашего отца. Мы вели вас все это время, но вы так летели, что мы не могли за вами поспеть...

Раздался яростный скрежет, «Порше», развернувшись, помчался к трассе.

— Его нельзя упустить! — крикнула Юлия и заметила, что за «Порше» устремился джип.

Лже-Роман подвел ее к своему автомобилю и сказал:

— Мы его поймаем, я вам это обещаю... Нам пришлось залечь на дно после того, как мы похитили вас из клиники доктора Черных. А вы удрали от нас. Но и он не мог действовать в открытую, чтобы не выдать себя. Мы вели за вами наблюдение, а он знал, что за ним следят, но ему нужно было дождаться вашего дня рождения...

Юлия прыгнула за руль.

— Дайте мне ключи зажигания!

Лже-Роман возразил:

— Поведу я...

В этот момент раздался мощный взрыв, и со стороны железной дороги полыхнуло пламенем. Юлия увидела огненный столб, вознесшийся в черное, холодное, бездушное небо — прямо как нутро Великого Белка.

...Когда они подъехали к железной дороге, то к ним подошла уже знакомая Юлии дама, известная ей как медсестра. Присмотревшись, она заметила золотую цепочку с кулоном-белочкой на ее шее.

— Так торопился уйти, что пробил опущенный шлагбаум — товарный поезд двигался по полотну. Прямое попадание... Пойдемте, здесь небезопасно.

Снова полыхнуло огнем, а Юлия, всматриваясь в его всполохи, знала: Великий Белк сгинул.

Сгинул окончательно.

В голове же вертелся глупый стишок: «*Великий Белк, умом ты мелк, ты жесток и кровав, ты убиваешь для забав, ты ешь детей, ты ненавидишь всех людей. Ты не крут, ведь ты труп, ты очень мелк, Великий Белк, твой срок прошел, твой поезд ушел...*»

Да, его поезд ушел.

Взгляд Юлии упал на приборную доску автомобиля ее спасителя.

В-Б, В-Б, В-Б...

Часы показывали ровно *половину седьмого*.

Ресторан

— Но ведь я действительно совершила убийство, — произнесла Юлия и посмотрела на сидевшего напротив нее лже-Романа, который *в самом деле* звался Романом. Они находились в модном ресторане «Барышня-крестьянка» в центре столицы. Был последний день зимы.

— Совершила, — не стал юлить Роман. — Однако ты нашла в себе мужество рассказать об этом. Интервью с тобой, в котором ты вела речь о смерти своего младшего брата, настоящий шедевр! И в отличие от сотен тысяч подобных интервью не поза и не обман. А *правда!*

На «ты» они перешли еще до Нового года — когда в самом разгаре было следствие по ряду преступлений, совершенных в течение многих лет в различных городах и весях страны, а также за рубежом Великим Белком.

То есть покойным мужем Юлии Глебом Великим.

— И ведь если на то пошло — ты ведь, если бы могла, повернула бы все вспять?

Юлия молча кивнула, уставившись на стоявшую перед ней пустую тарелку.

Если бы могла... Но в этом-то и дело: она *не могла!*

Однако Роман был прав: резонанс на опубликованное в респектабельном издании интервью был огромный. И далеко не всегда позитивный. Однако она не могла рассчитывать, что о совершенном ею убийстве можно просто забыть.

Хотя с точки зрения закона никакого убийства и не было: смерть ее брата Васютки, имевшая место двадцать лет назад, была изначально квалифицирована как несчастный случай, и повода для расследования, даже с учетом признания Юлии, правоохранительные органы не видели.

— Ты теперь у нас героиня! — произнес Роман, а Юлия устало заметила:

— Меня это утомляет. Потому что все хотят знать — что это значит быть женой опасного преступника, на совести которого множество жертв...

Действительно — *что это значит?*

Она пыталась разобраться в себе, однако особо пока не продвинулась. Несмотря на свое предубеждение, *вполне понятное*, Юлия согласилась обратиться к помощи психолога — на этот раз женщины, известной профессорши. Однако им так было ясно — история с Великим Белком навсегда оставит след в ее душе.

И психике.

Профессорша объяснила ей, что сны с бункером были не кошмаром, а наоборот, *ее личной крепостью*, своего рода защитной реакцией ее подсознания на попытку вложить ей в голову поддельные воспоминания или стереть реальные. И что Квазимодо был ей не враг и не тюремщик, а друг и защитник. И что Великий Белк, постоянно пытавшийся вторгнуться в этот замкнутый тихий мирок извне, был проекцией ее страхов и смутных подозрений и отголосков заглушаемых сильными медикаментами воспоминаний, ей самой не понятных, в отношении Романа.

То есть Глеба.

Поэтому и образ Квазимодо — из мюзикла, на котором она познакомилась с Романом, то есть Глебом, стал образом защитника. Во сне она боялась, как бы Квазимодо не подсыпал ей чего-то в напитки. В то время как в реальности Роман, то есть Глеб, на протяжении долгих месяцев пичкал ее влиявшими на ее воспоминания сильными медикаментами.

Он же и таскал ее по врачам, нагнетая обстановку — и якобы щадяще презентуя Юлии ужасные, но полностью вымышленные диагнозы светил медицины.

Которые якобы сводились к одному: что она — *сумасшедшая*. И затем, виртуозно играя на пару с доктором Черных в нехитрую игру «добрый коп — злой коп», втемяшивали эту идею ей в сознание.

Ведь Великому Белку она и была нужна такая — сначала сумасшедшая, а потом и *мертвая*. Для этого Великий Белк и купил на ее имя — и, что пикантно, *за ее же деньги*, которыми мог распоряжаться беспрепятственно, — летний лагерь «Веселые бельчата». Великий Белк уже тогда планировал сделать из нее козла отпущения.

Вернее, *белку*...

Да и обращение Великого Белка — *Юлюсик* — указывало в итоге не на дядю Игоря, употреблявшего его в реальной жизни, а подспудно опять же на Романа, то есть Глеба, который хоть и звал ее совершенно по-другому, *солнышко*, однако постоянно употреблял это ставшее для Юлии ужасным слово.

Поэтому подсознание словно пыталось ей сказать: бойся того, кто называет тебя одним и тем же навязшим на зубах *якобы ласковым* имечком...

Юлия даже пожалела, что больше никогда не увидит Квазимодо и не попадет в бункер, но ведь и необходимость в этом отпала: Великий Белк был повержен, а его кремированные останки покоились на одном из столичных колумбариев.

— Они теперь все хотят, чтобы ты пришла к ним в эфир! — продолжал Роман. — Или чтобы сама вела эфир новой передачи.

Юлия отмела эту мысль:

— Мне это не нужно. Мне нужен покой... Бизнесом занимаются надежные опытные менеджеры. А я хочу...

Она посмотрела на Романа. Да, *что* она хотела? Этот человек спас ее, помог избавиться от депрессии, был ее ангелом-хранителем.

Наверное, она даже его любила. Странно, но, с другой стороны, она до сих пор продолжала испытывать чувства к этому извергу, своему мужу. Великому Белку.

Глебу Великому.

Хотя и знала, что рядом есть тот, кто заслуживает ее любви или хотя бы знаков внимания. И тот, кто *сам ее любит* — и оказывает знаки внимания.

Юлия упорно делала вид, что не замечает этих знаков. Как и в этот раз, когда он пригласил ее в дорогой ресторан, дабы отметить выход в свет интервью.

Ей нужен покой — или, наоборот, встряска, чтобы сойтись с Романом (кстати — в этот раз она не стала проверять по зороастрийскому календарю, кто же он: *белка так белка*). Или с кем-то другим. Чтобы почувствовать, что она *умеет* жить.

Что она *должна* жить.

И что ей *стоит* жить после всего кромешного ужаса с Великим Белком.

Хорошо, что кошмары больше не навещали ее — точнее, она сама не проваливалась в них, засыпая.

— Я хотел предложить тебе начать работать в моем агентстве, — сказал, смущаясь, Роман. — Ну, тебе же нужно занятие по душе, а ты человек цепкий и наблюдательный...

Юлия еле заметно усмехнулась. Да, *до того* цепкий и наблюдательный, что прожила *почти два года* бок о бок с маньяком — и ничего не заметила.

— Уж не знаю... — протянула Юлия, хотя предложение было заманчивое. Бизнес был в надежных руках, и даже со стороны дяди Игоря поступило предложение зарыть топор войны и, объединив усилия, свалить ведущего монополиста на рынке и совместно занять его позиции. Ведь он теперь был женат на Стрелке, то есть Галке Белкиной, столь признательной Юлии за то, что она нашла и *покарала* убийцу ее младшей кузины, Юли Белкиной.

Той самой, настоящей, в самом деле убитой Великим Белком. То есть Белгом. Романом. То есть *Глебом Великим.*

Оказывается, во всей этой истории было что-то и *позитивное...*

— А ты подумай! — сказал Роман и посмотрел на дисплей лежавшего на столе телефона. — Извини, это по тому делу о краже полотна Репина, о котором я тебе говорил. Мне надо принять звонок...

Он вышел на улицу, а Юлия проводила Романа взглядом. И вздрогнула — потому что заметила медленно двигавшийся по улице черный фургон.

Господи, ведь черных фургонов тьма. Но сердце все равно неприятно екнуло. Черный фургон, за рулем которого Черный человек...

— Юлька! — услышала она голос из прошлого и повернулась. Перед ней стоял высокий человек с модной ныне бородой и бритой лысиной. — Юлька, ты что, не узнала? Это ж я, Стас, твоя первая любовь!

В самом деле *не узнала.* В те времена, когда он был ее первой любовью, у Стаса на голове было волос побольше, а на лице поменьше.

— Давно не виделись! Кстати, спрашивать тебя, как дела, не буду. Читал твое интервью, да и историю с твоим муженьком тоже отслеживаю. *Просто потрясающе!*

Охарактеризовать случившееся в таком ключе Юлия еще недодумалась. А Стас продолжил:

— Кстати, я ведь сделал свое хобби профессией. Раньше смотрел чужие фильмы ужасов, теперь снимаю собственные. Ты разве мой мегахоррор «Гробовщик» по одноименной повести Пушкина, за который я кучу призов получил, в прошлом году не видела? Вот, новый выходит на той неделе, про Черного человека..

Юлия вздрогнула.

— Видишь черный фургон? Это наша пиар-компания — по улицам Москвы ездят черные фургоны, за рулем которого люди в черном! Реклама моего шедевра! Конечно, без всяких детей внутри, но ведь люди-то не знают и пугаются!

Юлия, заметив еще один черный фургон, с облегчением подумала, что причин для паники нет. И что у любого загадочного факта имеется самое простое объяснение.

— Приходи на премьеру! Хочешь, приглашение пришлю? — спросил Стас, а Юлия качнула головой:

— Нет, извини, но это явно не для меня...

— Ну как знаешь, Юлька! Ну, продай тогда свою историю! Я по ней такой стильный ужастик забацаю...

— Реальность зачастую намного кошмарнее самого изощренного ужастика, — заявила Юлия и, заметив парочку девиц на заднем плане, сказала Стасу:

— Тебя, кажется, ждут...

Стас отвлекся, а Юлия, посмотрев в окно, снова увидела черный фургон — тот стоял около фонаря. И вдруг заметила, что изнутри к темному стеклу кто-то прижимается.

Это было лицо ребенка.

А затем черная тень оттащила ребенка от окна.

Неужели Черный человек...

Существует? И на самом деле затаскивает в черный фургон и увозит в неизвестном направлении детей?

А что, если это опять галлюцинация? Или игра воображения?

Или паразитарное «я»?

Однако рисковать она не имела права. Потому что по ее вине уже раз погиб ребенок — ее собственный брат.

Снова она такого не допустит!..

Вне ресторана

...Юлия выскочила из ресторана и посмотрела в сторону тронувшегося с места фургона. А потом подошла к все еще говорившему по мобильному Роману и быстро произнесла:

— Нам нужно следовать вон за тем фургоном. Думаю, тому, кто находится внутри, нужна наша помощь. Ты ведь со мной?

А что, если он скажет нет, *что, если...*

Однако Роман тотчас завершил разговор, засунул мобильный в карман и спросил:

— Вон за тем?

Фургон уже сворачивал на соседнюю улицу. Юлия снова увидела странное движение внутри фургона — как будто кто-то наносил удары ножом.

Реальность или фантазия?

— Быстрее! — крикнула она и побежала по улице. — *Быстрее!*

И, обернувшись, увидела Романа, который торопливо шагал вслед за ней. Повернув голову к фургону, Юлия поняла, что тот исчез из виду.

— В мой автомобиль! — скомандовал Роман, и Юлия поняла: они поедут вслед.

— Только за рулем буду я, ты уж извини, Юля!

Юлия, взглянув на молодого человека, который заводил мотор, вдруг поняла: и как она могла сомневаться, тот ли это, кто ей нужен?

Конечно, *да!*

Мотор заурчал, автомобиль тронулся с места, и, вывернув на соседнюю улицу, они заметили стоявший на красном сигнале светофора фургон.

Фургон Черного человека.

Юлия, снова посмотрев на сосредоточенного Романа, почувствовала, что с ним все по плечу.

Они не упустят. Они спасут. И остановят Черного человека.

Если он, конечно, *существует.*

Но это, как вдруг поняла Юлия, им предстояло еще выяснить: *Роману* — на этот раз настоящему и только ее Роману — *и ей.*

Все права защищены. Книга или любая ее часть не может быть скопирована, воспроизведена в электронной или механической форме, в виде фотокопии, записи в память ЭВМ, репродукции или каким-либо иным способом, а также использована в любой информационной системе без получения разрешения от издателя. Копирование, воспроизведение и иное использование книги или ее части без согласия издателя является незаконным и влечет уголовную, административную и гражданскую ответственность.

Литературно-художественное издание

АВАНТЮРНАЯ МЕЛОДРАМА

Леонтьев Антон Валерьевич

РЕМЕЙК КОШМАРА

Ответственный редактор *А. Антонова*
Редактор *А. Курочкина*
Младший редактор *П. Рукавишникова*
Художественный редактор *С. Груздев*
Технический редактор *Н. Духанина*
Компьютерная верстка *Е. Мельникова*
Корректор *М. Ионова*

В коллаже на обложке использованы фотографии:
conrado, Nomad_Soul / Shutterstock.com
Используется по лицензии от Shutterstock.com

ООО «Издательство «Э»
123308, Москва, ул. Зорге, д. 1. Тел.: 8 (495) 411-68-86.
Өндіруші: «Э» АҚБ Баспасы, 123308, Мәскеу, Ресей, Зорге көшесі, 1 үй.
Тел.: 8 (495) 411-68-86.
Тауар белгісі: «Э»
Қазақстан Республикасында дистрибьютор және өнім бойынша арыз-талаптарды қабылдаушының өкілі «РДЦ-Алматы» ЖШС, Алматы қ., Домбровский көш., 3«а», литер Б, офис 1.
Тел.: 8 (727) 251-59-89/90/91/92, факс: 8 (727) 251 58 12 вн. 107.
Өнімнің жарамдылық мерзімі шектелмеген.
Сертификация туралы ақпарат сайтта Өндіруші «Э»

Сведения о подтверждении соответствия издания согласно законодательству РФ
о техническом регулировании можно получить на сайте Издательства «Э»

Өндірген мемлекет: Ресей
Сертификация қарастырылмаған

Подписано в печать 29.01.2018. Формат 84x108 $^1/_{32}$.
Гарнитура «Гарамонд». Печать офсетная. Усл. печ. л. 16,8.
Тираж 1500 экз. Заказ 1110

Отпечатано с готовых файлов заказчика
в АО «Первая Образцовая типография»,
филиал «УЛЬЯНОВСКИЙ ДОМ ПЕЧАТИ»
432980, г. Ульяновск, ул. Гончарова, 14

В электронном виде книги издательства вы можете купить на www.litres.ru

ЛитРес:
один клик до книг

Оптовая торговля книгами Издательства «Э»:
142700, Московская обл., Ленинский р-н, г. Видное,
Белокаменное ш., д. 1, многоканальный тел.: 411-50-74.

По вопросам приобретения книг Издательства «Э» зарубежными оптовыми покупателями обращаться в отдел зарубежных продаж
International Sales: International wholesale customers should contact Foreign Sales Department for their orders.

**По вопросам заказа книг корпоративным клиентам,
в том числе в специальном оформлении,** *обращаться по тел.:*
+7 (495) 411-68-59, доб. 2261.

**Оптовая торговля бумажно-беловыми
и канцелярскими товарами для школы и офиса:**
142702, Московская обл., Ленинский р-н, г. Видное-2,
Белокаменное ш., д. 1, а/я 5. Тел./факс: +7 (495) 745-28-87 (многоканальный).

Полный ассортимент книг издательства для оптовых покупателей:
Москва. Адрес: 142701, Московская область, Ленинский р-н,
г. Видное, Белокаменное шоссе, д. 1. Телефон: +7 (495) 411-50-74.
Нижний Новгород. Филиал в Нижнем Новгороде. Адрес: 603094,
г. Нижний Новгород, улица Карпинского, дом 29, бизнес-парк «Грин Плаза».
Телефон: +7 (831) 216-15-91 (92, 93, 94).
Санкт-Петербург. ООО «СЗКО». Адрес: 192029, г. Санкт-Петербург, пр. Обуховской Обороны,
д. 84, лит. «Е». Телефон: +7 (812) 365-46-03 / 04. **E-mail:** server@szko.ru
Екатеринбург. Филиал в г. Екатеринбурге. Адрес: 620024,
г. Екатеринбург, ул. Новинская, д. 2щ. Телефон: +7 (343) 272-72-01 (02/03/04/05/06/08).
Самара. Филиал в г. Самаре. Адрес: 443052, г. Самара, пр-т Кирова, д. 75/1, лит. «Е».
Телефон: +7(846)207-55-50. **E-mail:** RDC-samara@mail.ru
Ростов-на-Дону. Филиал в г. Ростове-на-Дону. Адрес: 344023,
г. Ростов-на-Дону, ул. Страны Советов, 44 А. Телефон: +7(863) 303-62-10.
Центр оптово-розничных продаж Cash&Carry в г. Ростове-на-Дону. Адрес: 344023,
г. Ростов-на-Дону, ул. Страны Советов, д.44 В. Телефон: (863) 303-62-10. Режим работы: с 9-00 до 19-00.
Новосибирск. Филиал в г. Новосибирске. Адрес: 630015,
г. Новосибирск, Комбинатский пер., д. 3. Телефон: +7(383) 289-91-42.
Хабаровск. Филиал РДЦ Новосибирск в Хабаровске. Адрес: 680000, г. Хабаровск,
пер.Дзержинского, д.24, литера Б, офис 1. Телефон: +7(4212) 910-120.
Тюмень. Филиал в г. Тюмени. Центр оптово-розничных продаж Cash&Carry в г. Тюмени.
Адрес: 625022, г. Тюмень, ул. Алебашевская, 9А (ТЦ Перестройка+).
Телефон: +7 (3452) 21-53-96/ 97/ 98.
Краснодар. Обособленное подразделение в г. Краснодаре
Центр оптово-розничных продаж Cash&Carry в г. Краснодаре
Адрес: 350018, г. Краснодар, ул. Сормовская, д. 7, лит. «Г». Телефон: (861) 234-43-01(02).
Республика Беларусь. Центр оптово-розничных продаж Cash&Carry в г.Минске. Адрес: 220014,
Республика Беларусь, г. Минск, проспект Жукова, 44, пом. 1-17, ТЦ «Outleto».
Телефон: +375 17 251-40-23; +375 44 581-81-92. Режим работы: с 10-00 до 22-00.
Казахстан. РДЦ Алматы. Адрес: 050039, г. Алматы, ул.Домбровского, 3 «А».
Телефон: +7 (727) 251-58-12, 251-59-90 (91,92,99).
Украина. ООО «Форс Украина». Адрес: 04073 г. Киев, ул.Вербовая, 17а.
Телефон: +38 (044) 290-99-44. **E-mail:** sales@forsukraine.com

**Полный ассортимент продукции Издательства «Э»
можно приобрести в магазинах «Новый книжный» и «Читай-город».**
Телефон единой справочной: 8 (800) 444-8-444. Звонок по России бесплатный.

В Санкт-Петербурге: в магазине «Парк Культуры и Чтения БУКВОЕД», Невский пр-т, д.46.
Тел.: +7(812)601-0-601, www.bookvoed.ru

Розничная продажа книг с доставкой по всему миру. Тел.: +7 (495) 745-89-14.

ISBN 978-5-04-091732-7

16+

ЕКАТЕРИНА БАРСОВА

ВЕЛИКИЕ ТАЙНЫ ПРОШЛОГО

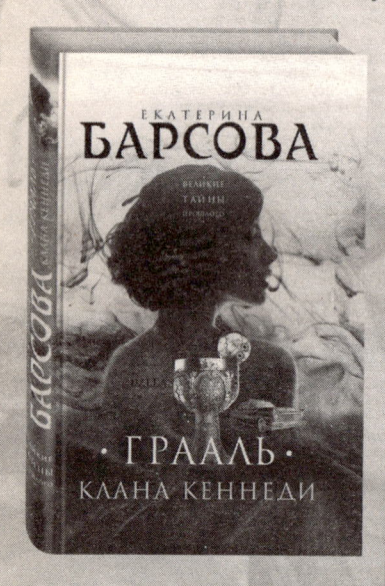

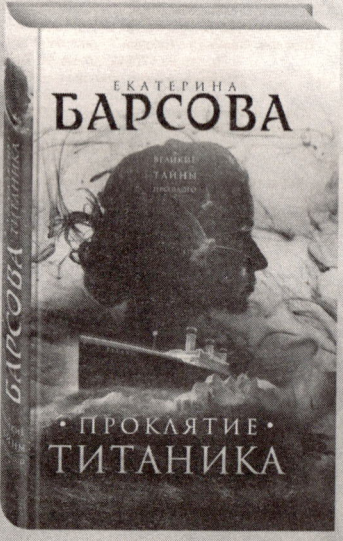

В ЗАХВАТЫВАЮЩИХ ОСТРОСЮЖЕТНЫХ ДРАМАХ ЕКАТЕРИНЫ БАРСОВОЙ ИЗ СЕРИИ «ВЕЛИКИЕ ТАЙНЫ ПРОШЛОГО» ПРОГРЕМЕВШИЕ НА ВЕСЬ МИР ПРЕСТУПЛЕНИЯ, ДО СИХ ПОР ОСТАВШИЕСЯ НЕРАСКРЫТЫМИ, ПЕРЕКЛИКАЮТСЯ С СОВРЕМЕННОСТЬЮ И НАХОДЯТ НЕОЖИДАННОЕ ПРОДОЛЖЕНИЕ В НАСТОЯЩЕМ. ПРОШЛОЕ ВОЗВРАЩАЕТСЯ И СТАНОВИТСЯ ПРИЧИНОЙ НОВОГО ПРЕСТУПЛЕНИЯ.